傭兵の男が女神と呼ばれる世界2

Characters
登場人物紹介
尾上雄一郎
-Yuichirou Ogami-
37歳の傭兵。異世界に飛ばされ、その世界で「女神」と呼ばれる。
ノア
-Noah-
雄一郎が飛ばされた世界の【正しき王】。王位を狙う兄二人に内乱を起こされる。
テメレア
-Temeraire-
「女神」である雄一郎に仕え捧げる者。献身的に雄一郎に接する。

葛城葵 -Aoi Katsuragi-
雄一郎と同じく、
異世界に飛ばされた
女子高校生。
本物の「女神」だと
名乗るが……
イヴリース -Iblis-
雄一郎の唯一の女性部下。
控え目な性格だが、銃の名手。
キキ -Kiki-
アム・イースの族長の娘。
ククという妹がいる。
ゴート -Goat-
雄一郎の副官。
いつもへらへらとしている、
心の内が掴めない策士。

目次

傭兵の男が女神と呼ばれる世界 2

第三章　赤い空が落ちてくる

尾上雄一郎《おがみゆういちろう》は、奇妙な夢を見ていた。

その夢の中で、異なる世界に飛ばされた雄一郎は『女神』と呼ばれていた。内乱が起きたジュエルドという国で、女神は軍を率《ひき》い、その上、王の子供を産まなくてはならないという。

優秀な部下達を連れて、今まで見たこともない世界を駆け抜け、裏切り者を取り押さえ、反乱軍に取り囲まれた王都を解放した。

そして、雄一郎はその夢の中で、二人の男に抱かれるのだ。『正しき王』に選ばれたノアという少年、そして女神に『仕《つか》え捧《ささ》げる者《もの》』であるテメレアという美しい青年に。

三文小説も真っ青な、荒唐無稽《こうとうむけい》すぎる夢の内容に、鼻で嗤《わら》いそうになってしまう。良い夢とは決して言えない。むしろ悪夢と言ってもいい。何度眠りについても、この悪夢からなかなか目覚めることができない。目覚め方について、夢うつつに考えていると、ふと脳内に直接響くように誰かの声が聞こえた。

「この夢から覚めたいと思うのか？」

いつの間にか、暗闇に溶け込むようにして、褐色《かっしょく》の肌をした男が立っていた。迷彩柄のアーミースーツを着ており、屈託のない笑みを浮かべて雄一郎を見つめている。

頭の中が霧がかったようにぼやけていて、一瞬男の名前を思い出せなかった。一拍置いて、雄一郎は唇を開いた。

「オズワルド」

雄一郎が呼び掛けると、オズは白い歯を見せて笑った。

異なる世界に飛ぶ直前、ジャングルでの戦闘中に、雄一郎を守るため手榴弾《しゅりゅうだん》へと覆い被さった馬鹿者だ。とっくに死んでしまったというのに、亡霊のように雄一郎の夢に何度も現れてくる。

オズは軽く肩を竦《すく》めてから、軽やかな足取りで雄一郎に近付いてきた。

「夢から覚めてどうする。また、あのジャングルに戻って傭兵として人殺しに精を出すのか？ 元の世界に戻ったって、待っている人はいないのに？」

不躾《ぶしつけ》な言葉に、思わず鼻梁《びりょう》に皺《しわ》が寄った。オズの言葉は、未だに亡くした妻と娘を忘れることもできず、元の世界に戻ろうと足掻《あが》く雄一郎を嘲笑《あざわら》っているかのようだ。

「うるせぇな、死人が説教でも垂れるつもりか」

嫌味ったらしく言い返すと、オズは困ったように肩を竦《すく》めた。そのまま睨《にら》み付けていると、オズは雄一郎にグッと顔を近付けてきた。鼻先が触れ合いそうなほど間近に、白目部分がやけに白々と輝いたオズの瞳が見える。

「なぁ、金は美味《うま》いか」

「何？」

「金は美しいか」

以前オズに聞かれたのと同じ問い掛けだ。金を対価として異なる世界の戦争に身を投じる雄一郎を、皮肉っているのだろうか。

雄一郎が呆然としていると、オズは緩《ゆる》く首を傾げて笑った。以前見た時と同じ、子供でも見つめるような慈愛じみた表情をしている。オズの唇が柔らかく動く。

「天の下では、何事にも定まった時期があり、すべての営《いとな》みには時がある」

「は？」

「神を愛する人々、すなわち、神の計画に従って召された人々のためには、神がすべてのことを働かせて益としてくださることを、私達は知っている」

まるで壊れたロボットのように聖書の言葉を棒読みするオズの姿に、雄一郎は硬直した。

「何を、言ってる」

「一粒の麦が地に落ちて死ななければ、それはただ一粒のままである。しかし、もし死んだなら、豊かに実を結ぶようになる」

何だ、このひどい夢は。神を信じていないのに、なぜ神の言葉を延々と聞き続けなければならないのか。

「やめろ、俺は神を信じていない」

首を左右に打ち振ると、突然両腕をキツく掴《つか》まれた。体温のない手にギュウッと手首を締め付けられる。氷のように冷たく、それでいて泥のように粘着いた手のひらの感触に、背筋が粟立《あわだ》つのを感じた。

オズが瞬《まばた》きもせずに、雄一郎を見つめて言う。

「では、きみは誰に祈る」

「俺は、誰にも祈ったりなんかしない」

噛み付くように答えると、どうしてだかオズはひどく満足そうに目を細めた。

「では、きみは誰のために戦う」

続く問い掛けに、雄一郎は一瞬言葉を失った。唇を半開きにしたまま立ち尽くしていると、オズの唇が耳元に寄せられた。温度のない呼吸が、ふうっと耳に吹き込まれる。

「目を覚ませ、ユーイチロー」

そう告げられるのと同時に、扉が叩かれる音で目が覚めた。パッと目を開いて、暗がりの中、扉の方へ視線を向ける。トンッ、トンッ、と再び二度扉が叩かれた。

「オガミ隊長」

先ほどの夢から頭が抜け切れず、それが副官であるゴートの声だと気付くのに時間がかかった。

目を何度も瞬《またた》かせて、周囲を見渡す。そこは鬱蒼《うっそう》としたジャングルなどではなく、天蓋《てんがい》付きのベッドが置かれた豪奢《ごうしゃ》で清潔な部屋だった。格子付きの窓から視線を空へ投げると、藍色の空に七色の銀河が棚引いている。

自分はまだ夢の続きを見ているのか。それともこれが現実なのか。一瞬区別が付かず、思考が停止する。

もう一度、控えめにドアが叩かれる。その音に反応したのか、ベッドの隣の膨らみがもぞもぞと蠢《うごめ》いた。

「……ゆういちろう、どうしたの……?」

布団の下から、眠たそうに目元を擦《こす》りながら出てきたのはノアだ。最初は雄一郎を死神と呼んで拒絶していたくせに、今は自分の妻だとのたまう、神に選ばれた『正しき王』の少年。銀がかって見える艶《つや》やかな白髪には、ピョンと軽く寝癖が付いている。

ノアは木にしがみ付くコアラのように、雄一郎の腰に両腕を回している。腰を抱く温かい腕の感触に、ようやく現実が戻ってくるのを感じた。

「何でもない」

「……呼び出し? 僕もいくよ……」

そう言いながらも、ノアの声はむにゃむにゃと呂律《ろれつ》が回っていない。目も半分閉じている。

「いいから寝てろ」

そう言いながら、ノアの頭をくしゃくしゃと撫でる。雑な手付きにもかかわらず、ノアは嬉しそうに口元を緩《ゆる》めると、再び目を閉じて寝息を漏らし始めた。ノアが寝付いたのを確認してから、そっとその両腕を外して立ち上がる。

ドアを開くと、薄手の服を着たゴートが立っていた。軍服でないところを見ると、ゴートもおそらく起こされたばかりなのだろう。その垂れ目のせいでゴートはいつだって眠たそうに見えるので、実際寝惚けているのかどうかは判らないが。

「夜明け前にすいませんねぇ。お楽しみ中でしたか？」

「ぶち殺すぞてめぇ」

軽口に対して、わざとらしいくらい不機嫌な声を返すと、ゴートは軽く肩を揺らして笑った。だが、その笑顔はいつもよりも硬い。

それを見て、雄一郎は何も言わずに後ろ手で扉を閉めた。同時にゴートが「こちらへ」と言って歩き出す。その斜め後ろを歩きながら、雄一郎は端的に訊《たず》ねた。

「何があった」

「先ほどイヴリースが帰還しました」

その言葉に、片眉がピクリと跳ねた。

朽葉《くちば》の民が住むというアム・イースに裏切りの疑いがかかり、偵察隊を向かわせて数日が経っていた。朽葉《くちば》の民には女性しかおらず、女神信仰が強いため、偵察隊には仕《つか》え捧《ささ》げる者《もの》であるテメレアと、直属の部下の中で唯一女性であるイヴリース、そして正規軍の女性兵士二人を組み込んだ。だが、帰還したのはイヴリースだけだとゴートは言う。

「テメレアと兵士二人はどうした」

「帰還しておりません」

「どういうことだ。殺されたのか」

自分で口に出しておきながら、ひやりと皮膚が凍《こご》えるような感覚を覚えた。戦慄《わなな》きそうになる指先を隠すように背中へ回す。

ゴートは前方の扉を開きながら、口早に答えた。

「詳しい話は中に入ってからします。どうぞ」

開かれた扉の内側は、医務室のようだった。部屋の中に白いカーテンが吊り下げられており、その内側にはベッドが置かれている。そこには、ベッドにうつ伏せになったイヴリースと、傍《かたわ》らで治療を行っているリュカや二人の衛生兵の姿が見えた。

イヴリースの姿を見た瞬間、雄一郎は目蓋《まぶた》の裏が真紅《しんく》に染まるのを感じた。イヴリースの細い背には、一本の矢が突き刺さったままだった。剥《む》き出《だ》しになったイヴリースの白い背中に、幾筋にも分岐した血の川が流れている。

「歯を食い縛って」

リュカが囁《ささや》くのと同時に、イヴリースが口に咥《くわ》えさせられていた木の棒をキツく噛み締める。同時に、二人の衛生兵が、イヴリースの両手両足を取り押さえた。矢の根本を掴《つか》んだリュカの手に力が込められた瞬間、イヴリースの咽喉《のど》が仰《の》け反《ぞ》った。押し殺された、布を切り裂くような悲鳴が室内に満ちる。

ぐち、と粘着質な音を立てて、矢尻がイヴリースの背から抜き出される。身体から矢尻が抜け出ると同時に、イヴリースの身体から一気に力が抜けた。真っ白になった顔面からは、滝のような脂《あぶら》汗《あせ》が流れ出ている。

「アム・イースの矢です」

かすかに緑がかった色をした矢羽を見て、ゴートが忌々《いまいま》しげに呟《つぶや》く。つまり、イヴリースはアム・イースの民から射られたということだ。

イヴリースの口から木の棒が落ちて、雄一郎の足元まで転がってくる。木の棒の行方を追っていたイヴリースの虚《うつ》ろな目が雄一郎の姿を映した。

「女神、さま」

オガミ隊長ではなく、イヴリースは雄一郎を女神と呼んだ。

「帰還がおくれ、申し訳ございま、せん」

「喋《しゃべ》るな、イヴリース」

「いい、え、いいえ、ご報告を」

「治療を優先させろ」

「一刻を、争います。わたしの意識があるうちに、どうかお願い、いたします」

イヴリースの目に薄《うっす》らと涙が滲《にじ》んでいる。その哀願の目に、雄一郎は唇を硬く引き結び、眉間に皺《しわ》を深く刻んだまま素早く頷《うなず》いた。

「イヴリース、報告しろ」

「はい。テメレア様、他二名の兵士は、アム・イースに捕らえられております。アム・イースは『現在』ジュエルドを裏切っております」

歯を食い縛りながら、イヴリースが言葉を続けていく。時折生唾《なまつば》を呑み込みながら、できる限り声が震えないようにしている。だが、その言葉の奇妙さに雄一郎は眉を顰《ひそ》めた。

「『現在』というのは、どういう意味だ」

雄一郎の問い掛けに、イヴリースは一度長い呼吸を吐き出した。

「アム・イースに着いた我々は、敵兵がいないことを確認したのち、女神様の遣いと名乗り、アム・イースを治める長《おさ》への面会を求めました。ですが、現れたのはアム・イースの長《おさ》ではなく、一人の少女でした」

少女と聞いた瞬間、心臓がわずかに跳ねた。今まで何人もの口から聞いてきた言葉が不意に思い出される。

「その少女は、我々にこう名乗りました。私が本物の女神だと」

あぁ、と無意識に声が漏れそうになった。

『偽物女神』

裏切り者のガーデルマン中将やウェルダム卿、第二王子のロンドが雄一郎を執拗《しつよう》にそう呼んでいた理由がようやく分かった。彼らはとっくに見つけていたのだ、自分達の女神を。

ゴートが苦味走った声で呟《つぶや》く。

「その女の髪色は」

「……黒、です」

イヴリースの返答に、ゴートがらしくもなく苛立《いらだ》った様子で舌打ちを零《こぼ》す。髪の毛を片手でぐしゃぐしゃに掻き乱しながら、ゴートが続ける。

「最悪な状況ですね。アム・イースは女神に全面的に従います。その女が偽物だろうが」

「どうだろうな。その女の方が本物かもしれない」

そう考えるのが当然だろう。男の女神よりも、少女の女神の方がよっぽど自然だ。もしかしたら、雄一郎がこの世界に飛んできたのは間違いだったのかもしれない。

そんなことをぼんやりと考えていると、不意に腕を掴《つか》まれた。イヴリースが血に濡れた手で、雄一郎の手首を握りしめている。ぬるついた血の感触に、雄一郎は大きく目を見開いた。

「貴方が、女神様です」

その目を涙で潤《うる》ませて、イヴリースが呻《うめ》くように呟《つぶや》く。確信を持ったイヴリースの声音に、雄一郎はひどく困惑した。雄一郎を見つめたまま、イヴリースが繰り返す。

「我々の女神様は、貴方しかいません」

「なぜ、そんなことが分かる」

なぜそんなにも妄信的に信じられるのか。突然やってきた三十七歳の中年男を女神と呼べるのか。理解できず、雄一郎は眉根を寄せた。

イヴリースは口元を緩《ゆる》めると、静かに囁《ささや》いた。

「貴方は、美しい」

雄一郎は、目を見開いてイヴリースを見つめた。イヴリースが恥じ入るように視線を伏せる。目蓋《まぶた》を縁《ふち》取る長い睫毛《まつげ》がかすかに戦慄《わなな》いていた。

「アム・イースは、騙《だま》されています。このままでは、女神を名乗る少女に操《あやつ》られ、アム・イースが滅びるまで戦わされてしまいます。どうか女神様、我が国の民をお救いください……」

祈るようなイヴリースの声に、雄一郎は答えることができなかった。どれほど言葉を掛けられようが、自分を女神だと信じることはできない。雄一郎にできるのは、忠実な部下のために女神を演じることぐらいだ。

雄一郎の腕を掴《つか》むイヴリースの手を、もう片方の手のひらで包み込む。言葉ではなく、意思が伝わるように。イヴリースは一瞬だけ目を見開いた後、ほっとしたように息を吐いた。潤《うる》んだ瞳がそっと閉じられる。

「安心して、ゆっくり休め」

静かに囁《ささや》く。気を失ったイヴリースの手をベッドの上に戻して、雄一郎はリュカへ告げた。

「何があろうと死なせるな」

「もちろんです」

リュカが明快な返答をする。雄一郎は、ゴートへ視線を向けた。

「キーランドと小隊長達を全員叩き起こせ。出陣だ」


即座に大隊を編成し、夜明けと共に出陣した。大隊の構成は、イヴリースを除いた小隊長達の辺境部隊。そして、先日の王都襲撃の際、降伏した敵兵達という寄せ集めの部隊だった。敵軍の投降兵を連れて行くと雄一郎が言った時、声高に反対したのは正規軍総大将のキーランドだった。

「つい先日、王都を襲った敵兵だぞ。また裏切るかもしれん兵士を隊に組み込むなど、正気の沙汰ではない」

「では、このまま投降兵を飼い殺しにして、ただ腐らせるか。正規軍を動かせば、アム・イースは本格的にこちらを敵と見なして攻撃してくる。正規軍が動かせないとなると、寄せ集めの兵士でも戦力に組み込まなければ間に合わないだろう」

「投降兵を戦力と見なす指揮官はいない」

「ここにいる」

無謀とも思える雄一郎の返答に、キーランドはあからさまに憎悪の眼差《まなざ》しを向けた。眇《すが》められた隻眼《へきがん》が射るように雄一郎を睨《にら》み据える。

「貴様の判断が部下を死なせるということを理解しているのか」

声だけで噛み殺してくるようなキーランドの唸《うな》り声に、雄一郎はゆっくりと両手の指を組み合わせた。かすかに首を傾けて、殊更《ことさら》親しげな声で語りかける。

「なぁ、ジョゼフ」

まるで旧知の友のようにファーストネームを呼ばれたことに、キーランドは不愉快そうに鼻梁《びりょう》に皺《しわ》を寄せた。胡乱《うろん》げなキーランドの顔を見つめたまま、雄一郎は穏やかに続けた。

「俺は、俺の部下を信頼している。それは俺の声に応《こた》え、祖国に忠義を果たそうと投降した兵士達も同様だ。彼らと俺の気持ちは一致している。今回はそれを証明する唯一の機会だ」

歯の浮くような詭弁《きべん》を、さも真理のように言い放つ雄一郎を見て、キーランドは顔を更に厳しく歪《ゆが》めた。

「貴様は、本当はそんなことを思っていないだろう」

「俺の言葉が本物か偽物かなんてどうだって良いことだ。大事なのは、俺の言葉を本物だと信じる者がどれだけいるかだ。今はまだ、信じる者の方が多い」

「虚言癖め」

キーランドは吐き捨てるように呟《つぶや》いて、人差し指を雄一郎に突きつけた。

「貴様がこの世界で何を望んでいるのかはどうでもいい。だが、この国を、ノア様をたぶらかし、壊すことだけは決して許さん。勘違いするな。女神は神ではない。全能でも、不死身でもない。我々と同じ、ただの人間だ」

その厳しい声音に、雄一郎はただゆったりとした笑みを返した。

「勘違いはしない。俺は、ただの傭兵だ」

金で動く、卑《いや》しく浅ましい人間だと、そう事実を告げる。だが、キーランドは未だ苦虫を噛み潰したような表情のままだ。その顔を見据えて、雄一郎は静かに告げた。

「正規軍にはアム・イースから距離を置いた場所にて待機していただこう。有事の際は合図を送るので、その後は総大将の判断に一任する。宜《よろ》しいか？」

わずかな沈黙の後、キーランドは「承知した」と応《こた》えた。


大隊は、アム・イースから数百メートルほど離れた小高い砂丘に駐留した。視線の先に、鬱蒼《うっそう》とした森が見える。木々の背は高く、生い茂った葉のせいか森の中は暗く沈み込んでいた。

「陰気な場所だ」

雄一郎が感慨もなく呟《つぶや》くと、隣に立っていたゴートが薄《うっす》らと笑みを浮かべて口を開いた。

「俺の妻の出身地ですよ」

「それは悪かった」

即座に謝罪の言葉を吐いた雄一郎に、ゴートは緩《ゆる》く肩を竦《すく》めた。

「いいえ、正直に言うと俺もあまりアム・イースは好きじゃないんです。あいつらは頑《かたく》なに部族内での婚姻しか認めていない。俺のもとに嫁ぐと言った妻を、朽葉《くちば》の民は裏切り者として追い出したんです。妻が教会で焼かれている時も、あいつらの耳には妻の断末魔が届いただろうに、一言の哀悼もなかった。身内以外にはとことん冷淡な奴らですよ」

吐き捨てるようにゴートは言った。だが、その口元には笑みがこびりついている。捩《ねじ》れた笑みだ。その笑みに卑屈さと浅慮さが加われば、兄であるニコライの顔に近付くと思った。

「私怨があるか」

「それなりには」

「ここでは晴らすな。堪《こら》えろ」

「分かっています。こう見えても、俺は結構辛抱強い方なんですよ」

意味深なゴートの笑みから視線を逸らして、雄一郎は望遠鏡を片目に押し当てた。木々が風に吹かれて揺れるだけで、未だアム・イース側の動きはない。砂丘に駐留している大隊は、向こうからも見えているだろうに。

「使者を送りますか」

そう訊《たず》ねてくるゴートに、雄一郎は緩《ゆる》く首を左右に振った。

「これ以上、人質をくれてやるつもりはない。向こうの動きを待つ」

「向こうが先に攻撃をしてきたら？」

「アム・イースは、まだジュエルドの国土だ。裏切りが誰の目にも明白になるまでは、こちらから先に攻撃することはできない。奴らに反逆の大義名分を与えるだけだ」

「一発殴られてから、正当防衛を訴えて叩き潰すつもりですか」

「それが正しい戦争の始め方だ」

そう言い切ると、雄一郎はあくびを一つ零《こぼ》した。夜明け前に起こされたせいで、未だ眠気がくすぶるように頭部に停滞している。

「俺は仮眠を取る。兵士達にも交代で休憩と食事を取らせろ。向こうにも見えるように炊事場で火を炊いてやれ。こちらがのんびり食事を堪能している姿を見せてやろう」

「嫌味ですねぇ」

向こうには緊張をさせておいて、こちらは暢気《のんき》に食事している姿を見せつけるなんて嫌がらせでしかない。ゴートのぼやきに、雄一郎はかすかに口角を吊り上げた。

「見張りを怠《おこた》るな。すべての幕営《ばくえい》の中に、砲台を隠しておけ。何かあったら、森ごと薙《な》ぎ払えとクラウス達に命じろ」

砲兵であるクラウスには、常に砲弾を撃てる状態にしておけと命じていた。他に動きがあれば報告をしろ、と続けざまに言い放つと、ゴートは怖い怖いと空とぼけながら離れていった。

雄一郎は、物資の山に積まれていた毛布を一枚掴《つか》むと、砂丘に数本だけ立った木に近付いた。木の根本に寝転がると、すぐに意識が遠ざかっていった。

目を覚ました後、雄一郎が薄い粥《かゆ》を啜《すす》っている時に、見張り兵が抑えた声をあげた。

「森から二人出てきました」

望遠鏡を片目に当てたままそう言った見張り兵は、王都襲撃の際に投降した兵士の一人だった。まだ年若いが、頭の回転の速さと、上官に対して物怖じせずに意見を述べる性格を気に入って、ゴートの下につけた。兵士になる前は、故郷の役場で会計士をしていたらしい。

「黄がかった髪色から、二名とも朽葉《くちば》の民で間違いないかと思われます。それぞれ両腰に一本ずつ、二本の短刀を所持していることを確認。こちらまでの距離は残り五百ロート程度。十ワンス程度で到着すると推測します」

五百ロートということは、一ロートが大体二メートルだから、元の世界の単位で換算すると約一キロということか。ただ、ワンスという単位には聞き覚えがなかった。

「ワンスとは？」

雄一郎の問い掛けに、元会計士の兵士は一瞬面食らったように目を瞬《またた》かせた。

一エイトの三十分の一です、と答えが返ってくる。一エイトが大体三十分だから、一ワンスは約一分ということか。まだまだ知らない言葉が多いと思いながら、雄一郎は一息に薄い粥《かゆ》を飲み干した。

「では、おもてなしの準備をしておけ」

茶化すような雄一郎の台詞《せりふ》に、ゴートがハッハッとわざとらしい笑い声をあげた。

それから約十分後に、二人の女が駐留地にやってきた。

二人の女はよく似た顔立ちをしていた。一人の女は長い髪を後頭部で一本に結っており、もう片方は髪を耳下で短く切りそろえている。二人とも涼やかな一重の目をしており、褪《あ》せた黄の髪と透《す》けるような緑の目をしていた。姿形は二十代前半に見える。

「突然の拝謁《はいえつ》失礼いたします。私は、キキ・リリィと申します」

長い髪の女が生真面目な口調で言った。続けて、ショートカットの女が口元に柔らかな笑みを浮かべたまま唇を開く。

「クク・リリィと申します。私達は、朽葉《くちば》の民の長《おさ》の娘です。お目にかかれて光栄です」

長《おさ》の娘ということは、目の前の二人は姉妹か。

「わざわざご足労いただき感謝する。私はオガミユウイチロウといいます。宜《よろ》しければ、そちらにかけてください」

雄一郎は胡散臭《うさんくさ》いほどにこやかな表情を浮かべ、テーブルの向かい側の椅子を二人にすすめた。その椅子の数メートル後ろには、部下のヤマとベルズが警戒するように立っている。

キキとククは一瞬だけ躊躇《ためら》いがちに目を合わせたが、何も言わずに椅子に腰掛けた。もしかしたら離れていても意思が伝達できるという朽葉《くちば》の民の特殊な能力を使い、一瞬でお互いに言葉を交わしたのかもしれない。

屋外に並べられたテーブルを挟んで対峙《たいじ》すると、すぐさま部下のチェトが人数分の白湯《さゆ》を運んできた。雄一郎は白湯《さゆ》を一口含んでから唇を開いた。

「白湯《さゆ》ですがどうぞ」

「いいえ、お気持ちだけで結構です」

キキが撥《は》ねのけるように返す。その返答に、雄一郎は口角を吊り上げた。

「毒なんか入れてないですよ」

笑い交じりの声に、キキとククが雄一郎を見つめる。まるで何かを確かめるような眼差《まなざ》しだ。

「一体どういうつもりでしょうか」

口火を切ったのはキキだった。

「どういうつもりとは？」

とぼけるように軽く肩を竦《すく》めると、キキがその目に怒りを滲《にじ》ませた。

「貴方がたは、アム・イースに圧力を掛けているつもりですか」

「圧力などとんでもない。我々は捜し物をしに来ただけだ」

「捜し物とは何でしょうか」

ククが探るような声音で訊《たず》ねてくる。雄一郎は組み合わせた両手の上に下顎《したあご》を乗せて、柔らかく唇を開いた。

「俺の部下を返してもらおうか」

雄一郎の冷静に脅《おど》す口調に、キキとククの身体が一瞬ピクリと跳ねたように見えた。

「二人の女性兵士と仕《つか》え捧《ささ》げる者《もの》。三名の身柄をお返しいただこう」

「何のことだか――」

「しらを切るつもりか。ならば、アム・イースを攻撃する」

「お待ちください！」

雄一郎がゴートへ指示するように片手を上げた瞬間、ククが声を張り上げた。雄一郎は白けた表情で、ククを眺めた。

「何を待てと言うんだ？　貴方がたも、こうなることは最初から分かっていたはずだ。だから、俺の部下を矢で射たんだろう？」

イヴリースの背に突き刺さっていた矢を思い出す。白い背から溢《あふ》れ出る血の川が目蓋《まぶた》の裏に蘇《よみがえ》った瞬間、憎悪が咽喉《のど》をざらりと舐めるのを感じた。キキがばつの悪そうな声で呟《つぶや》く。

「彼女を傷つけるつもりはありませんでした。脱走を止めるために射た矢が当たってしまって……」

「言い訳を聞くつもりはない」

雄一郎はピシャリと切り捨てた。キキとククを見据えたまま言葉を続ける。

「敵軍を匿《かくま》ったうえに、俺の部下を傷つけておいて、自分達は国を裏切ってないとでも主張するつもりか。都合の良いことばかりほざくな。お前達の選択肢は二つだ。大人しく俺の部下を返すか、ジュエルドかアム・イースのどちらかが滅ぶまで戦うか」

いざとなったら国土を焼け野原にすることも辞さないと言わんばかりの雄一郎に、ククは縋《すが》るような声をあげた。

「……一エイトほどお時間をください。仲間と話し合います」

「馬鹿を言うな。そんなに待てるか」

「では、十ワンス」

「五ワンスだ。それで結論が出ないようなら、攻撃を開始する」

五分と言い切るなり、雄一郎はゴートを呼び寄せた。

「兵達の戦闘準備は」

「すでに整っています」

ゴートの歯切れの良い返答に、雄一郎は笑みを浮かべて鷹揚《おうよう》に頷《うなず》いた。目の前ではキキとククが押し黙ったまま、じっとテーブルの上を見つめている。その頬の奥で、わずかに舌が動いていた。頭の中で、森にいる仲間達と話し合っているのか。

雄一郎は、残った白湯《さゆ》をゆっくりと啜《すす》った。午後の日差しがやけに眩《まぶ》しい。目を細めて空を見つめていると、キキが唇を開いた。

「二人の女性兵士を解放いたします」

「仕《つか》え捧《ささ》げる者《もの》、テメレアは」

解放するつもりはあるのかと睨《にら》み付けると、キキとククは困惑したように顔を合わせた。しばしの沈黙の後、ククが躊躇《ためら》った表情で呟《つぶや》く。

「あの、貴方は……女神様なのですか？」

雄一郎を女神か邪神か計りかねているような、畏怖《いふ》の滲《にじ》んだ声音だった。

「お前達には、俺がどう見える」

口角を吊り上げて、逆に問い返す。雄一郎自身にすら、自分が女神なのかなど解らなかった。

「分かり、ません。黒い髪に、黒い瞳……アオイ様と同じで……。私達は貴方を偽物だと思ってここに来たのに、実際見たら分からなくなってしまって……」

ククが怯《おび》えたような口調で言う。男の女神なんて偽物に違いないと思って来たのに、今となってはどちらが本物の女神なのか判断できなくなって混乱しているようだった。困惑するククに構わず、雄一郎は端的に訊《たず》ねた。

「アオイ様というのが、お前達の女神か？」

「……そう、です」

「そのアオイ様とやらが、テメレアを解放することを拒んでいるのか」

続けざまに問い掛けると、ククは黙り込んだ。複雑そうな表情で下唇を噛み締めている。雄一郎は小さく溜息《ためいき》を漏らして、斜め後ろに待機しているゴートに向かって片手を上げた。

「テメレアを返さないのであれば交渉決裂だ。森にありったけの砲弾を撃ち込んでやれ」

「了解しました」

ゴートが待っていましたとばかりに軽快な口調で答える。だが、ゴートが合図するよりも早く、ククが再び声をあげた。

「待ってください。アオイ様を説得いたします」

流石《さすが》に国との全面戦争は避けたいのか、執拗《しつよう》に引き留めてくる。雄一郎はククを冷たく見据えた。

「説得のための時間は、すでに与えたはずだ」

「私達の言葉では足りないのです。貴方の口からアオイ様を説得していただければ……」

ククの言葉に反応したのはゴートだった。笑いを含みながらも威圧的な声音でゴートが言い放つ。

「小娘一人説得できない自分達の無能さを棚にあげて、我々の女神様にそんなくだらない役割を押しつけるつもりか」

お笑い草だな、とばかりにゴートがくぐもった笑い声を漏らす。雄一郎が制するように片腕を伸ばすと、即座にゴートは笑い声を止めた。

冷や汗が浮かんだキキとククの顔を眺めたまま、雄一郎はゆっくりと唇を開いた。

「良いだろう。但《ただ》し、お前達のうち一人は人質としてここに残ってもらう。もう一人は、俺をアム・イースへ案内してもらおう。日が暮れる前に、俺や俺の部下達がこの駐留地に戻らなかった場合、ここに残った人質の首を切り落とし、アム・イースへの攻撃を開始する」

「我々がそこまで譲歩してやる必要はありますか」

ゴートが嫌そうに訊《たず》ねてくる。ゴートの不服げな顔を見上げて、雄一郎は宥《なだ》めるように呟《つぶや》いた。

「このままだと話が平行線のまま進まないだろう」

「それは我々の責任ではありませんよ」

「分かっているさ。お前の気持ちも分かっているつもりだ」

まるで友人と語るような親しみを込めて、雄一郎はゴートに答えた。雄一郎の穏やかな声音に、ゴートの表情がわずかに和《やわ》らぐ。自身の跳ねた髪の毛を軽く片手でかき混ぜながら、ゴートが呟《つぶや》く。

「オガミ隊長がいない間、大隊の指揮は俺に任せてもらえますか」

「お前しかいないだろう」

「いざという時に、人質の首を切り落とすのも？」

ゴートがちらとキキとククを見やる。途端、キキとククは俯《うつむ》いた。その細い顎《あご》に汗が伝っているのが見える。

「お前に任せる。だが、逸《はや》るなよ」

雄一郎が言うと、ゴートはにっこりと満足げな笑みを浮かべた。まるでプレゼントの箱を与えられた子供のようだ。その箱を開けるのが今から楽しみで仕方ないという表情。

俯《うつむ》いたままのキキとククを見やって、雄一郎は静かに問い掛けた。

「お前達は姉妹か」

「……ククは、私の妹」

キキが答える。その返答に、雄一郎はふぅんと興味なさそうな相槌《あいづち》を返した。

「では、どちらがここに残るか今すぐ決めろ。片割れを殺したくないのなら、死ぬ気で俺を守れ」

森の中は、明るく清涼とした空気が流れていた。遠くから見ると、入った者を二度と出さない樹海といった雰囲気なのに、実際に森に入ってみるとその心地のよさに尖《とが》っていた心がほぐれていく。大きく息を吸い込むと、湿った土と清らかな木々の匂いが肺いっぱいに満たされるのを感じた。

木の葉の隙間からは、燦々《さんさん》とした太陽の光が足元に零《こぼ》れ落ちている。宝石のように散らばった光を眺めていると、ふと娘がよくやっていた遊びを思い出した。「けん・けん・ぱ」と拍子をつけながら、雨上がりの水たまりを踏まないように跳ねる小さな姿が目蓋《まぶた》の裏に浮かび上がる。

『おとうさん、はやく、はやくっ』

黄色いレインコートを着た真名《まな》が振り返って、雄一郎を呼ぶ。だが、その顔は、ぽっかりと穴が開いたように思い出せなかった。二度と戻ってこない過去を辿《たど》るように、ぼんやりと足元を眺めていると、ふとキキが訊《たず》ねてきた。

「貴方は、自分が無謀だとは思わないのですか？」

詰問《きつもん》するような口調で問い掛けるその顔は、苦しげに歪《ゆが》んでいた。

「私が裏切って、貴方を殺すとは思わないのですか？　交渉が上手くいかなくて、自分が人質になるとは考えなかったのですか？」

キキの言葉に、雄一郎はゆっくりと立ち止まってから唇を開いた。

「まず、俺が死ぬぶんには問題ない。俺がいなけりゃいないで、残った連中が上手くやるだろう。俺が人質になった場合も、アム・イースと全面戦争になるだけで当初の指示と変わりない。それに何よりも、お前は俺を裏切らない」

最後は確信に満ちた声で雄一郎は答えた。キキがなぜとばかりに雄一郎を凝視してくる。

「お前には、妹を見殺しにする覚悟がない」

だから、俺を裏切ることはできない。そう突きつけると、キキはわずかに息を呑んだ。悔しげに顔を歪《ゆが》めて、雄一郎を睨《にら》み付けている。

先ほど駐留地で別れる際の、キキとククの様子を思い出す。どちらが駐留地に残るかという二人の話し合いは長くはなかった。ククが自分の方が機動力が劣ることをあげて、人質として残ると言ったのだ。キキは泣き出しそうな顔をして、首を左右に激しく振った。

その後、二人の間でどんな話し合いが行われたのかは解らない。キキとククはお互いの両手を握り締めたまま、口を噤《つぐ》んで見つめ合っていた。言葉は発さず、おそらく心で会話をしていたのだろう。結局、妹の言い分にキキは折れたようだった。出発の時まで、キキは妹を固く抱き締めたまま離さなかった。

「俺を裏切っても、殺してもいい。だが、その代わり、お前の妹は死ぬ。俺の部下は、必ず命令を遂行する。お前の妹の首を切り落とし、アム・イースを根絶やしにする」

雄一郎の淡々とした言葉に、キキはその目にありありと憎悪を浮かべた。呻《うめ》くようにキキが呟《つぶや》く。

「貴方は——下衆《げす》だ」

真っ直ぐな罵倒《ばとう》がなぜだかひどく心地よかった。自分に最もふさわしい称号がもらえたような気分だ。女神ではなく、ただの下衆《げす》。それが自分だった。

怒るどころか嬉しげに笑みを浮かべた雄一郎を見て、キキが気味悪そうに唇を引《ひ》き攣《つ》らせる。

「私は、貴方を女神とは思えない」

「そうか」

キキの率直な言葉に、投げやりな相槌《あいづち》を返す。だが、キキはその直後苦しげに唇を噛み締めた。

「でも、ククは迷っている。貴方を女神だと思いかけている」

雄一郎は顔を上げて、まじまじとキキを見つめた。

「ククは、私に貴方を守るようにと言った。もし貴方を死なせてしまえば、朽葉《くちば》の民は永遠に後悔すると。未来永劫、許されることはないと」

キキが射貫くように雄一郎を見据える。その緑色の目には、激情が渦巻いていた。

「私は貴方を信じていない。だが、私の妹は信じている」

ほとんど怒鳴るような口調で、キキは続けた。

「だから、私は貴方を必ず守る」

そう吐き捨てると、キキはさっさと身を翻《ひるがえ》して歩き出した。迷いを消し去ったように真っ直ぐに伸びたキキの背を眺めていると、何とも言えない苦々しい気持ちが込み上げてくるのを感じた。

雄一郎は舌打ちを一つ漏らして、再び足を踏み出した。


森の中を散々歩いた後、ようやく高い木の上に建てられた大量の住居が見えてきた。まるで鳥の巣のように、木で組まれた家が縦横無尽に建っている。家と家の間には細い橋がかけられており、それぞれの家からは長い蔓《つる》が地上へ垂らされていた。

密集した鳥の巣のような住居を見上げていると、一本の蔓《つる》を掴《つか》んだキキが呼んだ。

「こちらに」

近付くと、雄一郎に蔓《つる》を掴《つか》むよう促《うなが》してくる。雄一郎が蔓《つる》を掴《つか》むと、キキの片腕が雄一郎の腰に回された。まるで非力な女を抱き留めるような、力強い腕だ。

「しっかり掴《つか》んで。落ちないで」

そう呟《つぶや》かれるのと同時に、ぐんっと蔓《つる》が勢いよく上へと引き上げられた。どうやら滑車か何かで蔓《つる》を巻き上げているらしい。木の上までロープが巻き上げられると、広いバルコニーのような場所に身体を下ろされた。目の前には、枝の隙間を縫うようにして建てられた大きな屋敷が見える。

「どうぞ中へ」

口早に言い放って、キキが先導する。雄一郎は歩を進めかけて、ふと立ち止まった。辺りから、雄一郎を見つめている何百もの視線を感じる。振り仰ぐように視線を巡らせると、木々の上に建てられた家の窓からこちらを覗《のぞ》き見ている朽葉《くちば》の民達の姿が垣間見えた。皮膚にまとわりつく視線に、雄一郎はかすかに頬を歪《ゆが》めた。視線を振り払うように、大股で歩き出す。

屋敷の中に入ると、天井は吹き抜けになっており、木漏れ日がそのまま屋敷内に降り注いでいた。視線を上げれば、数羽の鳥が空を横切っていくのが見える。

大きな扉の前でキキが立ち止まった。扉の前には、門番であろう一人の朽葉《くちば》の民が立っている。視線を滑らせたキキに門番は素早く頷《うなず》くと、扉を数度叩いてから唇を開いた。

「アオイ様、宜《よろ》しいですか？」

問い掛けると、すぐに部屋の中から間延びした声が届いた。

「はぁい、どうぞー」

扉が開かれると、部屋の中央に大きな円卓が置かれているのが見えた。その円卓の前に、紺色のセーラー服を着た少女が座っている。

ストレートの黒髪を肩上まで伸ばした、どこにでもいる平凡な女子高生という印象だ。鼻は低いが目はパッチリと大きく、小さめの唇はぷるんと潤《うるお》っている。どちらかと言えば可愛らしい容姿をしているが、突出しているほどではない。雑誌の読者モデルとして一度だけ起用されそうな見た目だな、と思った。

雄一郎が無遠慮に視線を送っていると、少女はパッと人懐っこそうな笑みを浮かべた。

「あ、初めまして！　わたし、葛城葵《かつらぎあおい》っていいます！」

屈託のない無邪気な声だった。葵と名乗った少女は、慌ただしく椅子から立ち上がると、小走りで雄一郎に近付いてきた。身長は百五十センチ台半ばだろうか。

黙り込んだままの雄一郎を見上げて、葵が不安そうに眉尻を下げる。

「あの……黒髪ってことは、おじさんも日本から来たんですよね」

おどおどと問い掛けてくる声に、雄一郎はようやく唇を開いた。

「俺は日本人だが、この世界に飛ばされた時には南米のジャングルにいた。きみは？」

え、ジャングルぅ!?　と葵が素《す》っ頓狂《とんきょう》な声をあげる。

「わたしは、学校の屋上にいたはずだったのに、気が付いたらこの世界に来てたんです。助けてくれた人が言うには、わたしは川を流されてたみたいで……」

川を流されていた、という葵の言葉に、雄一郎は片眉を跳ね上げた。

もし何らかの間違いで、異なる場所にいた二人が同時にこの世界へ飛ばされたのだとしたら。そして、一人は地下神殿に現れ、もう一人は地下神殿から続く川に流されたのだとしたら——どちらが本当に女神として呼ばれた者なのか判らない。

雄一郎の険しい表情に気付くこともなく、葵は迷子の子供のように雄一郎の袖口をきゅっと指先で握り締めた。

「あの……ここ全然知らない人ばっかで怖くって……おじさん、名前なんていいますか……？」

心細そうな葵の声に、雄一郎は眉尻を下げた。どうしてだか葵を見ていると、自分まで元の世界が恋しいような気持ちにさせられる。

「尾上雄一郎だ」

答えると、葵はぱちぱちと大きく二度ほど瞬《またた》いた。それから、頬を綻《ほころ》ばせて「雄一郎おじさん」と嬉しそうに呟《つぶや》いた。

部屋に二人きりになると葵は更にお喋《しゃべ》りになった。時々テーブルに用意された花の香りがするお茶を飲みながら、身振り手振りを交えて、この世界に来てからのことを口早に説明していく。

葵は都内の高校に通う十六歳の少女で、学校の屋上で友達と昼ご飯を食べていた時に、突然こちらの世界に飛ばされたということだった。

「わたし泳げないから、溺れて気を失っちゃって……。そしたら、川岸に倒れてたわたしを見つけてくれた人が、ここなら安全だからってアム・イースに連れてきてくれたんです」

葵の拙《つたな》い説明を聞いた後、雄一郎は気になっていることを口にした。

「悪いが、一つ聞いてもいいか？」

「えっ、あ、はい！」

「先日、反乱軍がアム・イースに匿《かくま》われたという事実がある。きみはそれを知っているか」

「はいっ、もちろん。あの、なんだか困ってるみたいだったので、ここに隠れててもいいですよって言ったんですけど……」

悪気はないが結果的に最悪となった葵の行動に、溜息《ためいき》も出なかった。雄一郎は額《ひたい》を片手で押さえて、込み上げてくる頭痛に耐えた。雄一郎の様子を見た葵が慌てたように声をあげる。

「あのぉ、ダメだったんですか？　わたし、みなさんを助けられたらと思って……」

つまり反乱軍とは思いもせずに、人助けのつもりで手を貸したということか。その浅はかさに眩《め》暈《まい》を覚えるが、ただの女子高生にそこまでシビアな判断を求めるのもお門違いというものだろう。

「きみは、この世界について誰かから説明を受けているのか？」

改めて問い掛けると、葵は唇を真っ直ぐに引き結んだ。

「ええっと……たぶん教えてもらったと思います」

「どういうことを？」

「あの、わたしはこの世界に呼ばれた女神で、正しい王様を勝たせて、それから……」

そこまで言ったところで、葵の頬がかすかにピンク色に染まった。両拳《りょうこぶし》で膝頭《ひざがしら》を押さえて、もごもごと口ごもっている。その様《さま》を見て、雄一郎は緩《ゆる》く息を漏らした。

「王の子を身ごもるところまで聞いたのか」

「は、はい……」

雄一郎が言葉を続けると、葵は恥ずかしそうにか細い声で答えた。

「でもっ、それでこの世界の人達が救われるなら、わたしやります！　頑張れます！」

無邪気な綺麗事に雄一郎は一瞬頬を歪《ゆが》めそうになった。頑張れます、という言葉の意味を葵は本気で考えているのか。子供を産むだけではなく、自分自身が戦争に加担し、それが殺戮《さつりく》に結びつくかもしれないということを。

「頑張るのか」

苦虫を噛み潰したような雄一郎の声音に、葵は更に意気込んだ声をあげた。

「はいっ。わたし、こんなこと言うのも格好悪いんですけど……元の世界では全然目立たなくて、いるかいないか分からない透明人間だったんです……。でも、この世界ではわたしにやれることがある。誰かの助けになれるって分かって、すごく嬉しかったんです。だから、わたし、この世界で自分にできることなら何でもやりたいって思うんです」

前向きな葵の気持ちを聞けば聞くほど、雄一郎の心は冷めていった。

人のためを思って女神の役割を果たそうとする少女と、金のために自らを女神と嘯《うそぶ》き人を殺していく男。どちらが女神として相応《ふさわ》しいのかなんて考えなくても判る。

葵がおずおずと言葉を続ける。

「あの……テメレアさんに聞いたんですけど、わたしがいなかったせいで男の人が女神だと勘違いされて、わたしの代わりに色々してくれてたって……それって雄一郎おじさんのことですよね？」

勘違いという言葉に、一気に引導を渡された気持ちになる。しかも、それを言ったのはテメレアなのかと思った瞬間、ずんと腹の奥に重いものが伸《の》し掛《か》かった。

「そう、だな」

引《ひ》き攣《つ》った声が漏れる。こんな自分の娘ほどの年齢の少女の言葉に、いとも簡単に狼狽《うろた》えている自分が情けなかった。

葵がくしゃりと泣き出しそうな顔になって、小さく頭を下げる。

「わたしのせいで、雄一郎おじさんに迷惑かけてごめんなさい」

「別に、大したことはしていない」

そうだ、大したことはしていない。いつも通り見知らぬ誰かを殺して、二人の男に抱かれたことぐらい大したことではない。元の世界に戻れば、きっと雄一郎はすぐに忘れることができる。今までずっとそうやって、忘れて諦《あきら》めて生きてきたのだから。

押し黙った雄一郎を見つめて、葵はふと思い出したように両手をぽんと合わせた。

「あっ！　よければ、おじさんだけ元の世界に戻してもらえるように神様にお願いしましょうか？」

ガタッと椅子が揺れる音が聞こえた。大きく見開かれた葵の瞳に、椅子から勢いよく立ち上がった自分の姿が映っている。雄一郎は両手をテーブルの上に置いたまま、葵を見据えた。

「元の世界に戻れるのか」

「え、はい。たぶん、神様にお願いすれば……」

「その神様っていうのは」

上擦《うわず》りそうになる声を抑えて訊《たず》ねる。葵は、えーっと、と間延びした声をあげて続けた。

「そっか、おじさんは会ってないんですね。わたしがこの世界に飛ばされた時に、夢の中みたいなところで神様とお話ししたんです」

再び血の気が引くような感覚を覚えた。もしそれが真実だとしたら、雄一郎がこの世界に呼ばれたのは完全に間違いということになる。雄一郎は、神などには会っていないのだから。

「ファンタジー漫画に出てくるみたいな真っ白なお髭《ひげ》をはやしたお爺《じい》さんで、今でもたまに出てくるから、たぶんおじさんのことをお願いすれば大丈夫だと思うんです。雄一郎おじさんは、元の世界に帰りたいんですよね？」

問い掛けられた言葉に、雄一郎はどうしてだか素直に頷《うなず》くことができなかった。

本当はどうすればいいかなんて解り切っている。女神の役割を葵に任せて、自分はこの世界から消えればいい。軍事方面では頼りないが、ゴートや小隊長達が上手く葵をフォローするだろう。ノアだって嫌々こんなオッサンを抱くよりも、葵のような少女を妻に迎える方が嬉しいはずだ。テメレアも、こんな暴力的な男に仕えるよりも、葵の世話をする方がずっと幸せになれる。

雄一郎は、元からこの世界に未練などない。これ以上、この世界に残る理由はない。それなのに、どうして唇が動かない。

「……テメレア」

強張《こわば》った唇から、助けを求めるようにぽつりと名前が零《こぼ》れた。そんな自分自身がひどく惨《みじ》めに思えた。葵が緩《ゆる》く首を傾げる。

「テメレアさんですか？」

「テメレアを、呼んでもらえるか」

雄一郎のぎこちない声に、葵は気まずそうに眉尻を下げた。

「それが……テメレアさんは、もう雄一郎おじさんに会いたくないって言ってて……おじさんのことが怖いって……」

一瞬心臓に杭が突き刺されたかと思った。身体が軽く仰《の》け反《ぞ》って、首を絞められたかのように咽《の》喉《ど》から掠《かす》れた呼吸音が漏れる。

自分は傷付いているんだと自覚した瞬間、ひどく泣きたい気持ちが込み上げてきた。今まで散々テメレアやノアの気持ちを足蹴《あしげ》にしてきたというのに、いざ自分が見限られたら傷付くなんて調子がいいにもほどがある。雄一郎に傷付く権利などない。悲しいなどとは思ってはいけない。

唇を鈍く動かして、そうか、と答えようとする。だが、言葉を吐き出す前に、不意に幼い声が聞こえた。

『うそつき』

最初、その声がどこから聞こえてきたのか判らなかった。

『うそつき。テメレアがそんなこと言うわけないだろう』

再び、幼いが凛《りん》とした声が響く。雄一郎はその声に聞き覚えがあった。

「ノア？」

雄一郎が宙へ向かって呼び掛けると、葵は慌てたように椅子から立ち上がった。

「ノアって、王様のこと？」

忙《せわ》しなく辺りを見渡しながら、葵は泣き出しそうな声をあげた。

「わたし、ウソなんかついてないよ」

『それもウソだ。お前はウソばかり言ってる』

「なんで？　なにがウソだって言うの？」

葵の目は、すでに涙でぐずぐずに潤《うる》んでいた。だが、少女の悲痛な姿に哀れみの欠片《かけら》も見せず、ノアははっきりと答えた。

『お前は女神じゃない』

その時、気付いた。ノアの声は、雄一郎の左手首にある金の鎖《くさり》、その中央にはめ込まれた白い石から聞こえてきている。その金の鎖《くさり》は、先日ノアから大事なものだから絶対に失くさないように、と言われて贈られたものだ。石の中から、確信に満ちたノアの声が響く。

『雄一郎がこの世界の女神だ』

その瞬間、ひゅうぅう、と空っぽの洞穴に風が入り込むような音が聞こえた。葵が目を見開いたまま、咽喉《のど》をひゅうひゅうと鳴らしている。

「ちがうよ、わたしが女神だよ。だって、みんなそう言ってるもん」

子供が駄々を捏《こ》ねるみたいな口調だ。だが、その声は、どこか空虚さを孕《はら》んでいるように聞こえた。

『ちがう、お前じゃない』

「そんなことない。だって、普通に考えておかしいじゃない。女の人ならともかく、おじさんが女神だなんて変だよ。それを受け入れてる人達もみんな頭おかしいよ。みんな、みんな、おじさんよりわたしの方がずっと女神に相応《ふさわ》しいって、きっと思ってくれるよ」

ショックからか、葵の言葉には隠された本音が溢《あふ》れ出ていた。だが、その言葉は正論だと思った。中年男が女神だなんておかしい。雄一郎自身もそう思えたからこそ、息が苦しくなった。

石の中から、苛立《いらだ》ったノアの声が聞こえてくる。

『みんなとは誰のことだ。雄一郎は、民からもう十分女神として認められている』

「そんなの他の女神がいないから仕方なくじゃない。この国の人達だって、女の子の方が良いって思うに決まってる。王様だって、わたしに会ったら、絶対、絶対にわたしの方がいいって言ってくれるよ」

強気な言葉に反して、その声音は自信に満ちているようには聞こえなかった。私はそう信じたいと、どこか自分自身の言葉に縋《すが》り付いているような口調だ。

葵の口元に薄笑いが浮かんでいる。明るい少女には似合わない、どこか媚《こ》びを含んだ卑屈な笑みだ。

その時、石の中から雷鳴のような鋭い声が轟《とどろ》いた。

『僕の気持ちをお前が勝手に決めるな！　僕はもう雄一郎を選んだ！　雄一郎以外の者を女神と認めることはない！』

ノアの叫び声に、雄一郎は思わず自身の左手首に視線を落とした。その言葉に、どうしてだか凍《こご》え切っていた心臓が柔らかくほどけていくのを感じる。

葵が一歩後ずさる。だが、その唇はなおも足掻《あが》くように動いた。

「おかしいよ。絶対に、こんなのおかしい。だって、赤ちゃん作らなきゃなんないんだよ。男同士なのに、おじさんと……」

葵の身体がわなわなと震えている。そして、大きく見開かれた葵の瞳が雄一郎を真っ直ぐに捉えた。まるで気味の悪い化け物でも見るような、怖気を含んだ眼差《まなざ》しだ。

「雄一郎おじさん、おじさんは女神なんかやりたくないよね？　元の世界に帰りたいんだよね？そうだよね？」

そうだと言って、と祈るような葵の問い掛けに、雄一郎は一瞬言葉を失った。

女神なんかやりたくない。劣勢の戦争に巻き込まれるのなんて最悪だし、男に抱かれるのなんざ反吐《へど》が出ると思っていたはずだ。それなのに、なぜ自分は迷わず帰りたいと答えられないんだろう。

雄一郎は、じっと自身の左手首を見つめた。どうしてだか、今すぐノアの顔を見たいと思った。

「ノア……俺で、いいのか？」

俺でなくてもいいはずだ。俺じゃない方がいいはずだ。そう思ってきたはずなのに、なぜこんな矛盾《むじゅん》した質問をしているのだろう。すると石の中から、はっきりとした声が届いた。

『雄一郎がいいんだ。雄一郎じゃなきゃ、ダメなんだよ』

ノアの迷いのない答えに、心が震えた。嬉しいとも悲しいとも区別がつかない。ただ、鼓動が出《で》鱈目《たらめ》に跳ねる。雄一郎は、左手で自身の胸元を押さえた。

葵が呆然とした表情で、雄一郎を見ている。雄一郎は葵を見返すと、静かに呟《つぶや》いた。

「……悪いが、今は戻らない。まだ、この世界でやることがある」

やることとは何だろう。殺戮《さつりく》か、ノアを王にすることか、子供を産むことか。きっと自分でもその答えは出せない。

地震でも起こったかのように、葵がよろける。葵は壁に寄りかかったまま、顔を深く伏せて呟《つぶや》いた。

「なに、それ。気持ち悪い。気持ち悪いよ。やだやだ、ありえない。やだぁ」

呪詛《じゅそ》のように葵が何度も繰り返す。葵は俯《うつむ》いたまま、その頭部を前後にぐらぐらと揺らしていた。

そうして、不意にその声が弾けた。

「気ッ色悪いんだよ！」

叫び声と共に、葵はテーブルに置かれていたティーカップを鷲掴《わしづか》みにした。それを雄一郎に向かって一息に投げ付けてくる。至近距離だったため避けることもできず、ティーカップは雄一郎の額《ひたい》にぶち当たった。残っていた茶が顔面にかかり、ティーカップが割れる様子が視界の端に映る。

「っ……！」

割れた破片で額《ひたい》の右上辺りが切れた。花の香りのする茶と共に血がこめかみを伝って流れていく。傷口を確かめようと雄一郎が片手を上げた瞬間、葵が甲高い悲鳴を張り上げた。

「いやぁあぁッ！　たすけて、たすけてっ！　いやぁー！」

叫ぶのと同時に、葵は自分自身のセーラー服を一気に引き裂いた。破れた胸元から、ピンク色のブラに覆われたかすかな膨らみが覗《のぞ》く。その小さな胸の上で、赤い石がはめられたペンダントが左右に揺れていた。

葵の悲鳴に、慌ただしく背後の扉が開かれる。入ってきたのは、扉の外側で待機していた見張りの朽葉《くちば》の民だった。見張り兵は着衣を乱した葵の姿を見ると、サッと顔色を変えた。

「アオイ様っ！　何が……！」

「やだ、やだぁー！　その人、わたしのこと襲おうとしたのっ！　身体さわってきたのっ！　気持ち悪い、やだぁあ！」

葵は壁に縋《すが》り付いたまま、雄一郎を真っ直ぐ指さした。そのとんでもない台詞《せりふ》に、雄一郎は口角を引《ひ》き攣《つ》らせた。

「お前……」

純真な少女なんてとんでもない。とんだ嘘吐き女じゃねぇか。

唾棄《だき》したい思いが込み上げて、握り締めた拳《こぶし》がかすかに震える。こめかみに青筋を浮かべた雄一郎を見て、見張り兵が両腰に差していた短刀を引き抜いた。

「アオイ様から離れなさい！」

短刀の先端が胸元へと突きつけられる。だが、雄一郎は葵を睨《にら》み付けたまま目を逸らさなかった。葵は両手で顔を覆ったまま、ぐずぐずと鼻を鳴らしている。もうその姿を哀れとは思えなかった。

「この嘘吐き女が」

そう吐き捨てた瞬間、怒りに駆られた見張り兵が片腕を振り上げた。短刀の柄《つか》が雄一郎に向かって振り下ろされる。だが、短刀が雄一郎の頭部へ叩き付けられるよりも早く、見張り兵の身体がテーブルの上に叩き伏せられていた。大型の猫のように素早く現れたキキが、見張り兵の両腕を背後から取り押さえている。

「この方に危害を加えることは許さん！」

驚愕を浮かべた見張り兵に、キキが叫ぶ。暴れようとする見張り兵の首元へ、キキが肘を叩き付ける。見張り兵は咽喉《のど》からグゥッと苦しげな音を漏らして、そのまま意識を失ったようだった。その手から短刀が滑り落ちて、床を転がっていく。

壁に背を押しつけたまま、葵が首を左右に振りながら呟《つぶや》く。

「どうして？　どうして、その人を守るの？　わ、わたしが襲われたのに……」

呆然とする葵を見て、キキは苦しそうに顔を歪《ゆが》めた。だが、葵を庇《かば》おうとはしない。

葵の手がぶるぶると痙攣《けいれん》するように震える。だが次の瞬間、その手が床に転がった短刀を握り締めた。

「わたしが女神なのにッ！」

短刀を振り上げる葵の目は、すでに正気ではなかった。真っ赤に血走った目で、雄一郎を見据えている。だが、その刃が雄一郎に届く前に、再びノアの声が聞こえた。

『行け、イズラエル』

囁《ささや》くような声と同時に、左手首に巻き付けた鎖《くさり》がかすかに熱くなった。白い石がほのかに光を帯《お》びて、ずるりと長細い緑色の身体が石の中から這《は》い出てくる。金色の瞳がちらと雄一郎を見て笑った気がした。

「まったく王様まで龍使いが荒いわぁー」

軽口を漏らしながら石の中から現れたのは、イズラエルだった。突然現れた龍の姿に、葵がヒッと息を呑む。葵が怯《ひる》んだ隙を逃さず、イズラエルはロープのように自身の身体を葵の両腕へ巻き付けた。葵が掠《かす》れた悲鳴をあげて、握り締めていた短刀を取り落とす。

「やっ、なんでっ、なんでぇ！」

「五月蠅《うるさ》い小娘やなぁ。黙らんと、その舌噛み千切ったるで」

二股の舌をチロチロと見せつけながらイズラエルが脅《おど》すように囁《ささや》くと、葵は顔を恐怖に歪《ゆが》めて唇を閉じた。雄一郎は自身の左手首を軽く掲げて、イズラエルへと呆れたように呟《つぶや》いた。

「お前、これはどういうことだ」

左手首に巻き付いた金の鎖《くさり》を揺らして問い掛ける。

「あぁ、それ外さんでよかったのぅ」

「じゃなくて、何だと聞いてるんだ」

雄一郎の詰問《きつもん》に、イズラエルはその龍面をにやりと歪《ゆが》めて答えた。

「その石なら前に見たことあるやろ？」

そう問い掛けられて、雄一郎はわずかに片眉を跳ね上げた。この世界に来てからの記憶を探り始めてすぐに、思い出した。

「……あの台座の石か」

イズラエルと初めて会った時、白い台座の上で輝いていた白い丸石と、左手首の鎖《くさり》の石は確かに似ていた。イズラエルは正解と言わんばかりに、ひゃっひゃっと軽快な笑い声をあげた。

「そやそや。その石と台座の石とは繋《つな》がっとって、石を通じて景色や音やらを見聞きできるんや。

龍も召喚できるし、むっちゃ便利なアイテムやろぉ？」

ドヤ顔で答える龍を思い切り殴り飛ばしてやりたくなる。そんなストーカー御用達のようなアイテムを、何の説明もなく付けたノアも同様だ。だが、それに助けられたのも事実で、責めるに責められず、雄一郎は深く溜息《ためいき》を漏らした。

「宝珠の、龍」

不意に、背後からひとり言のような声が聞こえた。キキが呆然と立ち尽くしたまま、イズラエルを凝視している。しばらくイズラエルを見つめた後、キキは雄一郎に視線を向けた。

「宝珠を連れているということは、貴方が女神なんですか」

改めての問い掛けに、ひどく歯がゆいような恥ずかしいような心地になる。雄一郎は視線を逸らしたまま、投げやりに答えた。

「そういうこと、だろうな」

前までだったら「さぁな」だとか「知るか」と答えていただろう。だが、先ほどのノアとのやり取りを思い出すと、自分に与えられた女神という呼び名を容易《たやす》く否定することができなくなった。

雄一郎の返答に、キキはその場に片膝を付いて頭《こうべ》を垂れた。

「これまでのご無礼、申し訳ございませんでした。我々朽葉《くちば》の民は大いなる間違いを犯しました。存分に処罰をお与えください」

馬鹿真面目すぎるキキの申し出に、雄一郎は投げやりに首を左右に振って言い放った。

「処罰云々の前に、先にテメレアを俺のもとに連れてこい」

テメレアが雄一郎に会いたくないと言ったのが真実か嘘かは判らない。だが、たとえ真実だったとしても、本人の口から聞くまでは納得できそうになかった。

雄一郎の命令に、キキは再び頭《こうべ》を垂れた。そのまま素早い足取りで部屋から出ていく。

改めて葵に視線を投げて、雄一郎はイズラエルに問い掛けた。

「それで、その女は一体なんなんだ」

雄一郎が軽く顎《あご》をしゃくると、イズラエルは首を伸ばして、硬直している葵の顔を覗《のぞ》き込んだ。

葵は唇を一文字に引き結んだまま、その額《ひたい》に冷や汗を滲《にじ》ませている。

じろじろと無遠慮に葵を見つめてから、イズラエルは感嘆したように呟《つぶや》いた。

「あぁ、驚いたなぁ。この子もきみと同じ世界から飛んできた人間や」

「つまり、葵も女神ということか？」

雄一郎が急《せ》くように訊《たず》ねると、イズラエルは頭を軽く傾げた。

「そうとも言えんこともないなぁ」

「そういう曖昧《あいまい》な言い方はよせ。正確に言え」

噛み付くような口調の雄一郎に対して、イズラエルはやけに余裕綽々《よゆうしゃくしゃく》な様子で長い髭《ひげ》を揺らした。

金色の瞳を細めて、真っ赤な口を開く。

「たぶんな、この子はスペアや」

「スペア？」

「きみが死んだ時用の代替え品の女神や言うたら分かりやすいか？」

サァッと血の気が引くのを感じて、雄一郎は思わず葵を見つめた。葵も信じられないものを見るような眼差《まなざ》しで雄一郎を凝視している。イズラエルが知ったかぶりな口調で続ける。

「もしかしたら、ほんまはきみの方がスペアやったんかもしれん。小娘の方がほんまもんの女神で、小娘が足らん部分を補《おぎな》うためにきみが呼ばれたんかもしれん。王の寵愛や民からの敬愛を受けるのは小娘、軍事方面で采配《さいはい》振るうんはきみ。今まで女神一人やと負担が大きくて、折角の女神がようけ壊れてしもうとったから、今回は二人呼んで役割分担させるつもりやったんかもしれんなぁ」

つまり、雄一郎と葵は、ニコイチの女神として呼ばれたということか。お互いに足りない部分を補《おぎな》い合い、助け合い、そして、どちらかが死んだ時のスペアとなるために。

唖然とする雄一郎と葵を置いてきぼりにして、イズラエルが、うーん、と悩むような声をあげる。

「でも、正直言うと、神様が考えることは僕にもよう分からん。二人の女神なんて前代未聞やし、まさか男の方が王に選ばれるとは神様も予想外だったかもしれんしのう」

神様のくせに、なんていい加減なことを、と吐き捨てたくなる。

すると、両腕をイズラエルに取り押さえられたままの葵が、震える声を漏らした。

「じゃ、じゃあ、おじさんじゃなくて、わたしが王様に女神として選ばれてる可能性もあったってこと……？」

「まぁ、そやな」

「じゃあ、なんで？　なんで、わたしがスペアになってるの？」

「そんなん僕に分かるわけないやろう。単なる運やないか、運」

運と一言で切り捨てるには、あまりにも残酷な現実だった。もしも川に流されたのが雄一郎で、地下神殿に現れたのが葵だったら。もしくは、二人ともが地下神殿に現れていたら、きっと今女神と呼ばれていたのは、雄一郎ではなく葵だったはずだ。

葵が呆然とした表情で宙を見つめている。不意に、その首がガックリと折れた。

「やっと……わたしを必要としてくれる世界に来られたと思ってたのに……」

ぽつりと漏らされた言葉には、途方もない悲哀が滲《にじ》み出していた。葵の肩が小刻みに震えている。泣いているのだろうかと思った瞬間、薄暗い笑い声が鼓膜を揺らした。

ふ、ふふ、ふ、と羽虫が耳元で飛び回っているような不快な声が響く。顔を上げた葵の口元には紛《まぎ》れもない笑みが浮かんでいた。少女特有の残酷さを含んだ、とびきり無邪気な笑顔だ。

「じゃあ、おじさんが死んだら、私が女神になれるってことだね」

愛らしい笑みを浮かべたまま、葵が続けざまに呟《つぶや》く。

「来て、アズラエル」

その言葉の意味を考える暇はなかった。葵の胸元で、赤い石がはめられたネックレスが一際《ひときわ》強い光を放つ。イズラエルが出てきた時と同じ光だと思った次の瞬間、腹部に衝撃が走った。まるで車でもぶつかってきたような重たい衝撃に、咽喉《のど》の奥から呻《うめ》き声が漏れる。

『雄一郎！』

石の中からノアの叫び声が聞こえた。だが、その声に返事はできなかった。衝撃で、左手首から金の鎖《くさり》が外れて、床へと転がっていく。

気が付けば、胴体を巨大な爪に鷲掴《わしづか》みにされて、ギリギリと締め上げられていた。圧迫感と苦痛に、ガフッ、ガフッと濁《にご》った咳が漏れる。不規則な呼吸を繰り返しながら、雄一郎はゆっくりと顔を上げた。

視線の先に、真紅《しんく》の龍がいた。巨大な体躯《たいく》で部屋をみちみちと圧迫しながら、真紅《しんく》の龍はまるで玩具のように雄一郎の身体を握り締めている。巨大な爪に持ち上げられているせいで、爪先が床から浮かんで揺れていた。

「イズラエル、久方ぶりだな」

真紅《しんく》の龍の口から、壮年の紳士のような落ち着いた声が聞こえてくる。イズラエルはその面《おもて》を歪《ゆが》めて、真紅《しんく》の龍を睨《にら》み付けていた。

「アズラエル……今回はお前の番やないはずやろう」

「仕方がないだろう。今回は女神が二人いるのだから、我々守護獣も二頭いるのがセオリーというものだ」

まるで小さな子を窘《たしな》めるような口調で、アズラエルと呼ばれた真紅《しんく》の龍は言った。その間も、雄一郎の胴体を握り締める手にどんどん力が込められていく。内臓が押し潰されて、背中に鋭く尖《とが》った爪がずぶずぶと食い込んでくるのを感じた。

「ツグ、ぅ……！」

あまりの激痛に、咽喉《のど》の奥から殺し切れなかった呻《うめ》き声が零《こぼ》れる。傷口から溢《あふ》れた血が服に染み込んで、ぽたぽたと床へと滴《したた》り落ちていく。その血を眺めて、イズラエルがすぅっと目を細めた。

「アズラエル、僕の女神を離さんか」

「きみこそ私の女神を離してくれないか。そうでないと、うっかり力加減を誤って、この子の腹を突き破ってしまいそうだ」

鋭い爪が更に背に潜《もぐ》り込んでくる。背筋が裂かれ、神経をそのままナイフで貫《つらぬ》かれるような痛みに、咽喉《のど》から絶叫が迸《ほとばし》る。

「ツぎ、ぁアアッ！」

「やめぇ！　離すけぇ、やめぇや！」

らしくもないイズラエルの切迫した声が響く。朦朧《もうろう》とした視界の中、イズラエルが葵の腕からするすると離れていくのが見えた。途端、葵が勝ち誇ったように笑みを深める。

アズラエルを見つめたまま、イズラエルが低い声で問い掛ける。

「お前、どうするつもりなんや」

「どうするつもりとは？」

「雄一郎を殺したところで、正しき王はその娘を選ばんで。お前がどんだけその娘を女神にしよう思うても、もうノアの心は決まっとる。テメレアもその娘に仕えることは死んでも選ばんやろう」

「そうだね。正しき王も仕《つか》え捧《ささ》げる者《もの》も、随分と一途な子達のようだからね」

「女神にもなれん娘を守ってどうするんや。お前は、僕らの使命を忘れたんか」

イズラエルの言葉に、アズラエルは少し首を傾げた。その仕草はかすかに笑っているようにも見える。

「彼らが私の女神を選ばないのなら、私達が正しき王や仕《つか》え捧《ささ》げる者《もの》を選べばいい」

「何を……」

困惑するイズラエルに、アズラエルは高らかにこう叫んだ。

「正しき王は『エドアルド＝ジュエルド』！　仕《つか》え捧《ささ》げる者《もの》は『ロンド＝ジュエルド』！　導く女神は『葛城葵』！　私達は偽りの女神と王を屠《ほふ》り、国賊共を殲滅《せんめつ》し、新たな国を創り上げる！」

紛《まぎ》れもない宣戦布告に、イズラエルが息を呑む。長い沈黙の後、イズラエルが唸《うな》り声を漏らした。

「お前ら……最初から反乱軍に手を貸しとったんか……」

アム・イースに反乱軍を匿《かくま》ったのも意図的だったのだろう。最初から葵は反乱軍側の人間だったのだ。

雄一郎は息も絶え絶えに二頭の話を聞いていた。背から溢《あふ》れる血は、すでに床に真っ赤な血だまりを作っている。失血のせいで頭がぐらぐらと揺れて、目の前の光景がぼやけていく。

アズラエルが柔らかな声音で答える。

「きみ達がそうであるように、私達にも選ぶ権利があるということだよ」

「神の意志に背《そむ》くつもりか」

ぐるるる、と威嚇《いかく》するようなイズラエルの唸《うな》り声に、アズラエルは和《なご》やかな声を返した。

「イズラエル、神はすべてを解ってくださる」

その返答に、イズラエルは呆気に取られたように硬直した。すると、葵がそっと呟《つぶや》いた。

「わたしを必要としないなら、こんな世界いらない」

葵は、雄一郎を見つめて微笑んでいた。慈愛に満ちた、女神のような微笑みを浮かべたまま続ける。

「殺して、アズラエル」

その言葉が発せられた瞬間、部屋の空気がぶわんと大きく揺らいだようだった。

葵の言葉を皮切りに、イズラエルがアズラエルに向かって一気に飛び掛かってきた。先ほどまでは小さかったイズラエルの身体が見る見るうちに巨大になっていく。

「僕の女神を離せッ！」

甲高い声をあげながら、イズラエルがアズラエルにヤモリのように張り付き、その胴体に鋭い爪を突き立てる。だが、爪が食い込むよりも早く、アズラエルの尻尾が鞭《むち》のように大きくしなった。

ヒュンッという風を切る音と同時に、アズラエルの尻尾がイズラエルの身体を跳ね飛ばす。イズラエルの巨体が壁にぶち当たった瞬間、激しい轟音《ごうおん》が響き渡った。

崩れた壁の下からイズラエルの唸《うな》り声が聞こえる。アズラエルは、尻尾の先をゆらゆらと揺らしながら、イズラエルの方を眺めて呟《つぶや》いた。

「イズラエル、運命に逆らうんじゃない」

諭すようなアズラエルの口調に、不意に激しい怒りが込み上げた。

「ふッ、ざけるな」

激痛の中、雄一郎は強張《こわば》った咽喉《のど》を動かした。自身の胴体を握り締めるアズラエルの巨大な手を鷲掴《わしづか》みにする。硬く冷たい鱗《うろこ》に爪を突き立てながら、雄一郎は唸《うな》るように吐き捨てた。

「なに、が運命だ。なにが、神の意志だ。お前達が神と呼んでる奴は、人形遊びを楽しんでる、ただのガキじゃねぇか」

これが運命だと言うのなら、雄一郎達がやってきたことは何もかも無意味だということか。これまでの戦いも、死んだ人間も、所詮は運命の予定調和でしかないということか。

雄一郎の言葉に、アズラエルは楽しそうに目を細めた。イズラエルと同じ、三日月が浮かんだ金色の瞳が雄一郎を見つめている。

「きみは、とても不思議な子だね」

世間話でも振るような、親しげで柔らかな声だった。

「滅茶苦茶に破綻しているようで破綻していない。壊れるギリギリのところで踏みとどまっているようで、いっそ壊れてしまいたいと願っている。理知的なようで、衝動で動く。何も怖くないように振る舞っているが、本当は人間を心から恐れている。誰にも愛されたくなどないのに、愛を与えられて、それを失いたくないと思っている。もう二度と、失うことに耐えられないと思っている」

告げられた内容に、雄一郎は言葉を失った。唇を閉じられないまま、アズラエルを凝視する。鋭い牙が並んだ真っ赤な口がそっと雄一郎の耳元へ近付く。

「きみの奥さんと娘さんのことは、本当に気の毒だった。言葉にできないほど痛ましく、哀れなことだ」

頭の中が真っ白になった。なぜ、アズラエルが雄一郎の妻と娘のことを知っているのか。

アズラエルの瞳を凝視する。アズラエルの瞳に滲《にじ》んだ哀れみの色を見た瞬間、『運命』という言葉が思い浮かんだ。

あれが運命なのか。妻と娘が死んだことが運命だと言うのか。あんな残酷な、惨《みじ》めな死に方が、正しく生きてきた人間に与えられた運命だと。

腹の底から憎悪が這《は》い上がってくる。全身がパンッと音を立てて弾けてしまいそうなほどの怒りに、目の前が真っ赤に染まった。アズラエルの爪が深く突き刺さるのも構わず、雄一郎は身体を捩《ねじ》るようにして自身の左足に手を伸ばした。

ブーツに隠していたナイフを引き抜く。両手でグリップを握り締め、全身の力を込めてナイフの切っ先をアズラエルの爪の付け根に突き刺す。だが、鱗《うろこ》が硬すぎるのか、ナイフは数センチほど埋まったところで止まってしまった。

爪が深く潜《もぐ》り込んだ自身の背中から、ぼたぼたと血が零《こぼ》れ落ちる音が聞こえる。雄一郎は荒い息を吐き出したまま、アズラエルを見据えた。水中にいるように、視界がゆらゆらと揺らぐ。

「可哀想に、泣いているのかい」

自身の手に突き刺さったナイフに構いもせず、アズラエルが哀れむように囁《ささや》く。その言葉で、雄一郎は自分が泣いていることに気付いた。両目からぼろぼろと大粒の涙が溢《あふ》れ出して、止まらない。

「殺して、やる」

涙でくぐもった声で、呪詛《じゅそ》を吐き捨てる。だが、それは一体誰へ向けた言葉なのか自分でも分からなかった。目の前のアズラエルか、神か、自分自身か、この世界のすべての人間へか。

だが、煮《に》え滾《たぎ》るような殺意に反して、ナイフを握り締める指先が震える。失血のせいで指に力が入らず、ナイフが手から滑り落ちた。涙が目尻を伝って、床の血だまりへぽたぽたと落ちていく。

「アズラエル、早く殺してよ！」

葵が焦《じ》れたように叫ぶ。そのヒステリックな声に、アズラエルは穏やかに声を返した。

「分かっているよ、私の女神。きみの願いは叶える」

不意に、ぐんっと身体に重力がかかった。雄一郎の身体を掴《つか》んだまま、アズラエルが凄《すさ》まじいスピードで屋敷の中を飛行している。まるでロケットにでも乗ったかのように、周りの光景がぐんぐんと通り過ぎていく。

屋敷の中から飛び出すと、アズラエルは雄一郎を掴《つか》んだまま空高く昇っていった。背の高い木が見る見るうちに小さくなっていく。涙で滲《にじ》んだ視界に、真っ赤な空が映った。夕暮れ時なのか、おぞましいほどに巨大な夕日が間近に見える。天も地も赤く染まり、まるで世界が地獄の業火《ごうか》で焼かれているかのような光景だった。

あれは本当に太陽だろうか。もしかしたら、雄一郎が知らない別の惑星かもしれない。掠《かす》れていく思考の中、そんなことをぼんやりと考える。

雲にすら届きそうなほどの高みまで来ると、アズラエルはようやく上昇を止めた。空中に浮かんだまま、ゴム人形のように力の抜けた雄一郎の顔を覗《のぞ》き込んでくる。

「あれを見なさい」

大きな爪で、カクリと首を真横に倒される。視界に映ったのは、赤い大地に並んだ軍列だ。一見したところ、旅団程度の編成に思える。森を挟んだ先に、反乱軍の軍旗が大量に翻《ひるがえ》っていた。

まだ森の中に反乱軍が隠れていたのか。それともアム・イースの件でうかうかしている間に、ここまで距離を詰められたのか。どちらにしても自分のしくじりだった。

ぐぅ、と咽喉《のど》が呻《うめ》き声を漏らす。意識が飛びそうだというのに、それでも何かを求めるように指先が戦慄《わなな》いた。

この手にナイフを。この手に銃を。敵を皆殺しにし、運命すらも叩き潰せる力を、この手に。

「きみは怖い子だ。こんな状況でも、戦うことを選ぶのか」

空中を漂《ただよ》いながら、アズラエルが囁《ささや》く。憎悪に血走った目で睨《にら》み付けると、アズラエルはひどく嬉しそうに咽喉《のど》を鳴らした。滑らかな鱗《うろこ》が生えた口元を、するりと雄一郎の頬へ擦り寄せてくる。

「きみを食べてしまいたい」

うっとりとしたアズラエルの声に、反吐《へど》が出そうになる。雄一郎は真っ直ぐアズラエルを見据えて口角を吊り上げた。

「俺が、お前を、食ってやる」

いつか必ず切り刻んで、生きたまま食い殺してやる。鋭い断末魔を聞きながら、龍の血潮を啜《すす》り、その肉を食い千切る。その瞬間が待ち遠しいと言わんばかりに、雄一郎はかすかに笑った。

アズラエルの瞳に恍惚《こうこつ》とした色が滲《にじ》む。金色の瞳に、じわりと情欲が溶け出していた。

「もしもきみが私の女神だったら、きみを傷つける何もかもから守ってあげたのに——残念だ、尾上雄一郎」

惜しむような、憐《あわ》れむような、それでいて恋焦《こ》がれるような声音が聞こえた次の瞬間、ふっと身体から重さが消えた。視線の先に、何も掴《つか》んでいないアズラエルの手が見える。

一瞬の浮遊感の後、空から落ちていく。浮遊感は即座に重力へと変わった。空中に放り出された身体が猛烈な勢いで地面に引っ張られていく。風圧のせいで、背中から溢《あふ》れ出した血が上に飛び散る。まるで血の雨が空に向かって降り注いでいるようだった。

目に入った血のせいで、血と夕日の色が混じり合ってチカチカと乱反射する。回転する万華鏡の中に放り込まれてしまったかのような光景に、目が眩《くら》んだ。

このまま死ぬのかと思った。死ぬのは当然だ。むしろ、死こそ自分に与えられた最大の安らぎのように思えた。苦しみはなく、全身に満ちていた怒りも、張り裂けそうなほどの悲しみも、今はない。まるで眠りに落ちる前のまどろみのような心地よさが身体を包んでいく。

死ねば、もう何も感じない。やっと、この惨《みじ》めな人生を終えられる。身体に満ち満ちた憎悪や悔恨から解放され、ようやくこの悪夢から逃れることができる。

それなのに――どうして涙が出てくるのか。

眼球に入った血を押しのけて、涙が止《と》め処《ど》なく溢《あふ》れてくる。恐怖からの涙ではない。後悔の涙だ。俺は、今まで後悔しかしていない。そう思った瞬間、雄一郎は叫んでいた。

「イズラエル！」

腹の底から龍の名を叫ぶ。酸欠のせいで、声を張り上げる度に意識が途絶えそうになる。

先ほどアズラエルに胴体を掴《つか》まれた時に、左手首の鎖《くさり》は外れてしまっている。それでも、雄一郎は何かを掴《つか》み取るように空へ左腕を伸ばした。

「イズラエル、来い！」

叫んだ瞬間、風を切る音が聞こえた。まるで弾丸が飛んでくるような音だと思った。

重力のまま落ちていた身体が、ぼすんと柔らかいものに受け止められた。振り返ると、巨大化したイズラエルが雄一郎の身体を抱き締めていた。

真下を見下ろすと、残り十数メートル程度で森に落下する距離だった。あのまま落ちていたら、木にぶつかって全身が千切れ飛んでいたことだろう。

「ほんま、龍使いが荒いわぁ」

おどけた口調で言いながらも、イズラエルの呼吸はひどく荒かった。先ほどアズラエルに撥《は》ね飛ばされた時の怪我だろうか、その胴体からは血が滲《にじ》み出している。

イズラエルの傷口に手を伸ばそうとした時、大地から火薬が炸裂する轟音《ごうおん》が響いた。ハッと視線を向けた時には、反乱軍の陣営からこちらに向かって砲弾が発射されていた。人間の頭部ほどの大きさの砲弾が凄《すさ》まじい勢いで近付いて来る。

「避け――」

避けろと叫ぶよりも早く、重たい衝撃が走った。獣のおぞましい咆哮《ほうこう》が響き渡り、ビリビリと大気を震わせる。砲弾は、イズラエルの身体に命中したようだった。胴体の肉をごっそりと抉《えぐ》られたイズラエルが噴水のように赤黒い血を噴き出しながら、くたりと身体から力を抜いた。

「イズ、ラエル……ッ！」

飛行を維持できず、龍と絡まりながら森の中へと落下していく。イズラエルの身体で守られているとはいえ、時折鋭い枝が服を破り、皮膚や肉を抉《えぐ》っていった。太い枝にぶつかると、腕や足がミシミシと軋《きし》んだ音を立てる。その度に、身体がバラバラになるほどの激痛が走った。

「雄一郎様！」

どこからか雄一郎を呼ぶ声が聞こえた。だが、誰の声かと考える暇もなく、硬い板に全身が叩き付けられた。咽喉《のど》からくぐもった呻《うめ》き声が漏れる。どうやら落ちたのは、高い木の上に設置されたウッドデッキのような場所だった。

落ちた拍子にイズラエルから離れて、身体が数度板の上を転がる。板の端から身体が滑り落ちた瞬間、不意に誰かに左手を掴《つか》まれた。落下しかけていた身体がぶらんと宙にぶら下がる。

「手を掴《つか》んでください！」

頭上から聞こえてくる声には聞き覚えがあった。もうほとんど力の入らない首をかすかに動かして、頭上を見やる。板から大きく身を乗り出したテメレアが、雄一郎の左手を掴《つか》んでいる。

血で濡れた雄一郎の手を必死で掴《つか》んだまま、テメレアが泣き出しそうな声で叫ぶ。

「お願いです、早く掴《つか》んで……！」

血で手が滑りそうになっているのだろう。テメレアの指が手の甲にきつく食い込んでいる。だが、力を入れようにも、もうピクリとも身体が動かなかった。痛みのせいで、全身が麻痺《まひ》している。

「雄一郎様、お願いです。どうか……」

懇願するようなテメレアの声に、どうしてだか憐《あわ》れみが込み上げてきた。落ちないようにささくれた板の縁《ふち》を掴《つか》んでいるテメレアの左手からは、ぽとぽとと血が零《こぼ》れ出ている。

「……はな、せ」

震える唇で、ようやくそれだけを漏らす。その瞬間、テメレアはひどく傷付いた表情を浮かべた。下唇を噛み締めたまま、テメレアが唸《うな》るような声を漏らす。

「嫌です」

「は、なせ」

「絶対に嫌です！　貴方を死なせない！」

頑《かたく》なにテメレアは拒絶した。だが、そう言っている間にも、テメレアの身体が雄一郎の重みにずるずると引っ張られていく。板の端から上半身を乗り出したテメレアの姿を見て、雄一郎は祈るように囁《ささや》いた。

「たのむ、離して、くれ」

なぜ自分がこんな事を言っているのか、雄一郎にも説明できなかった。ただ、目の前の健気で哀れな男を死なせたくなかった。人殺しの自分が、目の前の男には生きて欲しいと願ってしまった。そんな自分がひどく愚かに思えた。

ふっ、と小さく息を吐き出す。知らず表情が和《やわ》らいで、笑みが滲《にじ》んだ。

「お前の、呪いも……とける」

それが自分がテメレアに与えられる、最期で唯一の手向けのように思えた。雄一郎が死ねば、テメレアの呪いも解け、自由になれる。もう何にも、誰にも縛られることはない。

テメレアが愕然とした表情を浮かべる。まるで裏切られたような表情で雄一郎を見下ろし、テメレアは唇をかすかに震わせた。

「……貴方を、ひとりで死なせない」

掠《かす》れた声には、悲壮感ともつかぬ決意が滲《にじ》んでいた。霞《かす》んだ視界の中、テメレアが泣き笑うような表情で雄一郎を見つめている。

「一緒に死んでください」

囁《ささや》かれた言葉の意味を理解する前に、テメレアが板の端を掴《つか》んでいた左手を離した。雄一郎に引きずられて、テメレアの身体がずり落ちてくる。その片手は、雄一郎の手をキツく握り締めたまま、決して離そうとはしない。

身体が再び落ちていく。胃がひゅっと持ち上がるような感覚を覚えた次の瞬間、落ちかけていた身体が再び止まった。見上げると、テメレアの足を掴《つか》んでいるキキの姿が見えた。

「諦《あきら》めないで！　絶対に離さないでください！」

キキが怒鳴るように叫ぶ。キキだけではない、何人もの朽葉《くちば》の民がテメレアの身体を引っ張り上げようとしている。奥歯を食い締め、テメレアが血で汚《よご》れた右手で雄一郎の左手首を掴《つか》む。それと同時に、身体がゆっくりと引き上げられていった。

上げられた瞬間、身体が板の上を力なく転がった。血を失いすぎたせいで目の前は暗く陰り、聞こえてくる自身の呼吸音も小さい。全身から溢《あふ》れ出る血が板に黒く染み込んでいく。

「雄一郎様！」

雄一郎の顔を真上から覗《のぞ》き込んだテメレアが悲痛な声をあげる。

「気をしっかりもってください！　貴方は死んではいけない！」

随分な無茶を言うと思って、笑いそうになった。だが、表情筋が思うように動かない。

胸が苦しくなって、濁《にご》った咳が漏れる。途端、赤黒い血反吐《ちへど》が口からゴボリと溢《あふ》れ出した。内臓まで損傷しているらしい。今まで戦場でこうやって死んでいく人間を何人も見てきた。きっと長くは保たないだろう。冷静にそう分析する自分が何とも滑稽《こっけい》だった。

テメレアが絶望的な顔をして、唇を戦慄《わなな》かせている。

「あ、あぁ、駄目です。駄目です。死なないでください。お願いです。死なないで……」

テメレアらしくない、拙《つたな》い口調だ。祈るようにテメレアは雄一郎の片手を握り締めている。冷え切った手が小刻みに震えていた。

朽葉《くちば》の民達が愕然とした表情で、雄一郎を見下ろしている。死にゆく女神を前に、誰もが呆然と立ち尽くしている。

その時、のしのしと重たい足音が聞こえてきた。ふらつきながら、イズラエルが雄一郎に近付いてくる。その胴体は、砲弾で大きく抉《えぐ》られており、大量の赤黒い血液を垂れ流していた。

イズラエルは雄一郎の傍《かたわ》らに倒れるように横たわると、弱々しい声で問い掛けてきた。

「雄一郎……死ぬんか……」

あぁ、きっと死ぬだろうな。と笑い事のように言ってやりたかった。だが、唇が動かない。目だけをイズラエルに向けると、イズラエルはひどく泣き出しそうな顔で雄一郎を見つめた。

「きみを死なせとうない」

そうか、悪いな。たぶんもう助からないと思うぞ。そう頭の中では返すのに、言葉にできないのがもどかしい。

イズラエルがぐっと頭をもたげて、雄一郎の顔を覗《のぞ》き込んでくる。

「痛いかもしれんが、我慢してくれえや」

言い聞かせるように言った後、イズラエルはテメレアに向けて顎《あご》をしゃくった。

「僕の血を雄一郎に飲ませえ」

「龍の血を？」

両手を雄一郎の腹部に当てたまま、テメレアが困惑したように返す。

「そうや、はようせんと手遅れになるで」

イズラエルの言葉に、テメレアは手早く動いた。キキから渡された木製の杯《さかずき》に、滴《したた》り落ちるイズラエルの血を受ける。赤というよりも黒々として見える液体を雄一郎の口元に近付けて、テメレアは懇願するように囁《ささや》いた。

「雄一郎様、飲んでください」

唇の隙間に、ゆっくりと血が注がれる。大半は唇の端から零《こぼ》れ落ちたが、わずかな量が咽喉《のど》に流れてきた。コールタールのようにねっとりとした液体が咽喉《のど》を通って、体内に落ちていく。

「テメレア、しっかり押さえときや」

イズラエルの言葉に、テメレアは一瞬目を瞬《またた》かせたが、すぐに雄一郎の両肩を上から押さえ付けた。

か弱い呼吸を何度も繰り返す。鼓動が次第に弱まっていくのが分かる。だが、目の前がブラックアウトしかけた瞬間、突然心臓を串刺しにされるような痛みが全身を貫《つらぬ》いた。

「ぎゃっ……あぁアァアァッあああっっぁ!!」

絶叫が咽喉《のど》から迸《ほとばし》る。まるで体内でダイナマイトでも爆発したかのようだった。心臓が、肺が、肝臓が、大腸が、次々に炸裂し体内をびちゃびちゃと音を立てて飛び散る感覚。灼熱の熱さを伴う激痛に、目蓋《まぶた》の裏が真っ赤に染まる。

「あッ、アァあぁっ、あぁっ！」

熱いと訴えたいのに、舌が回らない。細胞一つ一つが熱を持って、強制的に再生を繰り返している。傷を負った部分の肉や組織がミチミチと音を立てて繋《つな》がっていくのを感じた。

いっそ死んだ方がマシだと思えるほどの苦痛に、全身が滅茶苦茶に暴れ出す。四肢がバタバタともがくのを、テメレアが全身の力を込めて押さえ込んでくる。

「雄一郎様、どうか耐えてください……！」

祈るようなテメレアの声に、駄々っ子じみた怒りが込み上げてきた。衝動のままにテメレアの首を両腕で引き寄せる。そして雄一郎はテメレアの肩口に全力で噛み付いた。

「ツ、ぐぅ……！」

テメレアの咽喉《のど》から押し殺された声が漏れる。だが、雄一郎は構わず更に歯をギリギリと食い締めた。犬歯が肉に食い込み、口内に血の味が広がる。

血の味がした瞬間、どうしてだか甘いと思った。舌先に感じる甘さに、痛みがゆっくりと和《やわ》らいでいく。先ほど飲んだ龍の血が、テメレアの血で中和されていくようだった。

雄一郎は、無我夢中でテメレアの血を啜《すす》った。飲めば飲むほど、脳味噌の芯が柔らかくほぐれていく。全身から骨がなくなって、くにゃくにゃにとろけていく感覚に、頭が真っ白になる。

「はっ……ぁ」

口元を真っ赤に汚《よご》したまま、雄一郎は恍惚《こうこつ》とした吐息を漏らした。まるで母の乳をしゃぶる赤子のように、血を滲《にじ》ませる傷口に吸いつく。

「てめれ、あ……もっと……」

口が上手く回らず、舌ったらずな声で訴える。焦点のぼやけた雄一郎の瞳を見つめて、テメレアは一瞬笑ったようだった。テメレアが自身の上着の襟口を引っ張って、肩口を剥《む》き出《だ》しにする。そこには、つい今しがた雄一郎が噛み付いた赤黒い歯形がありありと残っていた。

「貴方が満足するまで、好きなだけどうぞ」

許しが得られた瞬間、雄一郎は目の前の肩に齧《かじ》り付いていた。先ほどの歯形の真横に噛み付いて、遠慮なく歯を肉へ沈ませる。痛みに強張《こわば》るテメレアの背に両腕を回したまま、雄一郎は口内に溢《あふ》れる血を夢中で飲み干した。

血の出が悪くなると、違う場所へ次々と噛み付いていく。飢えた犬のように血が滲《にじ》んだ歯形にぺちゃぺちゃと舌を這《は》わしているうちに、痛みが遠ざかり、ようやく体内の渇きが満たされていくのを感じた。ぼやけていた脳味噌が覚醒して、目の前の光景がはっきりとしていく。

数度ゆっくりと瞬《またた》いて、テメレアを見上げる。テメレアは額《ひたい》に脂汗《あぶらあせ》を滲《にじ》ませながらも、真っ直ぐに雄一郎を見つめていた。

「……雄一郎様、大丈夫ですか？」

不安げに問い掛けてくるテメレアを、雄一郎は不思議なものを見るような心地で眺めた。

「テメ、レア……」

掠《かす》れた声で呟《つぶや》くと、テメレアは泣き出しそうな顔で微笑んだ。まるで我が子を愛《いと》おしむような、柔らかな表情だ。その瞬間、不意に疑問が湧き上がってきた。

「俺に……」

ぽつりと零《こぼ》した言葉に、テメレアが大きく目を瞬《またた》かせる。

「俺に、会いたくないと言ったか？」

自分でも思いがけず女々《めめ》しい言葉が唇から溢《あふ》れた。それでも、確認せずにはいられなかった。葵に言われた言葉が本当なのかどうかを。目の前の男に、自分は見限られてしまったのかを。

テメレアは目を見開くと、呆れたような口調で言った。

「私がそんなことを言うわけがないでしょう」

はっきりとした答えに、胸の奥から込み上げたのは否定しようもない歓喜だった。

口元に笑みが浮かんで、気が付いたらテメレアの唇に唇を重ねていた。血の味がする舌を性急に潜《もぐ》り込ませて、突然のことに硬直しているテメレアの口内を好き勝手に荒らす。

血と唾液でぬるつく舌を引き抜くと、呆然としたテメレアの表情が目に入った。その表情を真下から見据えたまま、言い放つ。

「お前は、俺のものだ」

傲慢《ごうまん》極まりない雄一郎の言葉に、テメレアは一瞬目を見開いた後、その瞳に陶酔の色を滲《にじ》ませた。

「はい。私は貴方のものです」

肯定を返す声に、口元が笑みに歪《ゆが》む。この美しい男が自分だけのものだと思うと、堪《たま》らなく気持ち良かった。

「きみらぁ……僕らがおること忘れとらんか？」

イズラエルの呆れた声が聞こえてくる。視線を向けると、板の上に気怠《けだる》そうに下顎《したあご》をつけたイズラエルと、気まずそうに視線を宙に向けたキキや朽葉《くちば》の民達の姿が見えた。

じと目でこちらを見やるイズラエルを無視して、雄一郎はテメレアに告げた。

「テメレア、起こせ」

テメレアの介助によって、ゆっくりと起き上がる。皮膚が引《ひ》き攣《つ》るような痛みはあるが、全身に刻まれた傷口は塞《ふさ》がっているようだった。意識もはっきりしている。

「龍の血には治癒能力があるのか？」

問い掛けると、イズラエルは小さな声で答えた。

「そや。ただ生きるか死ぬかは半々ぐらいやな。半分は痛みで発狂するかショック死してまうから」

そんなヤバイもんを飲ませたのか、と口角がひくりと引《ひ》き攣《つ》りそうになる。だが、それで助かったのも事実だった。雄一郎はイズラエルに近付くと、その傍《かたわ》らに膝をついた。胴体から赤々と覗《のぞ》く血肉を眺めて、囁《ささや》きかける。

「イズラエル、治るか」

「治る……治るよ……僕は神の使徒なんやけぇ、こんぐらいで死んだりせん」

そう言いながらも、イズラエルの声には覇気がなかった。いつもはピンと伸びている髭《ひげ》も、今はだらりと力なく垂れ下がっている。

「治療を頼めるか」

問い掛けると、キキは素早く頷《うなず》きを返してきた。自身の片耳に手のひらを押しつけて、口の中で何かを囁《ささや》いているようだった。おそらく朽葉《くちば》の民の衛生兵を呼んでいるのだろう。

だが、落ち着いて話ができたのも一瞬だった。不意に砲撃の音が聞こえた。続けて、木が薙《な》ぎ倒される轟音《ごうおん》が森中に響き渡る。

着弾の音に、最初に反応したのはキキだった。おそらく見張りからの通信を受けたのだろう、周囲にいる朽葉《くちば》の民達へキキが叫ぶ。

「南南西より攻撃だ！　防衛と反撃の配置につけ！」

キキの声に呼応するように、朽葉《くちば》の民達が森の中へと散っていく。

再び砲弾の発射音が聞こえた。炸裂音が連続して、激しい地響きに足元が揺れる。身体がぐらついて片膝をつくと、雄一郎を庇《かば》うようにテメレアが肩を抱き寄せてきた。

大木に片手をついたままキキが雄一郎へ告げる。

「反乱軍からの攻撃のようです。ここは危険ですので、女神様は自軍陣営にお戻りください」

淡々としつつもどこか緊迫感を漂《ただよ》わせたキキの口調に、雄一郎は手短に問い掛けた。

「自分達だけで戦うつもりか」

「アム・イースは我々の家です。自分達の家を守るのは当然のことです」

「お前達は勘違いしている」

雄一郎の切り返しに、キキが不可解そうに眉根を寄せる。

「まず第一に、アム・イースはジュエルドの国土であり、朽葉《くちば》の民はジュエルドの国民だ。自分達の家のことは自分達で片付けるという考えは立派なものだが、俺達にはお前達を守り助ける義務がある。特に反乱軍に襲われている自国の民を見捨てたなどと思われては、国の信頼が地の底に落ちる。第二に、アム・イースが反乱軍の手に落ちた場合、王都であるアム・ウォレスへの進軍の道が開かれてしまう。この地を敵の拠点にされるわけにはいかない」

そう言い放つと、キキは少しだけ狼狽《うろた》えたように視線を揺らした。キキを見据えたまま、雄一郎ははっきりとした声で告げた。

「我々は、朽葉《くちば》の民と共に戦う。たとえお前達が必要ないと拒絶しようとも、勝手に戦わせてもらう。だが、できうることなら朽葉《くちば》の民の了承のもと共闘を行いたい。その方がお互いの仲間を失わずに済むかと思うが、どうか」

伺いを立てると、キキは一瞬だけ悩むように視線を伏せた。だが、決断は早かった。真っ直ぐに雄一郎を見つめると、キキは深く頷《うなず》いた。

「了解しました。申し出に感謝いたします」

迷いを捨てた声音は、ひどく耳に心地いい。頷《うなず》きを返すと、雄一郎は視線を砲撃の音の方向へ向けた。

「反乱軍が一望できる場所に行きたい。案内を頼めるか」

「もちろんです」

歯切れ良くキキが答える。キキは手近にある蔓《つる》を片手に掴《つか》み、雄一郎へもう片方の手を差し伸べた。おそらくその蔓《つる》も滑車で上方へ巻き上げられるようになっているのだろう。

雄一郎は振り返ると、テメレアに告げた。

「テメレア、イズラエルを頼む。この場所が危険だと判断したら後方へ下がれ」

テメレアは露骨に釈然としない表情を浮かべた。それでもテメレアは自身の感情を堪《こら》えるように、ゆっくりと頷《うなず》いた。

「承知しました。雄一郎様もどうかお気をつけて。必ず、戻ってきてください」

そう祈るように告げて、頭《こうべ》を垂れる。つむじまで美しいテメレアの姿を眺めてから、雄一郎は差し伸べられたキキの手を掴《つか》んだ。

数分も経たずに、森の天辺《てっぺん》近くに設置された物見台までたどり着いた。

夕焼けの先に、真紅《しんく》の旗を翻《ひるがえ》した反乱軍の軍列が見える。先ほど空から見た通り、三千人程度の連隊と見て間違いなさそうだ。

「朽葉《くちば》の民の兵士の人数は」

「戦闘が可能な者は三百名前後です」

素早くキキが返してくる。雄一郎は眼下に広がる連隊を眺めながら、思考を巡らせた。

「森正面に駐留している我々の部隊は、五百名程度の大隊だ。それと離れた位置に、正規軍連隊が待機している。これより援軍を依頼するが、アム・イースに着くまで約二エイトはかかると思った方がいい」

状況を整理するように口に出す。現在、数としては圧倒的な劣勢だ。正規軍が来るまでの約一時間をどう持ちこたえるかが勝負になりそうだ。

下顎《したあご》に軽く指先を当てる。人差し指の側面でざらつく下顎《したあご》を撫でながら、雄一郎はじっと反乱軍を見つめた。反乱軍は、相変わらず砲弾を無尽蔵《むじんぞう》に森へ撃ち込んでいる。着弾する度に地響きが伝わってきた。

「まず、砲台を潰すか」

呟《つぶや》くなり、振り向きざまにキキに視線を向けた。

「ククへ言葉を繋《つな》げ」

「ククは、貴方の陣営で拘束されているはずですが……」

キキが気まずそうに答える。確かにククは、目隠しをされてテントの中に転がされているはずだ。

「叫ぶなり暴れるなりして、副官のゴートを呼ばせろ。今すぐ来ないと女神様が死んでしまうとでも叫ばせればいい」

自分で言いながら噴飯《ふんぱん》ものの台詞《せりふ》だなと思った。だが、そういう演技がかった台詞《せりふ》が一番効果的だとも知っている。

ククへ通信を行っていたキキが、数分後、苦々しい声をあげた。

「ゴート副官が来たようですが……」

「どうした」

「暴れたせいで、兵士の一人にククが殴られました」

「悪いな、後でそいつの代わりにゴートを殴らせてやる」

ゴートにしてみればたまったものではないことを言いながら、宥《なだ》めるようにキキの肩を軽く叩く。

キキはわずかに溜飲《りゅういん》を下げたような表情で頷《うなず》いた。

「ゴートに伝えろ。今より俺が指揮を執り行う。砲兵を指示する位置につかせろ」

雄一郎の指示に、キキが手早く通信を行う。だが、その表情は芳《かんば》しくない。

「ゴート副官が、それは本当にオガミ隊長の言葉か、と訊《たず》ねています。我々朽葉《くちば》の民が反乱軍と一緒になって騙《だま》そうとしているのではないかと疑っているようです」

流石《さすが》ゴートだ。雄一郎と同じく、疑り深く、そして最高に捻《ひね》くれている。雄一郎は無意識に口角を吊り上げて、言い放った。

「俺を疑うなら、ニコライをお前の手で始末させてやるという話はなしだ、と言え」

そう言い切ると、数秒も経たずに返答が返ってきた。

「どうぞ指示をください、とのことです」

キキが困惑の表情を浮かべている。雄一郎がじっと見やると、キキは戸惑った声で続けた。

「あの……ゴート副官が爆笑しているようなのですが……」

こんな状況だというのに、雄一郎まで噴き出しそうになった。腹を抱えてゲラゲラと笑っているゴートの姿が想像できる。自分を動かすのに最適な脅《おど》し文句を選んだ雄一郎に、笑いが止まらなくなったのだろう。

口元を緩《ゆる》めながら、雄一郎はキキに告げた。

「砲台を砲撃が行えるギリギリの位置まで森に近付け、土嚢《どのう》を積むなりして砲台の射出口を限界の角度まで上げろ。砲弾が森の木々を越えるように」

キキが片手を耳に押し当て、唇を小さく動かす。それを横目に、雄一郎は続けた。

「同時には撃たず、一台ずつ間隔をずらして砲撃を行え。着弾位置から、それぞれ修正距離をキキが指示する。宜《よろ》しいか」

問い掛けると、数秒後にキキが答えた。

「五ワンス以内に準備完了いたします」

その返答に、雄一郎は鷹揚《おうよう》に頷《うなず》いて言った。

「チェトに似人鳥《にせびとどり》を正規軍に送るように命じろ。正規軍を三手に分け、左右および後方から反乱軍を取り囲め。一人も逃さず、叩き潰せと」

五分も経たずに、ククから通信が入ったようだった。

「準備完了いたしました。いつでも発射可能です」

「では、撃て」

短く言い放った次の瞬間、遠くから砲撃の音が聞こえてきた。ひゅるひゅると音を立てながら、頭上を砲弾が通り過ぎていく。まるで小さな虫がぞわぞわと蠢《うごめ》くように、眼下で反乱軍の軍列が乱れるのが見えた。

ドッと鈍い着弾音が聞こえた。砲弾は反乱軍の軍列の中に落ちたようだった。着弾と同時に、宙高く飛ぶ赤い何かが視界に映る。砲弾に引き千切られた頭部や手足が真っ赤な血飛沫《ちしぶき》と共に空に舞い上がっていた。

「位置を修正させろ」

キキは反乱軍の軍列を見つめて、着弾位置と砲台との位置を計っているようだった。言葉を発さないものの、その唇は忙《せわ》しなく動いている。

二撃目、三撃目が放たれる。砲弾は人間を次々にバラバラにするものの、なかなか砲台には命中しない。だが、次第に着弾位置が砲台へと近付いていく。

五撃目で、ようやく目標が達せられた。激しい破壊音と共に、砲撃が直撃した砲台が砕け散る。

「宜《よろ》しい。すべての砲台を潰すまで続けろ」

雄一郎は思わず口元をにやつかせた。砲弾が何発も撃ち込まれた反乱軍の軍列には、いたる場所に血の海が広がっていた。まるで地面に何枚ものレッドカーペットが敷かれているかのようだ。燃えるような夕日に照らされて、血にまみれた人間だった破片がチカチカと煌《きら》めいている。

位置修正を繰り返して、反乱軍の砲台が次々と潰されていく。流石《さすが》に反乱軍もこのままではジリ貧だと気付いたのか、隊を二手に分けたようだ。半数が森に向かって進軍を開始する。森の中であれば、砲弾も当てられまいという判断なのだろう。

雄一郎はキキに声を掛けた。

「朽葉《くちば》の民へ通信を行えるか」

「はい、もちろんです」

「今より反乱軍が森に進入する。森に入った直後、頭上より矢にて反乱軍を攻撃し、敵部隊を四方へ分散させろ。全員を迷子にしてやれ」

言い放つと同時に、キキが素早く通信を行う。キキの額《ひたい》には大量の汗が滲《にじ》んでいた。同時並行で朽葉《くちば》の民やゴート達と通信を行っているのだから、脳内の情報処理量が凄《すさ》まじいのだろう。

「それから、ゴートに伝えろ。二個中隊を森へ投入。指揮はチェトとヤマとベルズの三名に任せる。森に入り次第、朽葉《くちば》の民と合流しろ。その後、隊を五名前後の分隊に分け、各分隊に一名朽葉《くちば》の民をつけるものとする。これよりゲリラ戦を行う」

「げりらせん？」

キキが不思議そうに雄一郎を見やる。ゲリラ戦というのは、この世界にはない言葉なのか。

「少人数で行う遊撃戦だ。はぐれた敵兵達を見つけたら、分隊で奇襲を行い各個撃破しろ。深追いはせず、短時間で仕留める。朽葉《くちば》の民達は互いに通信を行い、敵兵を発見次第、その位置を共有し合うようにしろ」

「敵を分散させて少しずつ戦力を削《そ》いでいくということですか」

「そういうことだ」

大雑把な肯定を返すと、キキは納得したように頷《うなず》いた。雄一郎は続けて問い掛けた。

「森に火を放たれる可能性は高いか」

もし雄一郎が敵側だったら、間違いなくこの森を焼く。それが一番手っ取り早いからだ。訊《たず》ねると、キキは緩《ゆる》く首を左右に振った。

「いいえ、この森の木は地脈から大量の水を吸っているため、幹に含まれている水分量が多いのです。この森を焼こうと思ったら、森全体に火薬か油を撒《ま》かなくては無理でしょう」

キキの返答に、雄一郎はほっと胸を撫で下ろした。これで一番の不安材料は消えた。

敵陣へ視線を向けると、最後の砲台が砲弾の直撃を受けて、粉々に砕けるのが見えた。もうすでに敵軍は森に踏み入ろうとしている。

「目と勘のいい朽葉《くちば》の民を一名ここに呼べ。この場所で見張りに当たらせ、敵陣営に何か動きがあった場合は即座に報告させろ」

言い放つなり、雄一郎は踵《きびす》を返した。キキが慌てたように声を掛けてくる。

「どこへ行かれるのですか」

「下で指揮を行う」

「貴方まで戦闘に加わるつもりですか」

まるで責めるようなキキの口調に、思わず苦笑いが零《こぼ》れそうになった。キキの言葉は、女神がわざわざ戦う必要はないだろう、と言っているように聞こえる。

「『民衆を導く自由の女神』って絵は見たことがあるか？」

煙《けむ》に巻くように、異世界の住人が知っているはずもないだろう絵の名前を口に出す。キキが訝《いぶか》しげな表情で雄一郎を見つめている。その表情を見返したまま、雄一郎は続けた。

「どんな世界でも、勝利を勝ち取ろうと思ったら、シンボルが最前線を進む必要があるってことだ。でなきゃ民衆は後ろについてこない」

屁理屈じみた雄一郎の言葉に、キキは理解できないと言わんばかりに目元を歪《ゆが》ませた。

「自ら危険に飛び込むと言うのですか」

「危険には慣れてる」

「貴方は安全な場所にいるべきです」

キキの忠告に、雄一郎は曖昧《あいまい》な笑みを浮かべた。

「安全な場所で守られながら、人殺しの指示を出せと？」

「今までの女神様は、ずっとそうしてきたはずです」

キキがはっきりと言う。雄一郎は声を出さないまま、笑いに小さく肩を揺らした。

「だから、今までの女神は壊れた。自分が人を殺してる実感もないままに、いつの間にか大虐殺犯になっちまってるんだから。手を汚《よご》した覚えもないのに、気が付いたら手は真っ黒」

雄一郎は両手を軽く掲げて、おどけるようにひらひらと左右に振った。その仕草に、キキの眉間の皺《しわ》が更に深くなる。薄《うす》ら笑いを浮かべたまま、雄一郎は続けた。

「心と現実が矛盾《むじゅん》を起こして、それに耐え切れずに壊れる」

「そんなのは単なるこじつけです。自らの手を汚《よご》せば、もう元には戻れない。だからこそ、リリィ様は長年罪の意識に苛《さいな》まれた」

リリィ様という名前に、雄一郎はわずかに片眉を跳ね上げた。

「リリィ様というのは?」

「我ら朽葉《くちば》の民と共に生きてくださった二代目の女神様の名です」

その時、ふとテメレアが言っていたことを思い出した。朽葉《くちば》の民達の多くは、二代目の女神の子孫だと。キキやククの苗字もリリィだった。つまり、子孫が二代目の女神様の名前を苗字として受け継いでいるということか。

キキは、後悔を滲《にじ》ませた声音で続けた。

「リリィ様は気高いお方だった。民の手だけを汚《よご》させることをよしとせず、自らも弓を持ち、戦いに加わった。それ故《ゆえ》に、命を終える直前までずっと悔やみ続けました。自分が射貫いた人間は、本当に死ぬべき人間だったのか。自分がしたことが正しかったのかと、何度も何度も繰り返し訊《たず》ねられていたようです」

苦渋に満ちたキキの声音を聞きながら、雄一郎は目を細めた。

「それは随分と正常な人間だ」

「……リリィ様もこの世界に来た当初は不安定なお方でした。神を呪う言葉を毎日のように吐いていたと。ですが、アム・イースに隠居されて御子を何人も産まれるうちに、少しずつ穏やかになっていったようです」

それを聞いて、やはり女神というのは精神的に不安定な者が選ばれるのだろうかと思った。だが、そもそも女神の選別基準はなんなのだろうか。雄一郎や葵が選ばれた理由は。

「お前は、俺も自分の手を汚《よご》せば、そのリリィ様と同じように罪の意識に苛《さいな》まれると言いたいのか」

「わざわざ罪を背負う必要はないと言いたいのです」

切り返すようにキキが言い放つ。雄一郎は視線を宙へ投げ、緩《ゆる》く両手を擦り合わせた。手のひらからは、かすかに汗と血でべとついた感触がする。

「俺の手はもう汚《よご》れてる」

ぽつりとひとり言のように呟《つぶや》く。

「これ以上、汚《よご》れようがない」

そう囁《ささや》くと、雄一郎はキキを見やった。キキは一瞬目を見開いた後、ひどく悲しげな眼差《まなざ》しで雄一郎を見つめてきた。

その眼差《まなざ》しを見ていたくなくて、雄一郎はキキに背を向けた。振り返らずに、短く言い放つ。

「行くぞ。ついてこい」

「二十ロート前方に敵兵五名発見との通信。攻撃しますか」

斜め後ろからキキの声が聞こえてくる。雄一郎は大木の幹に半身を隠したまま、四十メートルほど離れた前方へ目を凝らした。

視線の先で、五名の敵兵が右往左往しているのが見える。そのうち一名は肩に矢が突き刺さっていた。間違いなく本隊からはぐれた分隊だろう。

「他に距離が近い者はいるか」

「チェト隊長がいるようですが、一番近いのは我々です」

「では、我々が強襲を行う。援護はチェトに任せる」

言い放つなり、雄一郎は上半身を深く屈《かが》めて進行を開始した。敵兵に気付かれないように足音を立てず、呼吸すらも抑え、大木の陰に隠れて距離を縮める。

そして、敵兵との距離が残り二十メートルになった時に、一気に地面を踏み締めた。トップスピードで駆け抜け、ぐんぐんと距離を詰めていく。敵兵の一人が気付いた時には、雄一郎はすでにナイフを振り上げていた。

右手のナイフを左肩まで振り上げ、その切っ先を敵兵の咽喉《のど》にめがけて一閃に薙ぐ。敵兵の咽喉《のど》に赤いマジックを滑らせたみたく、ピッと赤い線が引かれるのが見えた。次の瞬間、赤い線から爆発するように血飛沫《ちしぶき》が噴き上がる。

血飛沫《ちしぶき》越しに周囲に視線を巡らせた。少し離れた位置で敵兵がこちらへ銃口を向けようとしている。その光景が目に入るや否や、雄一郎は右腕を後方へしならせナイフを振り投げた。瞬息後、ナイフが敵兵の胸に深々と突き刺さる。敵兵が血反吐《ちへど》を吐きながら、仰向《あおむ》けに倒れていく。

近くにいた若い敵兵が、ハッとしたように雄一郎に向かって銃剣を振り上げる。その切っ先が振り下ろされる前に、分隊長らしき中年の敵兵が叫んだ。

「女神は殺すな！」

雄一郎の髪色を見て、女神だと判断したのだろう。だが、その『殺すな』という言葉は奇妙だった。葵は雄一郎を殺すよう言っただろうに、他の誰が殺すなと命じたのか。

分隊長らしき敵兵の言葉に、若い敵兵の手が一瞬鈍る。その瞬間をキキは逃さなかった。猛然と駆けてきたキキが両手で握り締めた剣を、若い敵兵の首にめがけて一気に振り払った。瞬《まばた》きする間もなく一刀両断された若い敵兵の首が宙を舞い飛んだ。キキは、女性とは思えないほど豪腕《ごうわん》だ。

雄一郎は、首が切り離された若い敵兵の手から銃剣を奪い取ると、銃の先端に取り付けられた剣を分隊長らしき敵兵の左胸に一気に突き刺した。ぐにょりと嫌な感触が手のひらに広がった直後、胸を刺された敵兵の口からごぽりと血反吐《ちへど》が溢《あふ》れ出す。断末魔を漏らすことなく、息絶えた敵兵の身体が地面へ倒れた。

残った最後の一人の敵兵が悲鳴をあげながら、逃げようと駆け出す。だが、その身体は即座に矢で射貫かれた。敵兵が自分の胸に刺さった矢を呆然と見つめた後、うつ伏せに倒れる。

数秒後、聞き覚えのある声が届いた。

「本当に援護が必要でしたか？」

呆れた表情を浮かべて、木の上からチェトが飛び下りてくる。雄一郎は、頬に付いた敵兵の血を、手の甲で雑に拭《ぬぐ》いながら手短に訊《たず》ねた。

「チェト、現状報告を」

「はい。通信をまとめますと、敵軍の死者は現在二百六十名前後。怪我を負わせて森から逃げ出た者も数百名いるかと思われます。我が軍の死者は、朽葉《くちば》の民と合わせて現在二十三名です。重傷の者は四十六名、全員後方へ下げました」

ハキハキと報告される内容に、雄一郎は苦い表情を滲《にじ》ませた。

「こちら側の損害も随分と出ているな」

「ゲリラセン、でしたか？　そういった戦法を取るのは、なにぶん初めてなものですから。敵に隠れて背後から奇襲するというのを、受け入れがたく感じる者もいるのでしょう」

つまり、この戦法を卑劣だと思っている者がいるということだ。だが、正面から戦いを挑んで、その結果死んでしまっては意味がない。無駄死にという言葉を、雄一郎は忌々《いまいま》しく呑み込んだ。

「清廉《せいれん》潔白な精神で、部下まで巻き添えにされたらたまったもんじゃない。チェト、お前が全分隊を見張れ。もし敵部隊と正面から戦おうとしている分隊がいたら、分隊長を拘束し、即座に指揮権を剥奪《はくだつ》しろ」

「承知しました」

にやっとチェトが笑みを浮かべる。人懐っこそうな顔立ちをしているというのに、そういう時の笑顔はどこか仄暗《ほのぐら》く陰湿に見えた。ゴートと共に長年辺境軍で戦っていただけのことはある、どこか捻《ね》じれた諧謔味《かいぎゃくみ》を感じさせる男だ。

不意に、チェトが手を伸ばしてくる。

「女神様、顔が汚《よご》れています」

それほど大きくはない手が雄一郎の頬を撫でる。その躊躇《ちゅうちょ》ない手付きに、雄一郎は何が起こっているのか理解するのが遅れた。どこか満足げな表情で、チェトが雄一郎の頬にこびりついた赤い汚《よご》れを拭《ぬぐ》い取る。

雄一郎はハッとして、チェトの手をゆっくりと片手で制した。

「汚《よご》れなんか構わん」

戦場では汚《よご》れなんかに構っている場合ではない。だが、チェトはひどく残念そうな眼差《まなざ》しで雄一郎を見上げた。

「折角の美しいお顔がもったいないですから」

当然のことのように零《こぼ》されたチェトの言葉に、雄一郎はぎょっと仰《の》け反《ぞ》りそうになった。目を丸くした雄一郎を見て、チェトが笑みを深める。幼さすら感じさせる童顔だというのに、その瞳には紛《まぎ》れもない男の色気があった。

雄一郎が唇を半開きにしていると、キキがひどく冷めた声で告げた。

「ゴート副官よりチェト隊長へ通信です。こんな時に『たらし』を出すなよ、と」

事務的なキキの声音に、チェトは小さく肩を竦《すく》めた。

「副官は超能力者か何かですか。それにしても『たらし』とはひどいですね」

同意を求めるようにチェトが雄一郎を見上げてくる。雄一郎が返事に窮していると、再びキキが口を開いた。

「貴方への命令は下されたはずです。戯《ざ》れ言《ごと》を言う暇があるのなら、一人でも多くの敵兵の首を狩ってきたらいかがですか」

キキの口調も台詞《せりふ》も、刺々《とげとげ》しさが剥《む》き出《だ》しになっている。キキの鋭い視線に、チェトは苦笑いを浮かべたまま緩《ゆる》く頷《うなず》きを返した。

「もちろん。女神様もどうかお気を付けて。何があったら俺をお呼びください。すぐに参りますので」

チェトは雄一郎へ頭《こうべ》を垂れたのち、再び身軽な動作で木を登っていった。すぐにその姿が見えなくなる。チェトが消えると、即座にキキが不愉快そうな声で呟《つぶや》いた。

「お気を付けください。あの人は、東の部族の出身です。あの辺りの部族は、貞操観念が緩《ゆる》い口説き魔で有名なんです」

「口説き魔？」

「はい。重婚も当然としていますし、おおっぴらに売娼を商売にしているような節操のない部族です」

軽蔑を隠そうともしないキキに、雄一郎は問い掛けた。

「どうして、チェトがその部族の出身だと分かった」

「先ほどの通信で、貴方はチェト隊長に似人鳥《にせびとどり》を正規軍に送るように命じられていました。似人鳥《にせびとどり》を使役しているのは、東の部族だけなんです。それに東の部族は、みな小柄で童顔の者ばかりですから」

そうキキに説明を受けながらも、雄一郎はどこかまだ信じられなかった。にこやかで扱いやすい部下だと思っていたチェトがまさかの『たらし』だったとは。

ふと違和感を覚えて、苛立《いらだ》った表情を浮かべているキキへ問い掛ける。

「さっきの、ゴートからチェトへ通信が来たというのは嘘か」

雄一郎の言葉に、キキは一瞬だけばつが悪そうに視線を伏せた。

「はい。出すぎた真似をしましたか」

「いいや、助かった」

言葉を返してから、キキの肩をぽんと叩く。途端、キキが口元を綻《ほころ》ばせた。まるで親に褒《ほ》められた子供のような表情だ。だが、すぐさま口元を引き締めると、キキは低い声を漏らした。

「敵兵発見との通信あり。ここより近いです。向かいますか」

「ああ、行こう」

短く応《こた》えて、雄一郎は血に濡れたナイフのグリップを握り直した。


異変が起こったのは、それから三十分ほど経った頃だった。キキが突然立ち止まり、手のひらで片耳を押さえた。その表情は険しい。

「どうしたキキ」

振り返って訊《たず》ねると、キキは戸惑った声で答えた。

「見張りをしている兵より通信が入りました。敵陣営に奇妙な動きありとのことです」

「奇妙な動き？」

「森の外で待機していた部隊が後方へ下がっているようです」

「それは撤退しているということか」

問い掛けると、キキは思い悩むような表情を浮かべた。

「いいえ、それにしては動きが鈍いです。まるで何かを待っているような――」

最後まで言葉を発する前に、キキはハッと頭上を振り仰いだ。同時に右手で左腰の剣を掴《つか》む。だが、剣が引き抜かれるよりも早く、木の上から巨大な影が降ってきた。その得体のしれない影に、キキの細い身体が一瞬で押し潰される。その光景に、雄一郎は声をあげた。

「キキ！」

巨大な影は、灰色の髪をした大柄な男だった。飛び降りざまに頭部を殴られて気絶したのか、キキが地面に俯《うつぶ》せているのが見える。その額《ひたい》からは赤々とした血が滴《したた》っていた。

雄一郎は、咄嗟《とっさ》に銃剣の銃口を大柄な男へ向けた。男は無表情で、雄一郎をじっと見返している。その灰がかった瞳に、銃を向けられている恐怖は見えない。

引き金を引こうとした瞬間、木と木の間から滑るようにもう一人、男が飛び出してきた。片手に、白銀の手斧を握り締めているのが見える。

距離の詰め方が早い。灰頭の男を撃っていたら、迎撃に間に合わない。

そう判断すると同時に、雄一郎は銃剣を手斧の男に向けていた。頭部をめがけて振り下ろされてくる手斧を銃身で受け止める。瞬間、ガギッと金属同士がぶつかる音が聞こえた。重たい一撃に膝が沈みそうになる。

「オガミユウイチロウ」

不意に、名前を呼ぶ声が聞こえた。手斧の男が、雄一郎の顔をまじまじと見つめている。手斧の男は、白髪に青い目をしており、左目にモノクル（片眼鏡）を掛けていた。整いすぎているせいか、どこか無機質にも感じられる顔立ちをしている。

銃剣を握る両腕に力を込めて、男の身体を一気に撥《は》ね除ける。男の身体が遠ざかると、雄一郎は短く問い掛けた。

「誰だ」

先ほどの一撃で銃身が凹《へこ》んでしまった銃剣を構えつつ、灰頭の男と手斧の男を交互に見やる。スナップをきかせるように手首を軽く動かしながら、手斧の男が唇を開いた。

「オガミユウイチロウ、お前こそ誰だ」

機械のような抑揚のない声音に、皮膚がぞわりとざわめいた。手斧の男が続ける。

「なぜこの世界に来た。なぜこの世界に残り続ける。この世界で、お前は何をするつもりだ」

まるで罪人を審判する神父のような、静かな声だった。頭の天辺《てっぺん》から血の気が引いていくのを感じる。目の前の男は、なぜ雄一郎にこんなことを問い掛けてくるのだ。

「なぜ、そんなことを聞く」

気付いたら口の中がカラカラに渇いていた。強張《こわば》る唇を動かして、手斧の男に問い返す。

手斧の男は、ゆっくりと瞬《またた》いて唇を開いた。

「弟を心配するのは兄の務めだ」

「弟？」

胡乱《うろん》げな雄一郎の声に、手斧の男は小さく「あぁ」と声をあげた。

「お前の夫のことだ」

男の返答に、雄一郎は目を剥《む》きそうになった。大変不本意なことではあるが、この世界で雄一郎の夫というのは、一人の少年のことを指す。

「それじゃあ、お前はノアの兄貴ということか」

唇から呆然とした声が零《こぼ》れた。ノアのもう一人の兄の名前は、覚えている。

「エドアルド＝ジュエルド？」

雄一郎の言葉に、手斧の男は首を縦に振った。肯定の仕草に、ますます開いた口が閉じられなくなる。なぜ、最前線に敵軍の総大将とも呼べる人間がいるのか。

立ち尽くしたまま、岩のようにピクリとも動かない灰頭の男に視線を向ける。あの男はエドアルドの護衛か何かだろうか。

「何でこんなところにいる」

思わず疑問がそのまま口から漏れた。エドアルドが小さく肩を竦《すく》めて、雄一郎を指すように手斧を真っ直ぐに伸ばした。

「それはお互い様だろう。お前こそ、女神がなぜ戦場に出ている」

知的な見た目に反して、エドアルドの言葉は端的で不愛想だった。それは人間の複雑さを理解できない、冷血な機械の問い掛けのようにも思える。

雄一郎は奥歯を緩《ゆる》く噛んだ後、唸《うな》るような声音で返した。

「俺は傭兵だ。戦うのが仕事だ」

「傭兵」

オウム返しにエドアルドは呟《つぶや》いた。そして、少しだけ考えるように視線を伏せる。

「お前は金で動くということか」

ともすれば不躾《ぶしつけ》とも言えるエドアルドの問い掛けに、雄一郎は口角を吊り上げた。

「何か問題があるか」

「いいや、何も問題ない。明快で解りやすい」

その答えに、雄一郎はわずかに驚いた。エドアルドが目を細める。その表情は、かすかに笑っているようにも見えた。その表情を見た瞬間、どうしてだか背筋に悪寒が走った。

「では、倍出そう」

「倍？」

「金の話だ。お前をうちの陣営に引き入れたい」

どうだ、と言わんばかりにエドアルドは小さく首を傾けた。

「この世界に来てからのお前の戦歴は聞いている。危険を厭《いと》わない戦い方はどうかとは思うが、敵も味方も構わず業火《ごうか》に投げ込むような、情け容赦のない戦法は素晴らしい。お前のような指揮官が欲しい。どうか俺の軍営に加わってはくれないか」

まったく熱のこもっていない声で熱烈な言葉を吐くエドアルドに、雄一郎は一瞬言葉を失った。まさか敵の親玉からヘッドハンティングされるとは思っておらず、上手く思考がまとまらない。

黙り込んだ雄一郎に、エドアルドは更に不思議そうに首を深く傾けた。

「倍では足りないか？　五倍でも十倍でも、お前の好きなだけ報酬は用意する。もちろん、地位も待遇も保証しよう」

良い話なのだろう。傭兵時代にも、敵軍に勧誘されることはよくあった。大体の傭兵は金さえ積まれれば、数秒前までは殺し合っていた相手だろうが構わずに寝返る。実際、雄一郎も何度か雇い主を替えたことがある。それが軍人ではなく、傭兵であることの利点のはずだった。金が欲しいのなら、ノアを裏切ってエドアルドに付けばいい。

それなのに、口の中がひどく嫌な唾液で粘ついた。

「お前の陣営に加わったら、俺はお前のところの女神に公開処刑されるだろうな」

雄一郎は、茶化すように言った。葵が雄一郎を歓迎するとは間違っても思えない。即座に殺されるのがオチだ。

引《ひ》き攣《つ》った笑みを浮かべる雄一郎へ、エドアルドは無表情のまま返した。

「あの女に、何の力がある」

ひどく冷めた声だった。一人の人間を、無感情に切り捨てるような声音だ。

「自分の女神に対して、随分とひどい言い草だな」

敵陣営にとっての『正しき王』がエドアルドということは、女神である葵はエドアルドの子を身ごもることになるのだろう。自分の子の母親になる女に対して、愛着の一つも抱いていないのか。

雄一郎の呟《つぶや》きに、エドアルドはますます理解不能と言わんばかりの表情を浮かべた。

「事実を言うことがひどいことなのか」

「お前は、葵に自分の子供を産ませるんだろう?」

「それが何だって言うんだ」

何だか人間の心が理解できない宇宙人と話しているような気分になってきた。自分が言うのもなんだが、こいつには情というものがないのか。

複雑な表情を滲《にじ》ませる雄一郎を見て、エドアルドは数度大きく瞬《またた》いた。

「俺は、別に女神も子供もどうだっていいんだ。何だったら、お前が産んでくれるのでも構わない」

エドアルドの発言に、雄一郎はギョッと目を剥《む》いた。ドン引きな雄一郎の表情に構うことなく、エドアルドが淡々と続ける。

「むしろ、アオイよりもお前の方が話が早そうだ。お前がうちの陣営に来てくれるのなら、アオイではなくお前を女神として立たせよう。そうすれば、処刑される心配もなくなるだろう」

合理的なようで、狂気的とも思えるエドアルドの言葉に、雄一郎は頬をひくつかせた。

「俺がお前のガキを産んでやるとでも思うのか」

そもそもエドアルド自身も雄一郎を抱けるのか。三十七歳のオッサンと十六歳の少女だったら、絶対に後者の方がいいだろうに。オッサンを選ぶなんざ正気の沙汰じゃない。

露骨に嫌悪を浮かべた雄一郎に、エドアルドは平坦な声で言い放った。

「だが、お前はノアに抱かれているだろう。ノアだけではなく、テメレアにも」

一瞬、雄一郎はぽかんと唇を開いた。だが、すぐさま燃えるような羞恥《しゅうち》が全身を駆け巡った。頬が熱くなって、無意識に眦《まなじり》が尖《とが》る。

「お前に、関係ねぇだろうが」

奥歯をギリギリと噛み締めながら、唸《うな》るように吐き捨てる。なぜ、雄一郎が二人の男に抱かれていることをエドアルドが知っているのか。単なる憶測か、それとも内部から情報が漏れているのか。

「関係ある。ノアは俺の弟だ」

繰り返される『弟』という台詞《せりふ》に反吐《へど》が出そうになる。これほどまでに嘘臭い言葉もないだろう。

「ノアがお前の弟だと言うなら、どうして内乱を起こした。なぜ、あいつを殺そうとする。お前の言葉も行動も、矛盾《むじゅん》ばかりだ」

その矛盾《むじゅん》が雄一郎を苛立《いらだ》たせ、怒りに駆り立てる。憎悪が滲《にじ》んだ目で睨《にら》み付けると、エドアルドは少しだけ考え込むように視線を宙へ向けた。その唇がかすかに動く。

「この世界のためだ」

「何？」

「俺の行動が『蝶の羽ばたき』になる。だから、俺は弟と戦わなくてはならない。それが俺に与えられた役割だからだ」

意味が分からない。エドアルドの言葉は、まるで狂信者の繰り言《ごと》のようだ。

モノクル越しに細められた目が雄一郎を射貫くように見つめる。

「オガミユウイチロウ、お前は何のために戦う」

再び投げ掛けられた問いに、雄一郎は咄嗟《とっさ》に答えられなかった。唇をかすかに開いたまま、エドアルドを見返す。エドアルドが抑揚のない声で続ける。

「金のためだと言うのなら、俺のもとに来い。俺にできることなら何でも、お前の望みを叶えてやる」

エドアルドの言う通りだ。金のためならノアを裏切って、エドアルドにつくのが一番良い。以前までの自分であれば、わざわざ劣勢の軍に残り続けるなんていう馬鹿な選択をするはずがない。

それなのに、無意識に首が左右に揺れた。唇を硬く結んだまま、雄一郎はもう一度首を大きく横に振った。

「イヤだ」

自分でも馬鹿馬鹿しいぐらい単純な拒絶の言葉が零《こぼ》れた。エドアルドが意外そうに目を見開く。

「なぜだ？」

「どうしても、絶対に、イヤだからだ」

駄々っ子みたいで自分が情けなくなる。だが、理由を口にはできなかった。雄一郎自身ですら説明ができない。ただ、無性に嫌なのだ。たとえ訪れる最期が敗北だとしても、断頭台だとしても、あの二人の男を裏切りたくない。

エドアルドが呆れた調子で呟《つぶや》く。

「そんなナリをして、子供のようなことを言う」

「うるせぇ」

悪餓鬼《わるがき》みたいに小さく吐き捨てる。不貞腐《ふてくさ》れたように睨《にら》み付けてくる雄一郎を見て、不意にエドアルドが口元を綻《ほころ》ばせた。その表情に、雄一郎はハッと息を呑んだ。エドアルドがその顔に感情を乗せた瞬間、花が開いたような美しさがあった。

エドアルドがわずかに弾んだ声で言う。

「お前こそ、俺以上に矛盾《むじゅん》している。全く理解できない」

理解できないと言っているのに、その声はやけに楽しそうに聞こえた。手遊びするように、エドアルドが片手に握り締めた手斧を手首のスナップでヒュンッと回す。素早い回転に、風を切る音が連続して聞こえた。

エドアルドは雄一郎を凝視したまま、その唇をゆっくりと動かした。

「お前は、どうすれば俺のものになる」

それは問い掛けというよりも自問自答のようだった。その言葉に仄暗《ほのぐら》さや陰湿さはなく、見つけた玩具をどうやったら自分のものにできるか考えているような無邪気さすら感じられる。

「死んでも、お前のものにはならねぇよ」

声が上擦《うわず》りそうになるのを堪《こら》えながら、わざと嫌味ったらしく返す。だが、エドアルドは再び抑揚のない声で返した。

「いいや、それは間違っている。お前が死んだら、死体は俺のものになるのだから」

ますますイカれている。まともなようで、一番脳味噌のネジが飛んでいるのは目の前の男なんじゃないだろうか。

皮膚に浮かび上がった鳥肌に気付かないフリをして、雄一郎は乾いた唇を動かした。

「俺の死体で、お人形遊びでもするつもりかよ」

皮肉を言う唇が引《ひ》き攣《つ》りそうになる。エドアルドは緩《ゆる》く肩を竦《すく》めると、回転させていた手斧をピタリと止めた。

「さぁな、それはお前が死んだ時に考えるさ」

そう言い放つと同時に、エドアルドが地面を強く踏み締めて駆け出した。見る見るうちに雄一郎との距離を詰めてくる。足場の悪い地面を駆け抜けながら、エドアルドが手斧を振り上げる。だが、雄一郎との距離が詰まる前に、不意に辺りが暗く陰った。

エドアルドが立ち止まって、空を振り仰ぐ。その視線につられて頭上を見上げると、赤く染まっていた空が暗くなっていく様《さま》が見えた。夕陽が沈み、木々の隙間から入っていた光が遮断されて、辺りが静かに暗闇に呑まれていく。

「あぁ、時間切れだ」

エドアルドがぽつりと呟《つぶや》く。構えていた手斧を下げると、エドアルドはくるりと踵《きびす》を返した。

「ノロシ、戻るぞ」

ノロシと呼ばれた灰頭の男は、視線を雄一郎へ据えて口を開いた。

「女神を野放しにして宜《よろ》しいのですか」

驚いたことに、ノロシは雄一郎を女神と呼んだ。だが、その声音は、見た目通り岩のように硬い。ノロシの細い目がまるで見定めるかの如《ごと》く雄一郎をじっと見ている。だが、エドアルドは緩《ゆる》く首を左右に振った。

「夜戦は苦手だ。それに、そろそろ向こうの援軍が到着する頃だろう」

敵軍は、こちらの正規軍が向かっていることに気付いていたのか。思わず舌打ちを漏らしそうになりつつ、雄一郎はわざと余裕綽々《よゆうしゃくしゃく》な笑みを浮かべてエドアルドを見据えた。

「おい、勝手に逃げる算段を立ててるんじゃねえよ。俺がお前を逃がすとでも思っているのか」

銃剣の先端をエドアルドへ向けながら、雄一郎は言った。目の前の男を殺せば、ノア側の勝利は限りなく近付く。こんな二度とないチャンスを逃がすわけにはいかない。

エドアルドはゆっくりと雄一郎を振り返ると、冷めた声で言い放った。

「お前達こそ早く逃げた方がいいんじゃないか」

「何だと」

エドアルドが空を指さす。その時、奇妙な音が遠くから近付いてくるのが聞こえた。ぶぶぶぶぶ、とまるで蠅《はえ》が耳元に忍び寄ってくるような不快な音だ。

何の音だ、と困惑していると、エドアルドとノロシが一斉に走り出した。待てと叫ぶ前に、ザアアァァーと頭上から激しい雨が降ってくるような音が響いた。音の方向に視線を向けた瞬間、凄《すさ》まじい衝撃音が上がった。地面が揺れるのと同時に、森の中に真っ赤な火柱が上がる。

「キキ、起きろ！」

叫びながら、地面に倒れたままのキキへ駆け寄る。肩を揺さぶると、ようやくキキが薄《うっす》らと目を開いた。

「女神様……」

「立てるか？」

まだ意識が混濁《こんだく》しているのか、キキは目を緩慢に瞬《またた》かせながら視線を漂《ただよ》わせた。だが、遠くに見える火柱を視認した瞬間、キキはカッと目を見開いた。

「どうして……ッ！」

キキが悲痛な声を漏らす。燃えるはずのない森が燃えている。その事実を受け入れられないのだろう。だが、悲しみに浸《ひた》っているだけの時間はなかった。再び蠅《はえ》のような羽音が聞こえてくる。頭上を仰ぐと、木々の隙間からその正体が見えた。

巨大な飛行艇だ。飛行艇がまるで産卵するかのように、その胴体から大量に何かを落としていく。それは一瞬、虫の卵のようにも見えた。空中で卵がぱかっと割れて、いくつもの筒状のものに分かれていく。その棒が落ちる音がザアアーと豪雨じみた音を鳴らしていた。

それが見えた瞬間、雄一郎はキキを大木の根の間に引きずり込んでいた。短く悲鳴を漏らすキキの身体に覆い被さった直後、炸裂音が響く。バチバチッと花火が弾けるような音が聞こえてきた。

振り返ると、森がオレンジ色の光を放って燃えていた。木々が焼ける臭いに混じって、辺り一帯に油に似た臭いが漂《ただよ》っている。

「焼夷弾《しょういだん》」

ぽつりと呟《つぶや》かれた雄一郎の言葉に、キキは怯《おび》えたような目を向けた。おそらく焼夷弾《しょういだん》という単語の意味が分からないだろう。

キキが、この森の樹木は水分を含んでいて火薬か油を撒《ま》かなければ燃えない、と言っていたことを思い出す。だから、敵軍は焼夷弾《しょういだん》を使ったのだろう。

だが、最大の問題は焼夷弾《しょういだん》ではない。敵軍に飛行艇があるということが一番厄介だ。砕けそうなほど奥歯を噛み締めて、焦りとも怒りともつかない感情に耐える。

キキは燃えていく木々を見つめて、掠《かす》れた声で呟《つぶや》いた。

「森が、燃えてしまう」

呆然としたキキの声に、雄一郎は唸《うな》るように返した。

「キキ、撤退だ。森の外へ出るように、全員に伝えろ」

現時点で、森の火を鎮火する方法はない。そして、このままこの場に残り続ければ、全員焼け死ぬのは判り切っていた。

だが、雄一郎の言葉に、キキは力なく首を左右に振った。

「嫌、です。ここは、私達の家です。私達は、朽葉《くちば》の民は、どこにも行きません」

頑《かたく》なな返答に、一気に怒りが込み上げてきた。キキの胸倉を掴《つか》んで引きずり立たせる。背中が熱風に炙《あぶ》られるのを感じながら、キキの眼前で叫んだ。

「じゃあ、ここで全員焼け死ぬか！　そんなのは戦死とも呼べねぇ、ただの犬死にじゃねえか！」

雄一郎の剣幕に臆することなく、キキは引き裂かれたような声で叫び返した。

「貴方には分からない！」

「俺が何を分かっていないと言う！」

「何もかもです！　私達の何もかもが、貴方には分からない！」

「なら、それを説明しろ！　分からないなら、イチから教えろ！　言葉に出そうともせずに、誰にも理解されないと思い込んで、最初から口を噤《つぐ》んでいるのはお前達の方じゃねぇか！」

まるっきり子供の言い争いだ。喚《わめ》き散らして、至近距離で睨《にら》み合う。キキの白い頬がオレンジ色の光で禍々《まがまが》しく照らされ、小刻みに戦慄《わなな》いていた。戦慄《わなな》きが次第に大きくなって、不意にキキの顔がくしゃくしゃに歪《ゆが》んだ。

「私達は、森の外の世界を、知らない……」

ぽつりと呟《つぶや》くと、キキは胸倉を掴《つか》む雄一郎の手を振り払った。木の根本にうずくまったまま、キキは続けた。

「リリィ様は言っていた。外の世界は醜《みにく》くて汚くて、自分のことしか考えない愚か者ばかりが住んでいると。だから、私達だけは森の中で汚《よご》れなく、互いを愛しあって生きていこうと……」

その言葉を聞いて、なぜアム・イースがずっと閉鎖的だったのかが解った。朽葉《くちば》の民は、未だに昔の女神の言葉を信じ続けているのだ。外の世界は醜《みにく》く、森の中だけが清廉《せいれん》で美しいと。

「森の外には行きたくありません。私達は、この森と運命を共にします」

その言葉を聞いた瞬間、体内の血液がぶわっと音を立てて膨れ上がるのを感じた。全身は熱いのに、脳味噌がひどく冷めていく。

何を巫山戯《ふざけ》たことを抜かしている。森と一緒に大勢が焼け死んだところで一体誰が得をするというのか。

「お前は、外の世界が怖いのか」

雄一郎の言葉に、キキが険しい表情で睨《にら》み付けてくる。だが、寒々とした雄一郎の眼差《まなざ》しを見た瞬間、キキは怯《ひる》んだように瞳を揺らした。

「外が怖いから、ここで死ぬことを選ぶのか。朽葉《くちば》の民は、臆病者ばかりの部族か」

「私達は、臆病者などではっ……」

「自分達が檻《おり》の中に入っているとも気付かず、外の世界は汚いなどとほざいている世間知らずを臆病者と言わずに何と呼ぶ」

まるで篭《かご》の中の鳥のようだと思う。この森は檻《おり》だ。リリィという女神の、祈りのような呪いに縛られた牢獄だ。

「汚《よご》れるのがそんなに怖いか。愚か者達に交じるのがそんなに恐ろしいか。汚《けが》れを知らぬまま、檻《おり》の中で生きていくことがそんなにも尊《とうと》いのか」

淡々とした声で続ける。銃身の曲がった銃剣を地面に放り捨てて、雄一郎はキキを見下ろした。キキは呆然とした眼差《まなざ》しで、雄一郎を見上げている。

「俺がお前達に教えてやる」

「貴方が、一体何を……」

「檻《おり》の外での生き方をだ」

そう呟《つぶや》いて、静かにキキへ手を伸ばす。差し出された手を凝視して、キキがかすかに唇を震わせる。その戦慄《わなな》く唇を見つめながら、雄一郎は言った。

「汚《よご》れるかもしれないが、自由になれる」

そう囁《ささや》いた瞬間、キキは深くうなだれた。沈黙が流れる。ごうごうと木々が燃える音と、全身に吹き付けてくる熱波が強くなる。鼻孔の奥いっぱいに木が燃える臭いが広がった。もう汗は出ず、乾いた皮膚がチリチリと引《ひ》き攣《つ》るように痛む。

不意に、キキの声が聞こえた。

「──全員に伝える。ただちに撤退せよ。朽葉《くちば》の民の者も皆、この森から出よ。一人たりとも、この森で死ぬことは許さない。私達にはまだやることがある。我々は女神様と共に戦う。繰り返す。朽葉《くちば》の民は、最後まで戦う」

キキが顔を上げた。その目に、もう迷いはない。差し出された雄一郎の手を、キキはしっかりと掴《つか》んだ。


キキと共に炎の中を、無我夢中で駆け抜けた。森から出た頃には、雄一郎もキキも全身が灰で真っ黒になっていた。外へ出た瞬間、こちらに向かって駆け寄ってくる複数の人影が見えた。その中には、テメレアやゴートの姿がある。

「雄一郎様、お怪我はッ！」

テメレアらしくない焦った様子に、思わず笑いそうになった。真っ黒な顔にかすかに笑みを浮かべると、テメレアは少しだけ表情を緩《ゆる》めた。

燃えさかっている森から遠ざかるように、ゴートがこちらへと誘導して歩き出す。

「ゴート、キキを衛生兵のところへ」

そう声を掛けると、ゴートは一瞬ちらとキキを見やった後、表情を変えずにキキを連れて行くよう部下に命じた。キキが小さく頭を下げて、衛生兵と共に幕営《ばくえい》へ向かっていく。

雄一郎の少し先を歩きながら、ゴートが声を掛けてきた。

「ご無事なようで何よりです、オガミ隊長」

「これがご無事なように見えるか？」

「憎まれ口が叩けるようなら、十分ご無事ですよ」

そう言うお前こそ随分と『ご無事』じゃねぇかと言いたくなる。真っ黒な顔を袖口で拭《ぬぐ》いながら、雄一郎は呟《つぶや》いた。

「散々だな」

「ええ、正規軍が到着する前にアム・イースは焼かれるわ、反乱軍との武力差を思い知らされるわ、もう散々しかありませんよ」

おちゃらけたように言っているが、ゴートの横顔にいつもの笑みはない。真っ直ぐ前を見つめたまま、ゴートが口を開く。

「反乱軍は撤退したようです。あの巨大な飛行艇も、反乱軍と共に去りました」

雄一郎は「そうか」とだけ短く返した。同時に、『敗戦』という言葉が両肩に重たく伸《の》し掛《か》かってくる。どれだけ敵兵を殺そうとも、アム・イースを焼かれた時点で今回の戦いはこちらの敗北だ。

ゴートが硬い口調で続ける。

「ゴルダールが空を飛ぶ兵器を作っているとは噂では聞いていましたが、まさか実用化しているとは思っていませんでした。俺の諜報《ちょうほう》不足です。申し訳ございません」

瞬《まばた》き一つしないゴートの横顔を眺めて、雄一郎は緩《ゆる》やかな声で返した。

「今更誰を責めるつもりもない。それよりも、あの飛行艇はゴルダールのものなのか」

雄一郎が問い掛けると、ゴートは小さく頷《うなず》いた。

「ええ。ゴルダールが反乱軍に力を貸している限り、我らの劣勢を覆《くつがえ》すのは難しいかと思われます」

「それは、随分と愉快な話だ」

溜息《ためいき》交じりにそう吐き捨てる。再び襲ってきそうな頭痛に耐えていると、雄一郎の斜め後ろを歩いていたテメレアが口を開いた。

「それに、反乱軍に女神が現れたことも由々しき問題です。反乱軍もカツラギアオイと名乗る少女を女神として掲げて、自分達の正当性を訴え、兵士達の士気を上げようとするでしょう」

テメレアが葵の話題を出したことに、雄一郎は一瞬ギョッとした。思わず肩越しに振り返って、テメレアをまじまじと見つめる。雄一郎の驚いた表情に、テメレアは訝《いぶか》しげに首を傾げた。

「イズラエルが言っていたヒステリックな女か」

ゴートが皮肉るように言う。続けざまに「偽物女神が」と吐き捨てるように呟《つぶや》いた。その一言を聞いて、雄一郎は曖昧《あいまい》に眉尻を下げた。

「いいや、葵は偽物じゃないらしいぞ」

そうぽつりと漏らすと、ゴートは肩越しに雄一郎へ呆れた眼差《まなざ》しを向けてきた。

「オガミ隊長、何を言ってるんですか」

子供を叱るようなゴートの口調に、雄一郎は困惑の眼差《まなざ》しを返した。

「俺達にとって、貴方以外は偽物なんですよ。たとえ若いピチピチの女の子が出てこようが、どこぞの神様がこの女が本物の女神だとのたまおうが、俺達の女神は貴方だ。貴方は、もう女神の椅子から降りられないし、俺達と最後まで戦う義務がある」

その荒っぽい口調には、雄一郎に対する非難が十分に含まれていた。雄一郎が女神をやめることを決して許さない、とゴートは強く訴えている。

その言葉に、雄一郎は圧倒された。押し黙っていると、テメレアが雄一郎の手を掴《つか》んだ。手のひらがそっと包み込まれる感触に、一瞬身体が強張《こわば》る。

「ゴートの言う通りです。私達にとって、女神は貴方だけです」

「お前は――」

思わず口を開いたものの、言い掛けた言葉が途中で止まった。テメレアが不思議そうに雄一郎を見つめている。美しい男を見返したまま、雄一郎は唇を硬く閉ざした。

その時、不意に甲高い声が響いた。

「雄一郎！」

視線を向けると、こちらへ駆け寄ってくるノアの姿が見えた。その瞬間、雄一郎の手のひらを握り締めていたテメレアの手が静かに離れた。

「ノア？」

なぜここに、と問う間もなく、ノアが雄一郎に飛びついてきた。ノアの両腕がしっかりと雄一郎の身体を抱き締めてくる。

「雄一郎、大丈夫⁉　怪我はない⁉　どこか痛いところは⁉」

腰を抱かれたまま、矢継《やつ》ぎ早《ばや》に訊《たず》ねられる。唖然として見下ろすと、ノアは泣き出しそうな顔で雄一郎を見上げてきた。

「生きててよかった……」

そう告げられた言葉に、胸の奥からかすかに熱いものがせり上がってくるのを感じた。今まで「生きててよかった」なんて誰かに言われたのは初めてだ。

「何でお前がここにいるんだ？」

問い掛けると、ノアが雄一郎の左手首を持ち上げて言った。

「途中で鎖《くさり》を落としただろう？　そのせいで何にも見えないし聞こえなくなって……心配になって、馬を飛ばして来たんだ」

その無謀な言葉に、唇が半開きになる。王様がいちいち戦場に出向いているんじゃ、安全も何もあったものじゃない。

「遠くにいるんじゃ何も分からなくって……どうして一緒に行かなかったんだろうって、すごく後悔した」

悔しげなノアの声に、胸の奥がむずむずっと疼《うず》くのを感じた。小鳥が心臓の中で羽ばたいているような、くすぐったさにも似た疼《うず》きだ。

「馬鹿言うな。王様が戦場に出られるわけがねぇだろうが。お前みたいな奴、すぐに殺されちまうぞ」

胸の疼《うず》きを知られたくなくて、わざとぶっきらぼうに言い放つ。それでも、どうしてだか口元が無意識に緩《ゆる》んでしまう。口元を手のひらで覆い隠していると、ノアが掠《かす》れた声で呟《つぶや》いた。

「それでも、僕の知らないところで雄一郎が死んじゃうより全然いい」

そして、ノアは更に雄一郎にきつくしがみ付いた。雄一郎の服にこびり付いた血や灰が、ノアの滑らかな頬を黒く汚《よご》していく。それでも、ノアがそれを気にとめる様子はない。

「……僕を置いていかないで」

ノアの囁《ささや》く声に、不意に奇妙な感慨が込み上げてきた。娘の真名も、よくそう言っていた。任地へ赴《おもむ》く雄一郎を玄関まで追いかけて、「おとうさん、おいていかないで」と。

心臓を引き裂くような感傷を必死で押し殺す。一体、自分は目の前の子供に何を求めているのだろう。

指先が戦慄《わなな》きそうになった時、こちらへ近付いてくる影が見えた。何人もの部下を引き連れて歩いてくるのは、見覚えのある巨体だ。

キーランドは砂埃《すなぼこり》を立てながら近寄ると、挨拶《あいさつ》もなく開口一番に言った。

「我ら正規軍の到着が遅れたばかりに、甚大《じんだい》な被害を出してしまった。誠に申し訳ない」

そう言って頭を下げるキーランドの顔は、自責の念で歪《ゆが》んでいた。馬鹿真面目な総大将だと思うと、不意に笑いが込み上げた。

「申し訳なく思う必要はない。どうせ敵軍には援軍が来ることもバレていた。逆に正規軍の到着が早かったら、被害はもっと大きくなっていただろう」

雄一郎がそう言っても、キーランドの眉間に刻まれた深い皺《しわ》は消えない。雄一郎は肩を竦《すく》めて、言葉を続けた。

「反省することも大切だが、それよりも俺はこれからのことを考えたい」

「つまり？」

「まず最初に、ゴルダールの巨大飛行艇をどう排除するかについて」

言い放ちながら、雄一郎は再び歩を進めた。キーランドやゴートが雄一郎の横に付く。テメレアは斜め後ろに。そして、ノアは雄一郎の袖口をぎゅっと掴《つか》んでいた。キーランドがノアの方をちらりと見やって、物言いたげに唇を引き結ぶのが見えた。

構わず、雄一郎は喋《しゃべ》り続けた。

「今はまだ敵側に王都を焼き払うだけの覚悟はないようだが、もしその覚悟ができたら王都は一瞬で火の海になる。あの巨大飛行艇を排除しない限り、我々に勝機はない」

「では、すぐにゴルダールに諜報員《ちょうほういん》を送ろう」

ようやくしおらしさの消えたキーランドが豪胆な口調で答える。それに頷《うなず》きを返した雄一郎は、続けてゴートへ視線を向けた。いつものにやついた口調で、ゴートが言う。

「同時に、反乱軍の動きも探るように、ジュエルド全土にも諜報員《ちょうほういん》を散らしておきます。それで宜《よろ》しいですか？」

おどけるようなゴートの声音に、雄一郎は朗《ほが》らかな笑みを返した。

本陣にたどり着くと、キキとククが硬く抱き合っている姿が見えた。頬を腫《は》らしたククが声を殺して泣いている。その時、ふと思い出した。そういえば、殴られたククの代わりに、キキにゴートを殴らせてやると約束していたのだった。

「ゴート」

「はい」

「悪いが、あとでキキに一発殴られてくれ」

「は、ぃ……はぁあ？」

突拍子もない雄一郎の一言に、ゴートはぽかんと口を開いた。その間の抜けた様子に忍び笑いを零《こぼ》しながら、雄一郎はゴートの肩をぽんと軽く叩いた。

「はぁ？　え、何でなんですか？　全然意味が分からないんですが、ちょっとその辺りを説明してもらえないもんですか？」

追い縋《すが》るゴートを無視して、雄一郎は「悪いな」と笑いながらもう一度繰り返した。

その時、辺りを見渡していたノアが心細そうな声で呟《つぶや》いた。

「イズはどこ？」

幕営《ばくえい》の中、衛生兵に治療されているイズラエルを見て、ノアは声をあげて泣いた。イズラエルはノアへ頬を擦り寄せて、子犬のようにキュウキュウと鼻を鳴らした。

「ノア様が幼い頃、イズラエルだけが唯一親しくしてくれたようです」

幕営《ばくえい》の外からその様子を眺めながら、テメレアがどこか冷めた声で呟《つぶや》く。雄一郎はふと以前ノアが言っていた言葉を思い出した。

『イズは、僕の友達だ！』

イズラエルを絞め殺そうとした雄一郎に向かって、ノアはそう叫んでいた。

「友達か」

そう独りごちると、テメレアが横目で雄一郎を見やった。幕営《ばくえい》から離れて、ゆっくりと歩き出す。

本陣は、負傷者で溢《あふ》れていた。噎《む》せ返《かえ》るような血と泥と灰の臭いが辺り一帯に満ちている。衛生兵がバタバタと忙《せわ》しなく走り回って、負傷者の手当てを行っていた。

その少し離れた場所に、筵《むしろ》を被せられた遺体が何十体も横たわっていた。筵《むしろ》の隙間から、力なく投げ出された腕や足が見える。血に濡れた手のひらは、剣を掴《つか》んだ形のまま硬直していた。もう彼らが目を覚ますことはない。焼け焦げた骸《むくろ》にしがみ付いて、大声で泣き叫んでいる長髪の兵士の姿が見える。友人か、それとも恋人だったのだろうか。

そして、遠くにはアム・イースの森が焼ける光景が広がっていた。ようやく下火になってきたが、未だに燻《くすぶ》るように黒煙が立ち上っている。朽葉《くちば》の民の故郷が焼けていく。

雄一郎は、ぼんやりとその様子を眺めた。

「散々だ」

先ほどと同じ言葉が口をついて零《こぼ》れた。その瞬間、口内から苦い唾が湧き上がってきた。地面へ吐き出すと、赤黒い唾がべちゃりと落ちた。テメレアが驚いたように声をあげる。

「雄一郎様、怪我が――」

くらくらと頭が揺れ始めて、テメレアの声が最後まで聞こえない。地面に膝をついて、雄一郎は何度か空咳をした。血が混じった唾液が糸を引いて地面へ落ちていく。

世界が回り始める。三半規管が狂って、吐き気が止まらない。身体を支えることができず、べしゃりと地面に崩れ落ちた。誰かが叫んでいる声が聞こえる。だが、何と叫んでいるのかは判らない。

ぐらぐらと揺れる地面の底に引きずり込まれるようにして、意識が暗闇に呑み込まれた。


夢は見たくない。なぜ、何度も何度も、繰り返し、失ったものを自覚しなければならないのか。

『おとうさんのうそつきっ！』

受話器の向こうから、幼い罵《ののし》りの声が聞こえる。その声は、すぐさまグズグズと鼻を啜《すす》る音に取って代わった。

「ごめんな、真名。クリスマスは無理だけど、お正月にはちゃんと帰るから」

泣き声を止めたくて、宥《なだ》めるように声を掛ける。先ほど真名にクリスマスには帰れなくなったことを告げたばかりだった。

この国に雄一郎が赴任してから三年が経とうとしていた。ようやく情勢も落ち着いてきて、そろそろ日本に帰還できる算段が付きそうな頃だった。それでも、流石《さすが》に全員が一斉に帰るわけにもいかず、クリスマスの一時帰還のくじ引きに雄一郎は運悪く外れてしまった。同僚だって皆家族持ちだから、クリスマスには家に帰りたいのだ。

『帰ってくるっていってたのに』

ぐずぐずと泣きじゃくりながら、真名が言う。

「ごめんなぁ。お正月にたくさんプレゼント持って帰るから」

『プレゼントなんかいらないもん』

拗《す》ねた口調に、電話越しだというのに雄一郎まで眉尻が下がってしまう。受話器の向こう側から『マーちゃん、お父さんにあんまりワガママ言わないの』と妻の藍子《あいこ》の声が聞こえてくる。

真名がしゃくりあげながら続ける。

『まな、ワガママじゃないもん。だって、ちゃんとサンタさんにおねがいしたのに』

「サンタさんに何てお願いしたんだ？」

『おとうさんをおうちに帰してって』

いたいけなお願いに、胸がぎゅうっと締め付けられた。国際電話が据え付けられた壁に凭《もた》れ掛かりながら、小さく息を漏らす。

「お正月には絶対帰るよ。約束する」

『ぜったい？　ゆびきりげんまんできる？』

「うん、できるよ」

そう返すと、ようやく受話器越しに真名の笑い声が聞こえた。涙で掠《かす》れながらも心底嬉しそうな笑い声に、胸が喜びで満たされていく。

『ゆびきりげんまん、うそついたら――』

真名の歌声が聞こえる。その軽やかな歌声に合わせて、雄一郎も歌った。

ゆびきりげんまん、うそついたら――

あの時、針千本呑んでしまえばよかった。そうすれば……そうすれば？　何が変わったのだろうか？　どれだけ後悔しても、もう何もかも取り返しがつかないのに。

うそつきっ、と叫ぶ真名の声ばかりが脳内でリフレインされる。違う、違う、嘘なんかつくつもりはなかった。本当に帰るつもりだった。妻と娘のもとに帰りたかった。

帰りたい。帰りたいのは元の世界じゃない。あの日に、選択を間違える前に帰りたい。

「帰して」

惨《みじ》めな、縋《すが》り付くような声が咽喉《のど》から零《こぼ》れ落ちる。その声は、誰にも届かない。

第四章　編まれていく関係

額《ひたい》を撫でられる感触で目が覚めた。

目を開くと、ぼやけた視界にテメレアの顔が映った。どうやら布で雄一郎の顔を拭《ぬぐ》っていたらしい。テメレアは目を丸くした直後、泣き出しそうに顔を歪《ゆが》めた。

「雄一郎様……良かった、目を覚まされたのですね……！」

掠《かす》れた声で呼ばれ、頭を掻き抱かれる。雄一郎は、しばらくぼんやりとしたまま、テメレアの抱擁を受け入れていた。目を潤《うる》ませたテメレアが口を開く。

「七日間も眠っていたのですよ。もう目覚めないかと思いました」

七日間、と頭の中で考える。だが、上手く考えがまとまらない。

「おれは、けが……」

拙《つたな》い言葉が漏れ出る。テメレアは幼い子供にするように、うんうんと小さく頷《うなず》いて答えた。

「怪我はすべて治っています。昏倒《こんとう》は、おそらく龍の血を飲んだ副作用によるものかと思われます。細胞が急速に再生したのに身体がついていかなかったんだろう、と医師は言っていました」

そうか、と答える代わりに、大きく息を吐き出す。緩《ゆる》く上下する雄一郎の胸へ、テメレアがそっと手のひらを置きながら訊《たず》ねてくる。

「どこか痛むところはありませんか？」

首を左右に振る。

「宜《よろ》しければ、水と食事を持ってきましょうか？」

母親のような甲斐甲斐《かいがい》しさで訊《たず》ねてくる。雄一郎が小さく頷《うなず》きを返すと、テメレアは待っていてくださいと言い残して、小走りで部屋から出て行った。

数分後、激しい音を立てて扉が開かれた。扉の前に立っていたのは、目を真っ赤にしたノアだ。

「雄一郎っ！」

叫び声と共に駆け寄ったノアに、ギュウギュウと頭を抱き締められる。力一杯の抱擁に、雄一郎はぐぅっと咽喉《のど》の奥で呻《うめ》き声を漏らした。途端、慌てたようにノアの身体が離れる。

「ご、ごめんっ。つい、嬉しくて……」

ばつが悪そうに呟《つぶや》くノアを見上げて、雄一郎はゆっくりと瞬《またた》いた。雄一郎の顔を覗《のぞ》き込みながら、ノアが訊《たず》ねてくる。

「大丈夫？　気分は悪くない？　痛いところは？」

テメレアと同じことを聞いてくるんだなと思ったら、少しだけ笑えた。雄一郎がかすかに口角を吊り上げると、ノアはほっとしたように口元を緩《ゆる》めた。

ノアが両手を伸ばして、雄一郎の片手をそっと包み込んでくる。まるで壊れ物にでも触れるような手付きにかすかなくすぐったさを覚えつつも、雄一郎は唇を開いた。

「イズ、ラエルは」

数日間喋《しゃべ》っていなかったせいか、咽喉《のど》がガラガラにしゃがれていた。ノアが悲しそうに眉尻を下げる。

「イズは、まだ元気がない。死にはしないって本人は言ってるけど、毎晩痛そうに唸《うな》ってるから可哀想で……夜はずっと一緒にいるようにしてる」

そう聞いて、死んではいないのだと安心した。イズラエルにしてみれば辛い状況だろうが、それでも生きているだけ良かったと思う。

「朽葉《くちば》の民のことも心配しなくていいよ。森は……半分以上焼けちゃったから、朽葉《くちば》の民の小さい子やおばあちゃんは、王都から離れた街に受け入れてもらうよう話を付けたからね」

驚いた。まさかノアがそこまで手を回しているとは思いもしていなかった。目を丸くした雄一郎の表情に気付くこともなく、ノアが話を続ける。

「キキみたいに戦える人達は軍に入ってもらった。ゴートには朽葉《くちば》の民を虐《いじ》めたりしないようにキツく言っておいたし、ちゃんと全員分の宿舎も用意したよ。だから、安心して」

ノアがノアらしくなくて逆に安心できない。呆然とした表情で見つめていると、ノアは不思議そうに首を傾げた。

「おまえ……本当に、ノアか……？」

恐る恐る訊《たず》ねると、ノアは釈然としない表情を浮かべた。

「奥さんなのに、自分の夫が分からないの？」

「そういう、ことじゃなくて……」

混乱していると、開きっぱなしになっていた扉からテメレアが入ってきた。食事を載せた盆を両手に持っている。テメレアの姿を見ると、ノアはパッと立ち上がった。

「また来る。雄一郎はゆっくり休んで」

手の甲へキスを落とされる。そのスマートな仕草に、ますます混乱が深まっていく。雄一郎に向かって軽く手を振ると、ノアは軽やかな足音を立てて部屋を出て行った。

その後ろ姿を呆然と眺めてから、雄一郎は呟《つぶや》いた。

「あいつ……なんか、おかしくないか……？」

雄一郎のひどい言い草に、テメレアはサイドテーブルに盆を置きながら片眉を跳ね上げた。

「貴方が倒れてから、ノア様はほとんど眠っていないんです。イズラエルの付き添いや朽葉《くちば》の民の処遇を決めるだけでなく、病棟へ行っては負傷兵達への声掛けも行って……ノア様はノア様なりに王としての使命を果たそうとしているのだと思います」

そう告げるテメレアに、雄一郎は言葉を返さぬまま後頭部を枕へ深く埋《うず》めた。

あの泣き虫で我《わ》が侭《まま》な子供が変わろうとしているのか。そう思うと、胸の奥からじんわりと感慨が込み上げてきた。

「口を開いてください」

告げられる言葉に、雄一郎はうんざりと顔を顰《しか》めた。目の前では、テメレアが粥《かゆ》を載せた匙《さじ》を差し出している。

「もう自分で食える」

「そう言って、昼間も皿をひっくり返したじゃないですか」

辟易《へきえき》している雄一郎に気付いているだろうに、生意気に言い返してくる。

確かにテメレアの言う通りだった。昼間もテメレアに手ずから食べさせられそうになって、一人で食えると皿を受け取った瞬間、手に力が入らず皿を落としたのだ。そのせいでベッドの掛け布団からシーツまでがベチャベチャに汚《よご》れて、すべてを交換する羽目になった。

しばらく無言でテメレアをねめ付ける。だが、テメレアが手を引く様子はない。雄一郎は唇をへの字にした後、根負けして口を開いた。パカリと開かれた口へそっと匙《さじ》が差し込まれる。途端、ふわりと温かい味が舌の上に広がった。

「ゆっくり食べてください」

柔らかなテメレアの声に、咀嚼《そしゃく》しながらしぶしぶ頷《うなず》く。

テメレアが匙《さじ》の上に載せた粥《かゆ》に息を吹きかけている。雄一郎が口を開くと、再び匙《さじ》が差し込まれる。それを何度も繰り返しているうちに、皿の中は空っぽになっていた。

空になった皿をサイドテーブルに置きながら、テメレアが褒《ほ》めるように言う。

「よく食べましたね。お腹はいっぱいになりましたか？」

「お前は俺の母親か何かかよ」

雄一郎の嫌味に、テメレアは小さく笑い声を漏らした。

「前は、お前はノア様の母親かと言われましたね。今度は貴方の母親ですか」

「お前はお節介を焼きすぎだ」

「貴方が自分のことに無頓着すぎなんです。だから、私がお節介を焼くぐらいがちょうど良いんですよ」

雄一郎のことなんか解り切っているといった口調だ。その返答に、雄一郎はますます唇をへの字にした。あからさまに不貞腐《ふてくさ》れた雄一郎の様子に、テメレアが笑みを深める。

「貴方は、本当に面倒くさい人ですね」

言葉に反して、その声音には隠し切れない愛しさが滲《にじ》んでいた。細められたテメレアの眼差《まなざ》しから覗《のぞ》き見えるのは、紛《まぎ》れもない愛情だ。その真っ直ぐに心を差し出すような表情に、雄一郎は思わず怯《ひる》んだ。

テメレアが雄一郎の頬へ手を伸ばしてくる。その手が触れそうになった瞬間、雄一郎は咄嗟《とっさ》に拒むようにテメレアの手を掴《つか》んでいた。テメレアが目を大きく開く。

その驚いた眼差《まなざ》しから目を逸らして、雄一郎はぽつりと呟《つぶや》いた。

「俺が面倒なら、葵のところに行った方が良かったんじゃないのか」

口に出すと、言いようのない羞恥心《しゅうちしん》と自己嫌悪が全身を駆けめぐるのを感じた。面倒くさい女みたいに、試すような言葉を言った自分がひどく情けなくて恥ずかしかった。

テメレアはピタリと動きを止めたまま、何も喋《しゃべ》ろうとはしない。沈黙ばかりが流れていく。静けさに耐えられなくなり、雄一郎は口を開いた。

「葵なら、お前を傷付けたり、いたぶったり、しなかったかもしれない」

何だかひどく粘ついたものを呑み込んだように、咽喉《のど》がぎこちなく動いた。

「俺が相手じゃなければ、お前に掛けられたのは呪いじゃなくて祝福になったかも——」

「こちらを向いてください」

不意に、硬い声で遮《さえぎ》られる。背《そむ》けていた顔を向けると、テメレアは雄一郎をじっと見つめていた。

「私の心が知りたいですか」

問い掛けられた言葉に、一瞬息が止まりそうになった。口角がかすかに引《ひ》き攣《つ》る。だが、テメレアの表情は変わらない。

「確かにあの少女には、男の女神のところから逃げて、わたしの仕《つか》え捧《ささ》げる者《もの》になって、と言われました」

テメレアはどこか冷徹とも思える眼差《まなざ》しで、雄一郎を見据えている。

「あの男に殴られてるんだろう、と。わたしなら、貴方を大切にすると。だから、わたしを選んでと訴えかけられました。それに彼女は私の顔がいたく気に入ったようでした。一目見て、貴方を好きになってしまった。絶対に貴方をわたしのものにしたい、とも告げられました」

テメレアが小さく鼻で笑って続ける。

「貴方ではなく彼女が女神だったら、私はそれこそ『屹立した棒』として扱われたでしょうね」

皮肉げな口調に、雄一郎は言葉を失った。テメレアがもう片方の手を伸ばして、雄一郎の頬に触れてくる。柔らかく頬を撫でる手のひらの感触に、かすかに皮膚が震えた。

「私は、貴方を愛しています」

告げられた言葉に、今度こそ息が止まった。呼吸することも忘れて、テメレアを見つめる。

「たとえこれが呪いだとしても、私にとっては貴方を思う気持ちは祝福なんです。貴方が私の女神でよかった。貴方と出会えてよかった」

頬に触れていたテメレアの手のひらが、首筋へと滑る。

「貴方は私のすべてです」

そう囁《ささや》かれる言葉に、不意に逃げ出したいような衝動に駆られる。後ずさるように動くと、それを制するようにテメレアが二の腕を掴《つか》んできた。片膝をベッドの上へ乗せ、テメレアが斜め上から雄一郎を見下ろしてくる。

「逃げてはいけない」

小さな子供に言い聞かせるような口調だった。その声に、駄々にも似た憎しみが込み上げた。睨《にら》み付けると、テメレアは柔らかな声で囁《ささや》いた。

「貴方は逃げ続けて、ここまで来た。もう、逃げないで」

その瞬間感じたのは、紛《まぎ》れもない恐怖だった。自分自身の心臓を開かれて、その底の暗がりを覗《のぞ》き込まれているような、おぞましさ。

咽喉《のど》が詰まって、何一つとして言葉が出せなくなる。そんな雄一郎を、テメレアはひどく痛ましい表情で見つめてきた。

「私を愛してくれとは言いません。私に貴方を愛させてください。ただ、それだけを許してください」

懇願するような声音に、腹の底から濁《にご》った感情がボコボコと湧き上がってくるのを感じた。自分は、目の前の美しい男から無償の愛を向けられるべき人間ではない。むしろ下品で粗雑で、軽蔑を向けられるのが当然の人間だ。

そう思った途端、ハッと皮肉げな笑い声が漏れた。

「愛してもくれない相手を愛するなんて不毛だ」

雄一郎が吐き捨てた言葉に、テメレアは泣き笑いのような表情を浮かべた。

「そうですね」

笑ったまま、同意が返される。わずかに視線を伏せて、テメレアは続けた。

「それでも、私は貴方が愛しくてしょうがない」

テメレアの顔はくしゃくしゃに歪《ゆが》んでいる。美しい顔に似つかわしくない、泣きだす直前の子供のような表情を見た瞬間、胸の奥で何かが弾けた。ぱちんっとスイッチが押されたみたいに、一気に込み上げてくる。

気が付いたら、テメレアの首に腕を絡めて引き寄せていた。そっと唇を重ねると、テメレアの目が大きく見開かれた。子供みたいに唇を合わせるだけのキスをして、静かに離れる。

「貴方は……」

テメレアの唇から掠《かす》れた声が漏れる。だが、続く言葉が発せられる前に、もう一度唇を重ねた。今度は舌を潜《もぐ》り込ませる。生温かいテメレアの舌を舐め上げて、その裏に溜まっている唾液をこそげ取った。

「……舌、を」

口付けの合間にねだるように囁《ささや》くと、テメレアの眉間がグッと寄せられた。両肩を掴《つか》まれて、ベッドへ強引に押し倒される。そのままテメレアの身体が伸《の》し掛《か》かってきた。

すぐさま激しい口付けが始まる。テメレアの舌が口内を掻き回して、ねちねちと粘着質な音を立てながら雄一郎の舌を嬲《なぶ》ってくる。舌同士をぬるぬると擦り合わせていると、快感の火がゆっくりと灯《とも》っていくのを感じた。

無意識に両足を左右に開いて、股間をテメレアの腹に擦り寄せる。自分が女のような動作をしていることに、今は羞恥《しゅうち》を感じなかった。今はただ目の前の男が欲しい。

テメレアは口付けを止めぬまま、雄一郎の腰を両手で掴《つか》んだ。そのまま腰を前後に動かし始める。布越しにテメレアの性器がゴリゴリと触れてきて、そのもどかしい快感に鼻がかった声が漏れた。

「ん……ん、ンぅ」

テメレアを受け入れる時のように両足が大きく開かれていく。は、は、と荒い息が口付けの合間に零《こぼ》れた。腹の奥が疼《うず》く。中に欲しい。早く体内をいっぱいに満たしてほしい。

テメレアの下履きに手をかける。履き口から手を潜《もぐ》り込ませて、直接テメレアの性器を掴《つか》む。テメレアの性器はすでに硬く勃ち上がっていた。その熱い感触に、込み上げてきたのは歓喜だった。

「はっ……硬……」

唇の隙間から笑いが漏れ出る。その笑い声すら呑み込むように、テメレアの唇が深く重なった。口付けを楽しみながら、両手でテメレアの陰茎を扱《しご》き上げる。先端から溢《あふ》れ出てきた先走りで、次第にぬちゃぬちゃと淫猥《いんわい》な音が響き始めた。

口内に注ぎ込まれるテメレアの息が荒くなる。テメレアの両手が雄一郎の尻へ回ってきた。両手で尻をもみ込まれて、窄《すぼ》まりを布の上からググッと押された。ひくつく窄《すぼ》まりへ左右の人差し指二本が食い込んでくる。布越しにもかかわらず、その感覚に腰が跳ねそうになる。

不意に、テメレアの唇が離れた。荒い息を漏らしながら、テメレアは上等な餌《えさ》を目の前にした狼のようにギラギラとその目を輝かせている。いつもは性欲なんてなさそうな上品な顔をしているのに、雄一郎を見下ろすテメレアは野蛮な男の眼差《まなざ》しをしていた。その瞳に、飽くこともなく高揚する。

テメレアは、陰茎を握っていた雄一郎の手を強引に引き剥がすと、そのまま雄一郎の下履きを抜き取った。下着もすぐさま取られて、ベッドの下へ放られる。手早くサイドボードからシャグリラが入った瓶が取り出された。摂取することによって、体内に仮子宮が形成されていくという液体だ。

桃色の液体を手のひらに溢《あふ》れるほど注ぐと、テメレアは性急な動作で雄一郎の後孔へ手を伸ばした。ぐちゃ、と音が鳴って、指先が体内に潜《もぐ》り込んでくる。奥へ奥へと沈んでいく指を歓迎するように、腹の内側がきゅうきゅうと吸い付くのを感じた。

「あ、ァ……もっと……」

もっと大きいものが欲しくて、全然足りなくて、腰がもどかしさに揺れる。

「待って、ください。まだ」

テメレアの声も興奮に掠《かす》れていた。すぐさまシャグリラの実と共に二本目の指がねじ込まれる。

指の腹で前立腺をコリコリと擦り上げられて、腰が大きく跳ねた。

「あッ、あぁ！　も、いぃっから……早く、しろッ！」

欲しい欲しいと身体が喚《わめ》き散らしている。雄一郎の陰茎はすでに硬く勃ち上がっていた。先端から溢《あふ》れ出す先走りがもう睾丸《こうがん》まで濡らしている。

両手で力任せにテメレアの胸を押しのける。途端、小さく声をあげてテメレアがベッドの上に尻餅をついた。上半身をわずかに起こしたまま倒れたテメレアへにじり寄ると、下履きを引っ張ってテメレアの陰茎を外に出す。そして、両足をベッドに踏ん張ったまま、ひくつく後孔へ陰茎の先端を押しつけた。

テメレアが何か言おうと唇を開いた瞬間、自重《じじゅう》をかけて先端を体内に呑み込んだ。

「ん、グぅ……ぅ！」

まだほぐしが足りなかったのか、わずかに中が引《ひ》き攣《つ》るのを感じる。それでも、腰を前後に揺らしながら、ずぶずぶと長い陰茎を奥へ沈めていく。熱い塊《かたまり》が体内を満たす感覚に、鈍い痛みと共に快楽を覚える。最初はあれだけ気色悪かった行為なのに、今は堪《たま》らなく気持ちいい。

「はー……あ、ァ……いぃ……」

無意識に唇から漏れ出た言葉に、体内に含んだ陰茎が膨らむのを感じた。テメレアが上半身を起こして、雄一郎の腰を掴《つか》んでくる。そのままグリッと腰を回されると、強い快感に爪先が跳ねた。

「気持ちいいですか」

訊《たず》ねてくる声に返答する代わりに、再び唇を重ねた。繋《つな》がったまま、濡れた舌を絡ませる。唾液の音をぺちゃぺちゃと鳴らしながら、舌の腹を擦り合わせた。その間も緩《ゆる》やかに奥を突き上げられて、繋《つな》がった舌の間から嬌声《きょうせい》と一緒に涎《よだれ》がだらしなく垂れる。

「んん、ん……ぁ」

「首に両腕を回してください」

促《うなが》されるままに、テメレアの首へ両腕を回す。するとテメレアはベッドに両膝をつき、そのまま雄一郎の膝裏をグッと持ち上げた。身体を支えるものがなくなり、強制的に繋《つな》がりが深くなる。ぐぷっと音を立てて行き止まりを開かれる感触に、悲鳴じみた叫び声が溢《あふ》れた。

「ひ、ッ……、いァ、アアッ……！」

テメレアの先端が奥の奥まで潜《もぐ》り込んでいる。そのまま、ぐぽぐぽと何度も抜き挿《さ》しを繰り返されて、目の前が点滅するほどの快感に全身が震えた。

「アア！　あ、あッ！　てめれ……、やッ……だめッ、だめ……だッ……！」

耳元でそう叫んでも、テメレアが律動を緩《ゆる》める気配はない。痛みを感じるほどの激しさで、尻にテメレアの腰が打ち付けられる。まるで体内を掘削するような激しい律動だった。

腹の内側のしこりも、陰茎が抜かれる度にカリ首に引っかかってゴリゴリと抉《えぐ》られる。すぎた快感に、雄一郎はほとんど泣き叫ぶような声をあげた。

「あぁッ、イくッ……い、く……ぅッ！」

口から勝手に言葉が溢《あふ》れてくる。テメレアの首にしがみ付いたまま、雄一郎はテメレアの腹に先端を擦り付けるようにして射精した。尿道を犯す勢いで精液が噴き出してくる。

精液がビュッビュッと漏れ出るのと同時に、腹の中がキツく窄《すぼ》まるのを感じた。まるで精液をねだるように、粘膜がテメレアの陰茎にしゃぶり付いている。

自身の身体のはしたなさに羞恥《しゅうち》を覚える間もなく、背中がベッドに倒された。真上から見下ろすテメレアが堪《こら》えるように眉を寄せている。その額《ひたい》からは汗が滴《したた》っていた。

射精の余韻を噛み締める余裕もなく、叩き付けるような律動が再開する。胸に付きそうなぐらい膝を折り曲げられて、真上から腰を打ち付けられる。イッたばかりの体内が、過多な快感により激しく痙攣《けいれん》し始めた。突き上げられる度に、後孔からじゅぽじゅぽとあられもない音が鳴り響く。

「ッ、ぃアァ、あぁ！」

射精したばかりだというのに、まだ快感を与えられるものだから、陰茎の先端から精液がビュッビュッと壊れた噴水のように断続的に噴き出す。

「や……や、めッ……こ、壊れ、……るっ！」

遠慮なく行き止まりをグポグポと犯されて、涙が滝のように溢《あふ》れ出した。頬を伝う涙をテメレアが舐め上げて、そのまま耳元に囁《ささや》く。

「壊れてください」

その言葉に、絶望と同時に安堵を覚える。目の前の男にいっそ壊してほしいと願ってしまうほどに。そう思った瞬間、全身に電流のような快感が走った。内腿が痙攣《けいれん》して、射精もしていないのに達している感覚が続く。

「あ、ぁあああぁッ!!」

イくのに合わせて、中をきゅうきゅうと締め付けてしまう。同時に、テメレアの低い唸《うな》り声が聞こえた。これ以上ないくらい足を広げられて、ガツンと一際《ひときわ》奥深くに腰を打ち付けられる。先端を行き止まりに突っ込まれたまま、熱い液体を体内に吐き出された。

「ッひ、ぁあ……あ、あ、ぁ……」

ビュービューと中に注ぎ込まれているのが分かる。思わず腰を揺らすと、窘《たしな》めるように射精していた陰茎がぐぽぐぽと短く抜き挿《さ》しされた。

「や、ァ、んあ、あ……っ」

逃げることもできず、一滴も残さず吐き出された。ようやく射精が終わると、テメレアは上半身を起こして、大きく息をついた。汗で前髪が額《ひたい》に張り付いている。ゆっくりと陰茎が引き抜かれた途端、締まりきらない後孔からどろどろと白濁が溢《あふ》れ出すのを感じた。

そのまま仰向《あおむ》けで荒い息を漏らしていると、テメレアの手のひらが雄一郎の下腹へ添えられた。そのままゆっくりと上下に撫でられる。まるで、その腹の中に何かが宿っているかのように。

ぼんやりと見上げると、テメレアはぽつりと呟《つぶや》いた。

「貴方が、私の子供を産んでくれたら――」

その言葉には、消し去ることのできない悲哀が滲《にじ》んでいた。仕《つか》え捧《ささ》げる者《もの》には子種がない者しか選ばれない。そうテメレアが言っていたことを思い出す。どれだけ繋《つな》がっても、雄一郎がテメレアの子供を孕《はら》むことはない。

雄一郎の下腹に手を当てたまま、テメレアがくしゃりと顔を歪《ゆが》める。

「——ノア様が羨《うらや》ましい」

弟が羨《うらや》ましいと、そう呟《つぶや》いてテメレアは目を硬く閉じた。苦しげな顔に、かすかな憐憫《れんびん》が込み上げてくる。

「テメレア」

小さく呼び掛けると、テメレアは薄《うっす》らと目蓋《まぶた》を開いた。差し出すように両腕を広げる雄一郎に、テメレアが目を見開く。

「おいで」

そう囁《ささや》くと、テメレアはゆっくりと雄一郎の胸元へ顔を埋《うず》めた。その身体を抱き締めて、そっと背中を撫でてやる。何度も繰り返し撫でているうちに、テメレアの肩がかすかに震え始めた。

「愛されなくてもいいなんて嘘です……私は貴方のすべてが欲しい……」

耳元で囁《ささや》かれる掠《かす》れた声に、雄一郎は、そうか、と小さく答えた。

＊＊＊

鏡を覗《のぞ》き込むと、そこに映っているのは代わり映えのしない三十七歳のただのオッサンの顔だ。目尻が吊り上がっていて、睨《にら》み付けているようにも、どこか拗《す》ねているようにも見える。偏屈さと凶暴性が滲《にじ》んだ、人好きされない顔立ちだと自分自身で思った。当然だが、女には見えない。女神なんてとんでもない。美しさも可愛げもない、無愛想な中年男の面《つら》だ。

顎《あご》を軽く上げると、顎《あご》と首の境目辺りに赤い腫《は》れが見えた。虫刺されにも見える赤い痕を見て、昨夜テメレアにそこを吸われたことを思い出す。親指の腹で軽く痕を撫でさすっていると、体内で熱が燻《くすぶ》るのを感じた。頭にまで上ってきそうな熱を誤魔化すように、顔面に冷たい水をかける。

洗面所から出たところで、テメレアが部屋に入ってきた。その後ろにはゴートの姿もある。

「おはようございます、オガミ隊長」

続けざまに挨拶《あいさつ》をされる。雄一郎は顔をタオルで拭《ぬぐ》いながら、おはようと鷹揚《おうよう》に返した。

「随分と遅いお目覚めで。もう昼になっちまいますよ」

ゴートがにやにやとしながら言ってくる。その好奇の眼差《まなざ》しを軽く手で払いながら、雄一郎は口を開いた。

「仕方ないだろう、昨日は久々のお楽しみだったんだ」

「雄一郎様っ！」

平然と下ネタを返す雄一郎に非難の声をあげたのはテメレアだった。昨夜のテメレアとの性交をほのめかすような雄一郎の発言に、テメレアの耳がかすかに赤くなっている。その横でゴートがげらげらと遠慮のない笑い声をあげていた。

「そんなこと言うなんて、オガミ隊長も俺達と同じ男なんですねぇ」

「お前達も、こういう話をするのか？」

小隊長達が猥談《わいだん》をしている姿が想像できなかった。意外だとばかりに問い掛けると、ゴートは後頭部を掻きながら、そうですねえ、と呟《つぶや》いた。

「チェトとはよく話しますね。あれは奥方が三人いますし、案外モテる男ですから。そういう話なら、そりゃひっきりなしに」

その言葉に、雄一郎は軽く目を剥《む》いた。先日の『たらし』という言葉が脳裏を過《よぎ》る。

「三人も妻がいるのか」

「ええ。チェトの部族では、重婚が認められてるんですよ。まぁ、奥方は全員チェトの故郷にいますから、こっちにいる間は、それなりに俺と遊んでいます」

「チェトと寝てるのか？」

雄一郎の問い掛けに、ゴートは大きく噴き出した。

「勘弁してくださいよ。たまに娼館なんかに一緒に行っているっていう意味です」

妙な誤解はやめてくれとばかりに、ゴートが両手を上げて首を左右に振る。

「ふぅん、娼館があるのか」

「もちろん。買おうと思えば、男でも女でも、いっぺんに四、五人でも——」

そこでテメレアがわざとらしく咳払いをした。ゴートと一緒にテメレアを見やると、じとりとした目を向けられた。まるで下ネタを言った男子を軽蔑する女子のような眼差《まなざ》しだ。

「もし？　お話が終わられたようでしたら食事にしませんか？」

尖《とが》った口調で言われて、雄一郎もゴートも素直に頷《うなず》くしかなかった。

天気が良いということで、朝食兼昼食はバルコニーで取ることになった。バルコニーから視線を外へ向けると、城下が一望できた。涼やかな風が通り抜ける、気持ちの良い日だ。

バルコニーには石で作られた長椅子が円形に並べられており、その上にはふかふかとしたクッションがいくつも敷かれていた。その中央には背の低い丸テーブルが据えられている。

長椅子の一つに座ると、真向かいにゴートが腰を下ろした。食事の用意をするために、テメレアが部屋から出て行く。テメレアの姿が見えなくなると、ゴートは長椅子の上にあぐらをかいて、にやりと笑みを浮かべた。

「オガミ隊長も大変ですねえ」

噂好きのおばちゃんのような口調だ。雄一郎は素知らぬフリをして問い返した。

「何がだ」

「またまた、分かってるくせに」

指し示すように、ゴートが自身の首筋をトントンと人差し指で叩く。先ほど鏡で見た時に赤い痕がついていた場所だ。雄一郎は軽く手のひらで首筋を撫でさすって、短く相槌《あいづち》を漏らした。

「あぁ、熱烈だろ」

「嫉妬深い旦那が二人もいて、浮気なんかしたら殺されちまいそうですね」

おどけるような口調に、嫌味は感じられなかった。雄一郎はゴートと同じくあぐらをかいて、下《した》顎《あご》を手のひらに乗せた。

「そうだな。おそらく殺されるだろうな」

雄一郎が殺されるかは分からないが、少なくとも浮気相手は間違いなく殺されるだろう。それくらいノアとテメレアの執着は深い。

ぼんやりと城下へ視線を投げる雄一郎をうかがうように見つめながら、ゴートが口を開く。

「気が詰まりませんか？」

「まぁ、多少な」

「俺と遊びますか？」

雄一郎は大きく瞬《またた》いて、ゴートに視線を向けた。ゴートは相変わらず掴《つか》めない笑みを浮かべている。緩《ゆる》く首を傾げて、雄一郎は問い掛けた。

「お前と娼館に遊びに行くのか？」

ゴートは何も答えずに、笑みを深めただけだった。その表情からはやはり真意は読み取れない。

雄一郎が怪訝《けげん》そうに目を細めると、途端ゴートが大きな笑い声をあげた。空まで突き抜けるような、高らかな笑い声だ。

「ふっ、はは！　冗談ですよ、冗談」

雄一郎の反応がおかしくて仕方ないと言わんばかりのゴートを見て、雄一郎は憮然と顔を歪《ゆが》めた。

「オガミ隊長に悪い遊びを教えたら、俺の首が飛ばされちまう」

「そうしたら、お前の首を剥製《はくせい》にして飾ってやるよ」

意趣返しのように嫌味を吐き捨てると、ゴートは軽く肩を竦《すく》めた。

「大事にしていただけるんなら、俺の首なんかいくらでも差し上げますよ」

奇妙なことに、その言葉は冗談には聞こえなかった。ゆっくりと瞬《またた》いて、ゴートを見つめる。

その直後、扉が開く音が聞こえた。テメレアが大きな盆を抱えて、バルコニーに出てくる。すると、ゴートがパンッと両手を打ち鳴らした。

「さぁ、飯を食いましょう」

テーブルに並べられたのは、サラダとスコーンのような食べ物だった。白い手のひら大の丸い塊《かたまり》が皿に山積みにされている。

「パッソです。バターやジャムをつけて食べると美味《うま》いですよ」

その周りには、バターやクリーム、様々な種類のジャムが小皿に盛られていた。ゴートがパッソと呼ばれた丸い塊《かたまり》にクリームを塗りたくって、ぐわっと口へ放り込む。途端、パリッパリッとクリームブリュレの表面を割った時のような音が聞こえた。

雄一郎もゴートに倣《なら》って、バターを塗ったパッソを一つ口に放り込んだ。一口噛むと、外はカリッとした歯応《はごた》えだが、中はふんわりと柔らかい。味は、チーズのような酸味とメープルシロップのようなほのかな甘みが同時に感じられた。

「美味《うま》いな」

そう呟《つぶや》くと、ゴートは得意げに目を細めた。グラスに飲み物を注ぎながら、テメレアが呟《つぶや》く。

「ちゃんと野菜も食べてくださいね」

やっぱり母親のようなことを言う。雄一郎はゴートと目を合わせると、ヒヒヒと底意地悪く笑った。サラダに手をつけず、どんどんパッソの山を減らしていく。

その二人の様子を見て、テメレアは大きく溜息《ためいき》を漏らした。諦《あきら》めたようにテメレアも隣の長椅子に腰を下ろして、サラダを食べ始める。

山ぶどうのジャムを塗ったパッソを齧《かじ》りながら、雄一郎は行儀悪く口を開いた。

「それで、現状は？」

「正直、めぼしい情報は入っていませんね」

果実のジュースをごくごくと咽喉《のど》を鳴らして飲みながら、ゴートが答える。

「反乱軍はかなり巧妙に隠れています。頻繁《ひんぱん》に移動しているのか、各地に散らばっているのか」

居場所の特定にはもう少し時間がかかりそうです、とパッソを齧《かじ》りながらゴートが言う。そうか、と雄一郎は返して、グラスに手を伸ばした。

「国内の状況は」

「こちらも芳《かんば》しくありませんね。王都周辺はそうでもありませんが、地方では、エドアルド様が王になった場合、民は全員ゴルダールの奴隷にさせられるという噂が広がっており、民は不安に駆られています。最近では、野盗まがいのことをして金を集めて、国外に逃亡しようとしている輩《やから》も出ているようです」

ゴートの説明に、雄一郎は盛大に顔を顰《しか》めた。戦争で一番まずいのは、国民が国を見限って逃げ出すことだ。国が基盤から崩れていく。

「このままじゃ、内乱が終わるより先に国が崩壊するぞ。エドアルドは一体何を考えているんだ」

そう吐き捨てると、一瞬テメレアとゴートの動きが止まった。二人ともまじまじと雄一郎を見つめている。先に口を開いたのは、テメレアだった。

「あの方が何を考えているのか、私達には計り知れません」

「どういう意味だ？」

「エドアルド様は、母親殺しの王子なんです」

その不穏な響きに、雄一郎は唇を引き結んだ。探るような眼差《まなざ》しでテメレアを見やる。

「エドアルド様の実母は王妃様だったのですが、突然精神を病《や》まれて、奇行を繰り返すようになったのです。裸で走り回ったり、侍女を窓から突き落とそうとしたり、神の声が聞こえると言ったり」

「神の声が？」

「そうです。神が私の耳元で囁《ささや》くんだと言っていました。『私に蝶の生《い》け贄《にえ》になれと言っている』と」

蝶の生《い》け贄《にえ》という単語を聞いて、ふと思い出した。女神達の日記に書かれていた『sacrifice』の文字。そして、エドアルドが言っていた『蝶の羽ばたき』という言葉を。

「そんなある日、突然、王妃様がエドアルド様を刺し殺そうとしたのです。その時に、エドアルド様の左目は潰れました」

エドアルドの左目にかけられたモノクル。あの下は義眼だったのか。

テメレアがかすかに視線を伏せて、言葉を続ける。

「自分を殺そうとする母親を、エドアルド様は絞め殺しました」

ぽつりと零《こぼ》された衝撃の事実に、雄一郎は片眉を吊り上げた。しばらく沈黙が流れる。その沈黙を破ったのは、ゴートだった。

「王子が王妃を殺すなんてもちろん大騒ぎにはなりましたが、正当防衛ということでエドアルド様の罪は不問とされたようです。ですが、その時から、エドアルド様は全く喋《しゃべ》らなくなっちまいました。何年も、誰とも口をきかずに、幽霊みたいに薄ぼんやりといるだけで、次期王として公務に携《たずさ》わることもしなかった。それで、ようやく喋《しゃべ》ったかと思えば、ノア様を正しき王とは認めない、と言い出して、反乱軍まで起こしたんです」

「正直、エドアルド様の考えていることは全く理解できません」

テメレアの声音には、途方に暮れたような色が滲《にじ》んでいた。その時、不意に頭上から声が落ちてきた。

「兄さんは僕に『お前はまだ王の器《うつわ》じゃない』って言ったんだ」

頭上を振り仰ぐと、一つ上の階の窓からノアが身を乗り出していた。その肩には、小さくなったイズラエルが乗っている。

「イズラエル、傷はどうだ」

雄一郎がそう声を掛けると、イズラエルはのんびりとした口調で返してきた。

「まぁ、ぼちぼちやね」

「もう飛べるか」

「飛べる言うたら、またきみに無茶させられそうやけぇ、まだ身体が痛《いと》うて痛《いと》うて飛べんって言うとくわ」

生意気なことを言いやがる。だが、その軽口にほっとしたのも事実だった。雄一郎がにやっと笑いかけると、イズラエルはノアの首裏に隠れながら、ふすっと鼻を鳴らした。

「こっちに来いよ」

そう雄一郎が呼びかけると、ノアは嬉しそうに目を細めた。

「うん」

ノアがぱたぱたと小走りに走っていく。姿が見えなくなってから数分も経たずに、バルコニーにノアが現れた。ノアは当たり前のように雄一郎と同じ長椅子に腰掛けた。左半身にノアの身体がピッタリとくっつく。

「こっちに来いとは言ったが、くっつけとは言ってねえぞ」

そうぼやくものの、ノアは、ふふ、と小さく笑うだけで離れようとはしない。更にはイズラエルまで、雄一郎の二の腕にするすると絡み付いてきた。諦《あきら》めたように溜息《ためいき》を漏らして、仕方なく話を続ける。

「お前にとって、エドアルドはどんな兄弟だったんだ」

問い掛けると、ノアは緩《ゆる》く瞬《またた》いた後、唇を開いた。

「静かな人」

ぽつりと呟《つぶや》かれた言葉には、何の感慨もこもっていないように聞こえた。

「ロンド兄さんと違って、エドアルド兄さんは僕を一度も殴ったりしなかった。でも、喋《しゃべ》りかけてもこなかった。最初からいないものみたいに扱った。僕がエドアルド兄さんの声を聞いたのは、たった二回だけだ」

「その一回が、お前は王の器《うつわ》じゃないって言葉か？」

うん、とノアが頷《うなず》く。ノアは雄一郎の左腕を両手でぎゅっと掴《つか》むと、そのまま続けた。

「もう一回は、エドアルド兄さんのお母さんの葬儀の時。もしかしたらひとり言かもしれないけど、エドアルド兄さんは僕とすれ違った時にこう言ったんだ。『母様を犬死にはさせない』って」

その言葉の意味不明さに眉を顰《ひそ》める。自分が殺した母親を犬死にはさせない、というのはどういう意味だ。

「さっぱり意味が分からん」

溜息《ためいき》交じりに吐き出す。クッションへ凭《もた》れ掛かりながら、雄一郎は空を仰いだ。白銀の空を見つめたまま、小さく独りごちる。

「俺と会った時は、結構喋《しゃべ》る奴だったけどな」

雄一郎にしてみれば、エドアルドは静かな人どころか、かなりのお喋《しゃべ》りだった。確かに喋《しゃべ》っている内容は意味不明ではあったが。

そんなことを思い出していると、「は？」「え？」という声が続けざまに聞こえてきた。

「ちょっと待ってください。エドアルド様にお会いになったことがあるんですか？」

テメレアが硬い声で訊《たず》ねてくる。そういえば、エドアルドと遭遇したことは話していなかった。

「あぁ、会った」

「いつ、どこでですか」

「アム・イースが焼けた時に、森の中で」

問われるままに答えると、テメレアが愕然としたように目を見開いた。隣を見ると、ノアも同じような表情をしている。そんな中、ゴートだけがなぜか両手で両耳を押さえていた。

「なんっで、それを早く言わないんですかっ！」

「なんっで、それを早く言わないんだっ！」

二人の叫び声がシンクロして、空に突き抜けるように響く。両耳を押さえても、もう遅かった。両側から叫ばれたせいで、頭蓋骨の内側で叫び声がぐわんぐわんと反響する。

くらくらする視界の先で、ゴートが頬を大きく膨らませて笑いを堪《こら》えているのが見えた。

根掘り葉掘り聞かれるというのは、まさにこのことだろう。両側から淡々と、時に厳しい口調で詰問《きつもん》される。エドアルドと何があったのか、何をされたのか、何を話したのか、思い出せる限り一言一句教えろと言われる。

「はぁ⁉　自分のところに来いって言われたぁ⁉」

エドアルドにヘッドハンティングされた話をしていると、ノアが素《す》っ頓狂《とんきょう》な声をあげた。それに続けて、テメレアが怒ったような口調で訊《たず》ねてくる。

「それで、貴方はどう応《こた》えたんですか」

食い入るような二人の視線が鬱陶《うっとう》しくて、雄一郎はそっぽを向きながら不貞腐《ふてくさ》れた口調で答えた。

「今ここにいるんだから、どう応《こた》えたかなんて分かるだろうが」

「ちゃんと正確に教えてください」

執拗《しつよう》なテメレアの問い掛けに、雄一郎は露骨に顔を顰《しか》めた。

「うるせぇな、母親の次は彼女気取りかよ」

粗雑に吐き捨てると、テメレアの顔がグッと歪《ゆが》んだ。綺麗な顔立ちをしているだけあって、テメレアは怒った表情をすると凄《すご》みが増す。テメレアの眉間に深く刻まれた皺《しわ》に怯《ひる》みつつ、雄一郎は半ばヤケクソのように言い放った。

「イヤだって答えた！　お前のところに行くのはイヤだって！」

これでいいんだろうが、とばかりにテメレアを睨《にら》み付ける。テメレアは、まだ怒った表情のままだ。だが、その表情にはかすかに不安げな色が滲《にじ》んでいる。

テメレアが口を噤《つぐ》んでいる間に、唇を開いたのはノアだった。

「どうして、行かなかったの？」

躊躇《ためら》うように訊《たず》ねられた言葉に、雄一郎は一瞬動揺した。ノアが続ける。

「もちろん、雄一郎に向こうに行ってほしかったっていう意味じゃないよ。でも、エドアルド兄さんは、雄一郎にお金もいっぱいあげるし、立場も保証するって言ったんでしょう？　それなのに……どうして雄一郎は残ってくれたの？」

劣勢の軍にどうして残ったのかと問われている。そんなことを雄一郎に聞かれても答えようがなかった。自分だってなぜそんな選択をしたのか未だに理解できないのだから。

雄一郎は唇をへの字にしたまま、ノアを睨《にら》み付けた。ノアはどこか縋《すが》るような眼差《まなざ》しで雄一郎を見上げている。

「……お前を勝たせないと、俺は元の世界に戻れないだろうが」

ノアから目を逸らして、言い訳のように呟《つぶや》く。実際それが自分の本音なのか解らなくなっていた。

その時、それまで黙っていたゴートがパッソをもしゃもしゃと齧《かじ》りながら口を開いた。

「そもそもオガミ隊長は、まだ元の世界に戻りたいんですか？」

唐突に問い掛けられた言葉に、雄一郎は狼狽した。唇を半開きにしたまま、ゴートを見つめる。

「オガミ隊長が元の世界に戻るためには、戦争に勝つことと、子供を産むことが条件なんですよね。戦争に勝ちさえすれば、その後は何不自由ない生活ができるのに、元の世界に戻る意味はあるんですか？」

正論を突き付けられて、ぐうの音も出なくなる。ノアとテメレアが食い入るように雄一郎を見ているのが解る。だが、そちらへ視線を向けられない。

「不自由ない生活なんざ望んでいない」

咽喉《のど》からひどく強張《こわば》った声が零《こぼ》れ出た。ゴートが更に問い掛けてくる。

「では、何を望んでいるんですか」

前までだったら、金だ、と迷わず答えていただろう。それなのに、今は唇が動かない。

自分が何を望んでいるのか。望んでいるものは何もない。ただ、帰りたいという思いだけが心臓にこびり付いて剥がれない。死んだ妻と娘のもとへ。もう帰れない場所へ帰りたいと、何年もずっと望んでいる。永遠に叶わない愚かな願いにとりつかれている。

その時、ふと扉を叩く音が聞こえた。バルコニーから室内の扉の方に視線を向ける。

「入れ」

ゴートが許可を出すと、扉が開かれた。見えたのは、元会計士の兵士の姿だった。

「ご命令のものができ上がりましたので、お持ちしました」

元会計士の兵士はバルコニーまで出てくると、白い布に包まれたものをゴートへ差し出した。

ゴートが片手で受け取り、もう片方の手でまだパッソがたくさん残っている皿を指さす。

「ご苦労。残り物で悪いが、良ければ食うといい」

その言葉に、元会計士の兵士の眉がぴくりと動いた。

「宜《よろ》しいのですか」

「くすねた角砂糖だけじゃ足りないだろう」

冗談めかすようにゴートが言うと、元会計士の兵士は小さく頭を下げて、パッソの皿を持ち上げた。そのまま慇懃《いんぎん》に礼を述べて去っていく。その姿が見えなくなると、ゴートは声を潜《ひそ》めて言った。

「あいつ、ああ見えて極度の甘党で、戦闘前に厨房からくすねた角砂糖を舐めるのが癖なんですよ。できるなら好きな味を感じて死にたいとか言ってましてね」

なかなか面白い奴ですよ、とゴートが笑い声を漏らす。雄一郎もかすかに笑みを浮かべた。

「あいつは目もいいな」

「はい。それに金勘定もできるので重宝しています」

だから、これには相当嫌味を言われましたよ、と言いながら、ゴートが片手に持っていた白い包みを軽く掲げる。雄一郎は緩《ゆる》く首を傾げて問い掛けた。

「何を持ってきたんだ？」

にやにやと笑いながら、ゴートが白い包みを開いていく。中から現れたのは真っ黒な布だった。その色合いを見て、雄一郎は大きく目を瞬《またた》かせた。

「黒は貴重な色だったんじゃないのか？」

確かオビリスという希少な宝石を削らないと黒色は作れないと言っていた気がする。そう思い出しながら問い掛けると、ノアが答えた。

「宝物庫の中に今まで掘り出したオビリスがたくさんあったから使ったんだ」

「いや、でも貴重なものなんだろう？」

「貴重だけど、別に他の国に輸出するわけでもないし、ただ無駄に溜め込んでるだけなら使った方がいいから」

随分と思い切りの良いことを言う。

唖然としていると、ゴートが黒い布を一気に開いた。風にはためいて、布が大きく翻《ひるがえ》る。真っ黒な布の表面に光が当たると、透《す》かしで美しい文様が浮かび上がる。透《す》けた文様が影絵のように地面に映し出される。それは、花のようにも咆哮《ほうこう》する獣のようにも見えた。

「女神隊の軍旗です」

誇らしげな口調でゴートが言う。それを聞いて、かすかに胸が熱くなるのを感じた。高揚を抑えるように、大きく息を吸い込む。その横で、テメレアが静かに唇を開いた。

「女神隊は、ゴート達辺境軍の一部、反乱軍からの投降兵、そして朽葉《くちば》の民達で編成する予定です」

「寄せ集めの部隊か」

雄一郎がそう呟《つぶや》くと、テメレアは平然とした声で返してきた。

「貴方は正規軍よりもそういう部隊の方がお好きでしょう」

その通りだと答える代わりに、雄一郎は笑みを向けた。堅苦しい軍隊よりも、異種混合な混沌《こんとん》とした部隊の方がよっぽど自分に合っている。はためく旗を眺めながら、ノアが呟《つぶや》く。

「雄一郎の、女神の旗だ」

「この旗を見たら、敵が小便漏らして震え上がるようにしてやりましょう」

待ち遠しいとばかりに頬を緩《ゆる》めるゴートに、雄一郎も和《なご》やかな笑みを返した。ゴートが旗を持ったまま、勢いをつけて椅子から立ち上がる。

「それでは、俺は次の戦いまでに隊の編成を完璧にするよう尽力いたします」

「あぁ、朽葉《くちば》の民を虐《いじ》めるなよ」

そう茶化すと、ゴートは少しだけげんなりしたように肩を竦《すく》めた。

「それはノア様からもキツく言いつけられてますよ。どんだけ俺を疑ってるんですか」

「お前を疑ったことなんか一度もないさ」

当たり前と言わんばかりに返すと、ゴートは目を丸くした。その直後、困ったような、泣き笑いのような笑みを浮かべる。

「それは……ありがとうございます」

その声音は、どうしてだか悲しそうにも聞こえた。訝《いぶか》しげに顔を顰《しか》めた雄一郎から目を逸らして、それでは、と言い残してゴートが去っていく。扉が閉まった後、テメレアが呆れたように呟《つぶや》いた。

「戦争中毒も程々にしてくださいよ」

「戦争が嫌いか」

「戦争は無秩序です」

テメレアは結局好きとも嫌いとも答えなかった。雄一郎は目を細めて、テメレアに笑いかけた。

「俺も無秩序だ」

雄一郎の言葉に、テメレアはかすかに微笑んだ。小さな子供でも見るような表情をしている。テメレアの長い髪の毛が風に吹かれて棚引く。まるで銀色の絹糸が空で踊っているような光景だ。テメレアの顔が髪の毛で隠れて見えなくなるのが、なぜかひどくもどかしく思えた。

「髪の毛、邪魔にならないか」

そう問い掛けると、テメレアは片手で髪の毛を押さえながら恨みがましそうな声で呟《つぶや》いた。

「結びたいんですが、肩が痛くて腕が上がらないんです」

その言葉でふと思い出した。そういえば、一週間ほど前にテメレアの肩に散々噛み付いて、その血を啜《すす》ったのだった。肉が抉《えぐ》れるほどに噛んだから、まだ傷が完治していないのか。

「こっちに来いよ」

長椅子の横を軽く叩いて呼びかける。テメレアは一瞬戸惑った表情を浮かべた後、雄一郎の隣に座るノアをそっと見た。だが、ノアはわざとなのか、気にもとめていない様子で視線を城下の方へ向けている。

テメレアが恐る恐るといった動きで、雄一郎の隣に腰を下ろす。

「紐か何か持ってるか」

そう訊《たず》ねると、テメレアはポケットから一本の白いリボンを取り出した。受け取ってから、テメレアの両腕を掴《つか》んでぐいっと背中を向けさせる。そのまま、髪に指先を通した。さらさらとした手触りの髪に何度か手櫛《てぐし》を滑らす。もつれがなくなると、髪の毛を三つの束に分けた。ゆっくりと、丁寧な手付きで、髪の毛を編み込んでいく。

「何してるの？」

それまでそっぽを向いていたノアが、雄一郎の後ろから顔を覗《のぞ》かせる。雄一郎は視線を向けぬまま、長閑《のどか》な声で答えた。

「三つ編みにしてる」

「三つ編み？」

「そうだ」

「ふぅん、僕も後でやってよ」

「お前は髪が短いから無理だ」

すげなく返すと、ノアは「えぇー」とまるで女子高生のような不満の声をあげた。その声が面白くて、咽喉《のど》の奥で小さく笑う。テメレアも面白かったのか、楽しそうにその肩が揺れた。

テメレアの地肌を引っ張らないように、ふんわりと三つ編みにしていく。昔、綺麗に編もうと緊張しすぎたせいで、髪の毛をぐいっと引っ張って娘に怒られたことを思い出す。

『いたいっ！　おとうさん、へたくそ！』

そう叱られる度に、ごめんごめんと謝った。今思うと、雄一郎は真名に謝ってばかりだった。たくさん遊んであげられなくてごめん。家に帰れなくてごめん。あんなひどい終わり方をさせてしまって——たくさんの思い出の中で、後悔ばかりが惨《みじ》めに残っている。

昔の記憶に浸《ひた》っている間にも、三つ編みはきちんと編まれていく。一番下まで編んだ後、リボンを結ぼうとする。だが、その前にノアが制止するように雄一郎の手の甲に触れてきた。

「僕が結ぶ」

ノアの唐突な言葉に驚きながらも、雄一郎はリボンを差し出した。リボンを掴《つか》んだノアが場所を移動して、テメレアの髪の毛にリボンを結び始める。だが、あまりリボン結びをしたことがないのか、でき上がったのはひどく不格好な蝶々結びだった。リボンの左右の大きさが全く違う。

「へたくそ」

そう罵《ののし》ると、ノアは不貞腐《ふてくさ》れたように唇を尖《とが》らせた。

「もう一回やる」

ノアがリボンをほどいて再び結び直す。だが、今度は縦結びになってしまう。

「あー、違う。そうじゃない」

ぼやきながら、雄一郎はリボンをほどいた。

「ほら、一緒にやってやるから、丁寧に結べ」

ノアの手の甲へ手のひらを重ねて、ゆっくりと蝶々結びを作っていく。ノアは真剣な様子で、丁寧に指先を動かした。

「こっち？」

「そう、右側の方を輪にして」

「そう、そっちだ」

訊《たず》ねられるままに答える。何だか親子の時間のように思えて、妙にくすぐったかった。まるで三人で家族の真似事でもしているようだ。だが、その穏やかな時間は決して嫌ではなかった。

次にでき上がった蝶々結びは、綺麗な形をしていた。左右均等な楕円を描いた蝶々結びを見て、ノアが嬉しそうに破顔する。

「ちゃんとできたよ」

「俺が教えてやったからだろうが」

そう偉そうに返すと、ノアはまた拗《す》ねたように頬を膨らませた。その子供っぽい表情に、思わず笑いが込み上げる。雄一郎が声をあげて笑うと、ノアは目を瞬《また》かせた。

風が通り抜けて、テメレアの三つ編みをかすかに揺らす。その時、ふと気が付いた。テメレアの肩が小さく震えている。

「おい、どうした？」

斜め後ろから顔を覗《のぞ》き込んだ瞬間、雄一郎はギョッと目を見張った。硬く閉じられたテメレアの両目から、ぽたぽたと涙が零《こぼ》れ落ちていた。

「なんで泣いてるんだ」

咄嗟《とっさ》に狼狽の声が溢《あふ》れた。驚く雄一郎に、テメレアは俯《うつむ》いたまま首を左右に振った。

「違います、悲しいのではありません」

そう言いながらも、テメレアの涙は止まらない。困惑する雄一郎に対して、ノアは表情一つ変えていなかった。テメレアの震える肩をじっと見つめたまま、ノアが手を伸ばす。小さな手のひらがテメレアの背中にそっと押し当てられた。まるで慰《なぐさ》めるように、その手が上下にゆっくりと動く。テメレアは薄く目を開くと、くしゃりと顔を崩した。大粒の涙がぼろぼろと落ちていく。涼やかな風に吹かれて小さな嗚咽《おえつ》の声が聞こえてきた。

＊＊＊

それから一月《ひとつき》以上、大きな動きは起こらなかった。反乱軍は行方をくらませ、諜報員《ちょうほういん》からめぼしい情報が入ってくることもなかった。

その一月《ひとつき》の間を、雄一郎はゴートと共に、女神隊の編成と訓練に費やした。

「女神隊という名前はどうにかならんのか」

正直恥ずかしいというか、衆人の前でピエロ役を演じさせられているような滑稽《こっけい》さすら感じてしまう。雄一郎がそうぼやくと、ゴートは飄々《ひょうひょう》とした笑みを浮かべて答えた。

「分かりやすいのが一番です。人間は単純なものであればあるほど、純粋な感情を抱くものですから。いずれ女神隊という名が、敵には混じり気のない恐怖を与え、味方には畏敬《いけい》の念を抱かせます」

「そういうものか？」

「そういうものです」

力強く肯定されれば、それ以上の不満は言えなかった。黙って唇をへし曲げた雄一郎を見て、ゴートがヒッヒッと意地の悪い笑い声を漏らす。

兵士をかき集め、最終的に女神隊の兵数は千名を超えた。同時に、小隊長達を全員中隊長に昇格させた。キキも同様に朽葉《くちば》の民隊を取りまとめる中隊長とし、補佐としてククを付けることとした。

その中で、イヴリースだけが自身の昇格に対して辞意を示した。

「イヴリースは、何百人の命を預かるには自分は力不足だと言っています」

訓練兵の監督中に、隣に立つゴートがそう説明した。雄一郎は、短く訊《たず》ねた。

「お前はどう思う」

「イヴリースの実力は文句の付けようがありません。ですが、中隊長となると、自分の目の届かない兵士達を手足のように使う技量や気概が必要になります。時として、見捨てる覚悟も必要です。イヴリースにはその覚悟が足りないように見えます」

ゴートの返答に、雄一郎は眉根をグッと寄せた。

「だが、小隊長として終わらせるには惜しいな」

そう呟《つぶや》くと、雄一郎はゴートへ視線を向けた。

「イヴリースは今どこにいる」

「今の時間なら射撃場にいるかと。ご案内しましょうか？」

「いい。お前は隊の訓練を見てくれ。言うまでもないとは思うが、生ぬるいことはするな。腑抜けは迷わず間引け。腰抜けは戦場では足手まといになるだけだ」

酷薄に言い放つと、ゴートは同意を示すようににんまりと笑みを浮かべて頷《うなず》いた。

「ええ、もちろん。しごき上げて、全員ゲロまみれにしてやりますよ」

「ゲロから這《は》い上ってきた奴だけを残せ」

そう言い残して、雄一郎は大股で歩き出した。直後、背後からゴートの轟《とどろ》くような声が聞こえた。

「もっと早く走れ！　残り二十周走った後、夜まで実戦訓練を行う！　下位十名は朝までシゴいてやるから眠れると思うな！」

その笑みを滲《にじ》ませた声音に、サド野郎が、と雄一郎は小さく笑った。


訓練場の端にある射撃場に近付くと、何か言い争うような声が聞こえてきた。

「あのっ……本当に、気にしていただかなくて大丈夫です」

「いいえ！　いいえ、きちんと責任を取ります！」

弱々しい声はイヴリースのもので、生真面目な大声はキキのもののように聞こえる。

「でも、責任なんて……あの状況では矢を射られたことも仕方ないと思っていますし、私は貴女の責任だなんて、ちっとも思っていませんから……」

「そんなことはありません！　貴女の身体に傷を付けてしまったのは、私の落ち度です！　どうか、その責任を私に取らせてほしいのです！」

どうやら妙な押し問答を繰り返しているようだった。

ひょいと壁の端から顔を覗《のぞ》かせると、壁に追い詰められたイヴリースと、その正面で壁ドンしているキキの姿が見えた。壁につかれたキキの両腕の間で、イヴリースが萎縮したように身体を縮こまらせている。

女性同士らしかぬ態勢に一瞬驚く。だが、この世界では異性も同性も関係ないのだから、意外なことでもないのかもしれない。

「何度も言っていますが、私は責任を取ってもらうほどの人間ではありませんから……」

イヴリースが困り果てた口調で呟《つぶや》く。だが、キキは大きく首を左右に振った。

「そんなことを言わないでください！　私は……私は、貴女をとても美しいと思って……」

キキの熱っぽい声に、雄一郎は思わずずっこけそうになった。実際、ずるっと壁際から手が滑って上半身がはみ出した。途端、イヴリースが驚いた声をあげる。

「女神様……！」

その声は、どこかほっとしているようにも聞こえた。慌てた様子でキキがイヴリースを囲っていた両腕を壁から離す。雄一郎は仕方なく鈍い足取りで近付きながら、気の抜けた口調で言った。

「あー……口説くなとは言わないが、無理に迫るのは止めてやれ」

たどたどしい雄一郎の忠告に、キキはカッと顔を赤らめた。雄一郎から顔を背《そむ》けて、キキが小さな声で呟《つぶや》く。

「お見苦しいところを……申し訳ございません」

生真面目に雄一郎に頭を下げると、キキは再びイヴリースに顔を向けた。イヴリースが一瞬ビクッと肩を震わせる。

「私は本気です。本気で、貴女を娶《めと》りたいと思っています。もし貴女が嫌でなければ、どうか私にチャンスをください」

そう言い残すと、キキはイヴリースと雄一郎へもう一度頭を下げて、足早に去っていった。

残されたイヴリースは、しばらく呆然とした様子で突っ立っていた。むず痒《がゆ》いものを感じてボリボリと後頭部を掻きながら、雄一郎は唇を開いた。

「どういう経緯で、そういう話になったんだ？」

訊《たず》ねると、イヴリースはまた萎縮したように肩を窄めた。

「あの……アム・イースから脱出する際に私が怪我をしたのをキキ様が気に病《や》まれて、責任を取って結婚すると申し出てくださったんです」

「それであの強引な迫りようか？」

呆れて口が半開きになる。それなら、もっと低姿勢で申し出るべきだろうに、あのほぼ強要みたいな迫り方は何だ。まるで初体験前の童貞のような鼻息荒い迫りようだったじゃないか。

肩を窄めたまま、イヴリースが呟《つぶや》く。

「キキ様は責任感が強い方ですから、キズモノになった女を見捨てられなかったのだと思います」

「いやいや、責任感とか関係なく、あいつはお前のことが普通に気に入ってるんだと思うぞ」

先ほどの鬼気迫るキキの様子を思い返すに、責任を取るというのはただの言い訳で、完全に個人的な感情で突っ走っているようだった。だが、イヴリースはきっぱりとした声で答えた。

「私を気に入るなんて有り得ません」

イヴリースらしかぬ強い口調に、雄一郎は言葉に詰まった。

まじまじとイヴリースを見やる。雄一郎の視線に気付くと、イヴリースはまた気弱な表情をして俯《うつむ》いた。そのまま、ぼそぼそとひとり言のように呟《つぶや》き始める。

「キキ様のような気高い方が私のような醜女《しこめ》を娶《めと》りたいなど……有り得ないんです」

イヴリースは自分を醜女《しこめ》だと言うが、雄一郎にはいまいちその言葉が理解できなかった。確かに一本に括《くく》られた髪の毛は櫛《くし》が通されておらずボサボサだし、前髪も目元を覆うほど長い。だが、イヴリースは決して醜《みにく》い顔立ちではない。むしろ銃を構えた姿は、一本芯の通った鮮烈なまでの美しさを感じる。

「お前を醜女《しこめ》と思ったことはないが」

そう言うと、イヴリースはパッと顔を上げた。その表情はどこか悲しそうに歪《ゆが》んでいる。

「女神様のお優しさには感謝いたします。ですが、私は醜女《しこめ》です」

頑《かたく》ななイヴリースの返答に、雄一郎は左肩を壁へ凭《もた》れ掛けさせながら問い掛けた。

「どうして、そう思う」

「どうしてとは……」

「誰がお前にそう思い込ませた」

直球な雄一郎の言葉に、イヴリースは一瞬ひどく傷付いた表情を浮かべて俯《うつむ》いた。

「お前が口に出したくないなら、無理に言わせるつもりはない。俺相手じゃ喋《しゃべ》れないのなら、話せる相手に話したらいい。だが、一人で思い込むな。自分を卑下するな。イヴリース、ここにいる人間は誰一人として、お前を醜女《しこめ》などと思っている者はいない」

ゆっくりとした口調で告げる。だが、イヴリースが顔を上げることはない。雄一郎はイヴリースの肩をぽんと軽く叩いて、歩き出した。その時、背後からか細い声が聞こえてきた。

「私は、心まで醜《みにく》い」

聞こえてきた声に、雄一郎は立ち止まった。振り返って、立ち尽くしているイヴリースを眺める。イヴリースはまるで泣くのを我慢する子供のように、上着の裾を両手で掴《つか》んだまま俯《うつむ》いている。

「私は、みそっかすなんです。出来の良い兄達とは雲泥《うんでい》の差で、顔立ちも地味で、器量も良くないうえに愛想も悪くて、どこにも嫁のもらい手がないような娘だと、ずっと言われてきました」

胸の奥にしまっていた澱《よど》みを吐き出すように、イヴリースが続ける。

「両親は私を出来損ないだと疎《うと》みました。兄達は私を小馬鹿にしました。私のような醜女《しこめ》は、農家にでも嫁いで芋でも作っているのがお似合いだと毎日のように言われていました」

イヴリースの口元がかすかに歪《ゆが》む。ひどく捻《ねじ》れた笑みだ。

「家に居場所がなくて、成人を機に軍に入りました。家族からはとうとう頭がおかしくなったのかと罵《ののし》られましたが、元々みそっかすな娘なんかどうでもいいとすぐに捨て置かれました。軍にいるのは、楽しかったです。銃を撃ってる時だけは、自分自身を好きだと思えました。敵の心臓を正確に射貫いている間は、私はこの世界にいてもいいんだと」

イヴリースが顔を上げる。長い前髪の隙間から、強い意志を感じさせる青い瞳が雄一郎を真っ直ぐ見据えている。だが、その眼差《まなざ》しは再び陰《お》りを帯びた。

「それなのに、実家に戻れと言われたんです。お前の嫁ぎ先が決まったから、戻ってこいと。結婚相手は、百歳近く年上の貴族でした。もう七人も奥さんがいる人で、私は八人目の内妻になるんだと」

途端、イヴリースは小さな笑い声をあげた。ふ、ふ、と空気を吐くようなその声は、ひどく空虚に聞こえた。

「その男と、結婚したのか？」

雄一郎がそう訊《たず》ねると、イヴリースはゆっくりと首を左右に振った。

「いいえ、結婚する前に、その人は死んでしまいました」

「死んだ？」

「はい、王都が襲撃された際に、教会で大勢の貴族と一緒に焼かれてしまったんです」

ゴートの妻や家族が焼き殺された、あの襲撃事件か。そう思い返していると、不意にイヴリースが掠《かす》れた声を漏らした。

「私の家族も、あの時、焼き殺されたんです」

雄一郎は一瞬言葉を失った。イヴリースを見つめたまま押し黙り、ゆっくりと唇を開く。

「それは、気の毒だったな」

雄一郎の短い労《いたわ》りの言葉に対して、イヴリースは淡々とした声で続けた。

「そうですね、気の毒です。気の毒なんです。すごく悲しいことのはずなんです。私は悲しまなくちゃならなかったんです」

ぶつぶつと繰り返される言葉は、どこか強迫観念に駆られているようだった。

「家族が死んで、悲しくならなかった自分を責めているのか」

雄一郎の問い掛けに、イヴリースは一瞬表情を消した。能面じみた顔がじっと雄一郎を見つめている。まるで作り物のお面に凝視されているような異様な感覚に、ぞっと皮膚が粟立《あわだ》つのを感じた。

「私は、ほっとしたんです」

表情を失くしたまま、イヴリースがぽつりと呟《つぶや》く。

「家族が死んだのに、ほっとしてしまったんです。これで知らない男のところに嫁がなくて済むと。もう誰からも期待外れな娘だと思われなくてもいいんだって、心底安堵してしまった」

イヴリースの顔が歪《ゆが》んだ。怒りとも悲しみともつかないものに顔が捻《ね》じれて、イヴリースの頬の奥からガギッと奥歯が軋《きし》む音が響いた。奥歯を食い締めたまま、イヴリースが唸《うな》るように続ける。

「あんなに大勢の人が殺されたのに、ゴート副官もご家族を失って、たくさんの人が悲しんだのに……それなのに私は『良かった』と思ってしまった。両親も兄達も消し炭になってしまったのに、ほっとするなんて……」

イヴリースの声が段々と掠《かす》れて、語尾が消えていく。

「私は、醜《みにく》い」

ガックリと頭《こうべ》を垂れ、慚愧《ざんき》に満ちた声でイヴリースが呟《つぶや》く。雄一郎はしばらくイヴリースを見つめた後、ゆっくりと近付いた。手が触れるほどの距離まで来ると、立ち止まってイヴリースを見下ろす。

「お前が醜《みにく》いと言うなら、俺はもっと醜《みにく》いんだろうな」

ぽつりと呟《つぶや》かれた雄一郎の言葉に、イヴリースが驚いたように顔を上げた。

「女神様が醜《みにく》いなんて、そんなわけが……ッ」

「俺は金のために数え切れないほどの人間を殺してきた。そんな人間が美しいか？」

緩《ゆる》く首を傾けながら問い掛けると、イヴリースは唇を震わせて押し黙った。

「イヴリース」

奇妙なぐらい優しい雄一郎の声音に、一瞬イヴリースは怯《おび》えたように視線を揺らした。

「お前は、俺に裁いてほしいのか」

そう問い掛けると、イヴリースの潤《うる》んだ瞳にかすかな期待が滲《にじ》んだ。その瞳を見つめたまま、雄一郎はそっと囁《ささや》いた。

「イヴリース、俺はお前を裁かない。お前が望んでも、そうしてやることはできない」

「どうして」

イヴリースの声はほとんど縋《すが》り付くようだった。なぜ、どうして私を罰してくれないのですか、とその悲しげな青い瞳が訴えている。

「俺もお前と同じように、自分を許せないからだ」

それは、自分でも思いがけないほどの本音だった。

自分を許せない。許したくない。許されたいと思ってはいけない。

「それでも、自分を殺したいぐらい許せなくても、目を覆うほど醜《みにく》くても、まだ死ねないのなら、生きていくのなら、自分の醜《みにく》さをどこかで受け入れなくちゃならないんだろう」

訥々《とつとつ》と、拙《つたな》く言葉を紡いでいく。自分が今どんな表情をしているのか判らなかった。イヴリースを見やって、雄一郎は弱々しく笑った。途方に暮れたような雄一郎の表情を見て、イヴリースが目を大きく見開く。イヴリースの瞳を見つめて、雄一郎は静かに続けた。

「自分を許せとは言わない。だが、ここに居続けるのなら逃げるな」

酷なことを告げている自覚はあった。それはイヴリースへ向けている言葉なのか、自分自身でも分からなくなる。自分の心の奥深くへ語りかけているような感覚だった。

「生きていくのなら、死ぬまで戦え」

青臭いことを言っていると思った。こんな自分が言える言葉ではない。込み上げてきた羞恥心《しゅうちしん》に、雄一郎は足早に踵《きびす》を返した。背を向けて歩き出した瞬間、背後から声が聞こえてきた。

「私は、ここにいてもいいですか？」

イヴリースは真っ直ぐに立って、雄一郎を見つめている。肩越しに振り返って、雄一郎は首をかすかに傾げた。

「お前は、ここにいたいか？」

問い掛けで返すと、イヴリースは一瞬言葉に詰まった後、静かな声で答えた。

「私は、ここにいたいです」

「なら、いろ」

そう短く告げた。そのまま、淡く笑みを浮かべて続ける。

「それから前髪を切れ。それじゃ前がちゃんと見えんだろう」

軽口めいた口調で言うと、わずかな沈黙の後、イヴリースがこくんと頷《うなず》くのが見えた。

＊＊＊

数日後、キビキビとした足取りで訓練場を横切っていくイヴリースを見かけた。ボサボサな髪はそのままだが、前髪が目の上でバッサリと切られている。イヴリースは強い眼差《まなざ》しで真っ直ぐ前を見据えていた。

その姿を眺めていると、隣に立っていたゴートが囁《ささや》くような声で告げた。

「先日、イヴリースが中隊長になると申し出ました」

嬉しそうなゴートの声に、雄一郎は頷《うなず》きを返した。

ぺちゃり、と首筋に吸い付く感触を感じた。ぬめった粘膜がナメクジのように皮膚の上を這《は》い回っている。首筋から鎖骨、鎖骨から胸元、胸の尖《とが》りをキツく吸い上げられると、陸上に打ち上がった魚のように背中が跳ねた。

「ふっ、ぁあ……」

甘ったるい声が自分のものとは思えなかった。天蓋《てんがい》の中には噎《む》せ返《かえ》るような甘い匂いが満ちている。新鮮な空気が吸いたくて、無意識に身体がベッドの外へ逃げようともがく。だが、シーツを掻く両手を真上から掴《つか》まれた。

「ダメですよ。まだ終わってませんから」

朦朧《もうろう》とする視界の中、見上げるとかすかに微笑むテメレアとノアの姿が見えた。テメレアは雄一郎の頭側にゆったりと腰掛けており、ノアは雄一郎の両足の間に我が物顔で居座っている。

ノアがぐんと伸び上がるようにして、雄一郎の下唇にキスを落としてくる。途端、腹の中に入ったままのノアの陰茎が奥までググッと潜《もぐ》り込んできた。

「あ、あっ！」

甲高い悲鳴が咽喉《のど》から溢《あふ》れ出る。悲鳴ごと呑み込むようにノアの唇が重なった。舌をぺちゃぺちゃと柔く嬲《なぶ》られながら、奥を小刻みに突き上げられる。その度に、すでに何度も注がれた精液が体内でぷちゅぷちゅと泡立つ音が上がった。後孔から内腿の辺りがべったりと濡れているのは、体内から溢《あふ》れ出た精液のせいだろう。

「んん……ぅ……」

柔らかい舌先で上顎《うわあご》を擦られて、鼻がかった声が漏れる。ノアも随分と口付けが上手くなった。以前はあんなに下手くそだったくせに、今では慣れた様子で雄一郎の口内を荒らし回っている。執拗《しつよう》な口付けのせいで、呑み込みきれない唾液が口角を伝っていく。途端、横から伸びてきた手に下顎《したあご》をそっと掴《つか》まれた。顔を引き寄せられて、口角を伝い落ちていた唾液を舐め上げられる。そのまま、ノアとは違う薄い唇が重なってきた。

雄一郎の口内にゆっくりと舌を這《は》わせながら、テメレアが胸の尖《とが》りに手を伸ばしてくる。指先で尖《とが》りをギュッと摘まれた衝撃で、足の爪先がピンと伸びた。反射的に後孔を締め付けると、ノアが一瞬グッと息を詰める。

次第に律動が激しくなっていく。膝裏を持ち上げられたまま、ぐちょぐちょとあられもない音を立てて、体内を抉《えぐ》られる。大きな塊《かたまり》に前立腺を押し潰され、行き止まりをゴツゴツと突き上げられる快感に、雄一郎は泣きじゃくるような声をあげた。

「や、ァアアッ！　も、……ああ、ぁッ！」

「あ、ぁ、雄一郎、出ちゃう……ッ」

ガツンと尻にノアの腰が押しつけられる。途端、腹の奥に熱い液体がしたたかに浴びせられた。びくびくと小さく震えながら、ノアは何度目かの絶頂だというのに大量の精液を吐き出している。最後の一滴まで注ぎ込むようにノアが腰を前後にゆるゆると揺らしている。その度に、ぐちゅ、ぐちゅっと熟れた果実を咀嚼《そしゃく》しているような音が腹の底から響いた。

は、は、と短い呼吸を繰り返していると、ようやく体内から萎《な》えた陰茎が引き抜かれた。その拍子に、どろどろとした粘液が開きっぱなしになった後孔から溢《あふ》れ出した。尻の辺りのシーツがべったりと濡れている。

気持ち悪さに身を捩《よじ》らせた瞬間、強引に身体を反転させられた。うつ伏せになったまま、腰だけを持ち上げられる。力なく顔を後ろへ向けると、シャグリラの瓶を掴《つか》んだテメレアが見えた。

「も……やめ……」

限界だと訴えても、テメレアは薄く笑うだけだ。

「貴方がこっちの方がいいと言ったんですよ」

まるで雄一郎の自業自得だと言わんばかりの口調に、かすかな怒りが込み上げてくる。

アム・イースの戦いが終わってからというものの、毎晩のようにノアかテメレアと身体を重ねていた。二人ともこれ見よがしにシャグリラの瓶を掲げて、子供を産む身体になるためには毎晩摂取した方がいいなど、もっともらしいことを言っては寝室に押し掛けてくるのだ。

最初は日替わりで一人ずつ相手にしていたが、流石《さすが》に毎晩となると身体が悲鳴をあげてきた。ノアやテメレアは二日に一回だからいいかもしれないが、雄一郎は毎晩どちらかに抱かれているのだ。しかも、二人とも一回では満足せず、一晩に二、三回連続で相手させられるのが常だった。

「ふざけんな！　俺はテメェらのダッチワイフじゃねぇんだぞ！」

雄一郎が癇癪《かんしゃく》を起こすのも当然だった。喚《わめ》く雄一郎を見つめて、二人の男はぽかんと顔を見合わせた。ダッチワイフという言葉は、チューニングが合っていなかったのかもしれない。

週一回しかお前らとはヤらないと言い張った雄一郎に対して、二人の男は見事なタッグで反論してきた。

「それでは、シャグリラの効きが悪くなりますよ」

「雄一郎は子供を産むのに何年もかかっていいの？」

こんな時だけ共闘する男共が憎らしかった。結局数時間に及ぶ論争の末、三日に一回、二人いっぺんに相手にするということで話がついた。そのうえ、相手をしない日は、必ずシャグリラを飲むことを約束させられた。

それだって雄一郎にしてみれば勘弁してくれと言いたい内容だった。だが、納得しなくては今まで通り毎晩のように二人の男が突撃してくると思えば、要望を呑まざるを得なかった。

雄一郎がしぶしぶ頷《うなず》くと、ノアとテメレアは腹が立つほどそっくりな笑みを浮かべた。まるで計画通りと言わんばかりの満足そうな表情だった。

思えば、テメレアの三つ編みを編んだあの日から、ノアとテメレアが話している姿をちょくちょく見かけるようになった。ふとすれ違った廊下や食事の席で、淡々と言葉を交わしている。会話をする二人に笑顔はないが、険悪な雰囲気もない。その姿は自然で、お互いの存在をゆっくりと確かめ合っているようにも見えた。

二人で雄一郎を抱く時も、必要以上に言葉を交わすことはないが、相手を邪険にする気配もない。その結果、三日に一度、ただれた夜が訪れるようになった。

だらだらと精液を垂れ流す後孔へ、テメレアが遠慮なく指を突っ込んでくる。ぐずぐずにとろけた内部を長い指で掻き回される感触に、腰が悶《もだ》えるように動いた。

「ん、んッ……なか……」

「中がさみしいですか？」

笑い交じりに問い掛けられる。そんなことは一言も言っていないと反論したくても、中の良いところをコリコリと引っかけるようにして弄《いじ》くる指のせいで、嬌声《きょうせい》にしかならない。

「ひっ、ヴぅぅぅ～……」

まるで子供が駄々を捏《こ》ねるような唸《うな》り声が咽喉《のど》から漏れ出る。

「少し待ってください。今シャグリラを追加しますから」

中に入っていた精液を指で掻き出されて、腹の中にまたぬめった果肉が押し込まれる。奥に潜《もぐ》り込む度に、アルコールでも飲んだように目の前がぐらぐらと揺れた。

果肉を押し込み終わると、まだ口を開いたままの後孔に先端が押し付けられた。反射的に息を吸った瞬間、ぐぐっと力強く体内へと潜《もぐ》り込んでくる。

「うヴぁ、ぁあー……っ」

拓《ひら》かれた道を更に大きく、深く広げられる。テメレアが入り込んでくると、押し込まれていた果肉が体内で潰れていく。その度に、腹の奥がぽっと火が灯《とも》ったように熱くなるのを感じた。

「あ、あつ、いぃ」

譫言《うわごと》のように呟《つぶや》かれた雄一郎の言葉に、テメレアがかすかに笑った。雄一郎の下腹に手のひらを添えて、ゆっくりと撫でる。

「ここに『器《うつわ》』ができ始めているのかもしれませんね」

器《うつわ》って何だ、とは聞けなかった。それよりも早く律動が始まる。最初から行き止まりをぐぽぐぽと拓《ひら》くような激しい動きだった。

「ッ、ぁあぁあぁアアぁッ！」

ぶちゅぶちゅと体内から漏れる下品な水音に混じって、肉同士が打ち合う音が鳴り響く。テメレアの長大なものが体内を擦り、奥まで突き刺さってくる。行き止まりをゴツゴツと突かれる度に、目の奥がチカチカと点滅した。

その時、ふと内腿を撫でられるのを感じた。涙で霞《かす》んだ目を開くと、ノアが雄一郎の右足の内腿を掴《つか》んでいるのが視界に入った。

「テメレア、雄一郎の舐めたいから体勢変えて」

友達に語りかけるような気安い口調で、とんでもないことをノアが言う。突き上げを止めないままに、テメレアが小さく笑う。

「舐めなくても、ずっとイキっぱなしになってると思いますよ」

「いいんだよ、僕がやりたいだけだから」

強情なノアの言い分に、テメレアは緩《ゆる》く肩を竦《すく》めた。そのまま、ぐいと雄一郎の右足を掴《つか》む。テメレアの肩に掛けるように右足を持ち上げられて、身体を横倒しにさせられる。その拍子に中に入ったままのものがグリッと体内を抉《えぐ》って、咽喉《のど》から素《す》っ頓狂《とんきょう》な悲鳴が漏れた。

「ひっ、いぃッ！」

犬がションベンするような格好のまま、ぐちょぐちょと中を突かれる。先ほどの体位よりも今の方が深く入り込めるのか、腰を押し付けられると先端が今まで入ったことのないところまで潜《もぐ》り込んでくるのを感じた。

「そ、……そこ、やッ……め、ぇ……！」

自分でも知らない場所を暴かれる感覚に恐怖が込み上げてくる。テメレアを押しのけようと片手を伸ばすと、その手が空中で掴《つか》まれて、ベッドに押し付けられた。雄一郎の手首をキツく掴《つか》んだまま、ノアが微笑みかけてくる。

「大丈夫だよ、雄一郎。怖いことなんて何もない」

そう囁《ささや》きかけてくる子供が一番怖い。無邪気で残酷な子供の笑顔。

震え上がりそうになった瞬間、ノアの舌が雄一郎の陰茎に這《は》わされた。数えられないほど達したせいか、陰茎は先走りと白濁に汚《よご》れてどろどろになっている。舌がぺちゃりと触れた瞬間、行きすぎた快楽に全身が総毛立った。

「イぃ、あ、ぁああ、ぁああッ！」

中をずんずんと突かれながら裏筋を舐め上げられると、押し出されるように先端から白濁がぴゅるっと少量吐き出された。

「はは、雄一郎のここパクパクしてて可愛い」

ひくひくと開閉する鈴口の縁《ふち》を指先で撫でて、ノアが楽しそうに囁《ささや》く。その愉悦に満ちた瞳を見つめながら、雄一郎は許しを乞うように首を左右に振った。

「や、やめ……やめぇ……」

雄一郎の必死の懇願に、ノアはとびきり優しそうな笑みを浮かべた。だが、祈りを踏み躙《にじ》るようにノアの舌先が先端に寄せられていく。尖《とが》らせた舌が鈴口へグリッとねじ込まれた瞬間、全身が大きく痙攣《けいれん》した。

「ん、んーーー!!」

噛み締めた奥歯がガギッと音を鳴らす。目の前が真っ白になって、震えが止まらない。同時に陰茎の先端から白濁が飛び散った。ノアの小さな舌とシーツの上にびゅくびゅくと大量の精液が吐き出されていく。

射精が止まると、ノアが先端に吸い付いて残滓の一滴まで吸い上げていった。そのまま、ひくつく鈴口を舌でぺちゃぺちゃと舐められる。

「食い千切られる、かと思いましたよ」

動きを止めていたテメレアが唸《うな》るように呟《つぶや》く。朦朧《もうろう》とした目で見やると、テメレアの額《ひたい》には大量の汗が滲《にじ》んでいた。雄一郎の右足のすねを掴《つか》み直して、テメレアが再び律動を開始する。射精へと向かっていく荒々しい動きだ。

「ぃ、あ、ぁあ、あ、あ、あ」

もう身体のどこにも力が入らず、空気が抜けるような音が唇から零《こぼ》れる。ぐぽぐぽと体内を犯されて陰茎を小さな手で扱《しご》かれると、身体ばかりが壊れた操《あやつ》り人形のようにガクガクと跳ねた。

テメレアの陰茎が奥まで突き刺さった瞬間、再び熱い液体が体内で弾けた。どくどくと注がれるものを感じた直後、扱《しご》かれていた陰茎の先端からプシャッと何かが飛び散った。うわっ、とノアの驚いた声が聞こえる。

「雄一郎、おしっこ漏らしちゃったの？」

目を白黒させるノアに、雄一郎の中から陰茎を引き抜きながらテメレアが和《なご》やかな声で答える。

「おそらく、尿ではありませんよ」

「じゃあ、何？」

無邪気に問い掛けるノアへ、テメレアはうっそりと微笑んだ。

「快感がすぎると、時折出るものです」

テメレアの説明に、ノアは、へぇ、と合点《がてん》がいった声をあげた。かふかふと掠《かす》れた呼吸音を漏らす雄一郎を覗《のぞ》き込んで、ノアが楽しそうに呟《つぶや》く。

「雄一郎、可愛いね」

普段だったら馬鹿じゃねぇかと一笑していただろう。だが、今は言葉を発することすら億劫《おっくう》だった。快感の余韻がなかなか消えず、爪先がピクピクと戦慄《わなな》いたまま止まらない。テメレアがそっと額《ひたい》に口付けを落としてきた。

「身体が変わってきましたね。いい兆候です」

言われた言葉の意味が上手く理解できない。目だけで見上げると、いい子いい子とばかりに頭を撫でられた。頭を撫でられたのなんて何十年ぶりだろうか。

そんなことを取り留めもなく考えているうちに、疲労に近い眠気がどっと押し寄せてきた。うつらうつらと目を細めていると、囁《ささや》くような声が頭上から聞こえた。

「身体は清めておきますので、眠ってください」

それぐらいは当たり前だ、と言う代わりに、雄一郎はゆっくりと目蓋《まぶた》を閉じた。


いつの間にか不可解な習慣が増えた。

毎朝、朝食を済ませた後、ノアとテメレアがおもむろに近寄ってくる。ノアは片手にリボンを握り締めており、テメレアはどうぞと言わんばかりに椅子に座って雄一郎に背を向けてくる。

無言の圧力に負けて、しぶしぶテメレアの髪を三つ編みにし始めると、ノアとテメレアが示し合わせたようにくすくすと小さな笑い声を漏らした。金平糖がコロコロと転がってるみたいな笑い声は、雄一郎の心臓をひどくむず痒《がゆ》くさせた。

髪の毛を編み終わった後は、最後の仕上げとばかりにいつもノアがリボンを結ぶ。それは一種の儀式のように思えた。そうすることによって、ノアとテメレアが互いにある何かを繋《つな》ぎ止めようとしているような。

だが雄一郎は、ノアがテメレアの髪にリボンを結ぶ理由を一度として訊《たず》ねなかった。ノアやテメレアが互いをどう思っているのかも。その理由が明確な形にされた瞬間、わずかばかり繋《つな》がっているノアとテメレアの関係が途切れてしまうように思えたからだ。きっと曖昧《あいまい》だからこそ、繋《つな》がっていられる関係もある。

「雄一郎は優しいね」

「はぁ？」

昼食後にベッドに横たわってまどろんでいる時に、ノアが不意にそんな言葉を掛けてきた。その唐突さに、雄一郎は隣で肘をついて寝そべるノアを見やって、盛大に顔を顰《しか》めた。

「何にも聞かないから」

ノアが何を言おうとしているのか、雄一郎には解った。だが、空とぼけた様子で肩を竦《すく》める。

「聞いたって意味がないだろう」

溜息《ためいき》交じりに呟《つぶや》くと、ノアは笑顔を作るように目をぎゅっと細めた。そのまま、何気ない口調で続ける。

「最近、テメレアにこの国のことや近隣諸国のことを教えてもらってるんだ」

「そうか」

「それぞれの街や国の特徴とか特産物とか、色々と聞いてると面白いんだ。今までも科目ごとに教師をつけられてたんだけど、教本の丸読みみたいな授業が多くって、面白くないから全然覚えてなかった。でも、テメレアの教え方は上手いから、ちゃんと頭に入ってくる」

素直にテメレアを褒《ほ》める言葉に、雄一郎はちらとノアに視線を向けた。表情を変えないまま、ノアがぽつぽつと言葉を続ける。

「テメレアは、いい加減なことをしない。僕のことが嫌いだろうが、憎らしかろうが、嘘を言ったり、間違ったことを教えたりしない。そういう卑劣な真似はしない」

ひとり言のように呟《つぶや》くと、ノアは一度大きく瞬《またた》いてから、雄一郎を見つめた。

「だから、僕も卑怯なことをしない」

ぽつんと呟《つぶや》かれた言葉に、雄一郎は数秒の沈黙の後、ふぅん、と短く相槌《あいづち》を打った。両腕を枕にして仰向《あおむ》けになったまま、天蓋《てんがい》に向かって呟《つぶや》く。

「勝手にすりゃいいさ」

どうでもいいとばかりに言い放って、あくびを一つ漏らす。投げやりなフリをしつつも、どうしてだか胸の奥がかすかに温かくなるのを感じた。ふふ、とノアの楽しそうな笑い声が聞こえてくる。

「雄一郎のそういうところ、すごく好き」

「うるせぇな」

「そういうところだよ」

耳元に「可愛い」と囁《ささや》く声が聞こえる。オッサンを可愛いと言うなんて正気の沙汰ではないと思いつつも、またむずむずとした感覚が胸の奥から湧き上がってくる。誤魔化すように目を閉じようとすると、不意にノアが雄一郎の肩をぐいと掴《つか》んできた。左頬に柔らかい感触が押し付けられる。

「勝手に口を押し付けてくんな」

勝手にしろとは言ったが、勝手にキスをしろと言った覚えはない、とばかりに不機嫌に言い放つ。

だが、ノアは気にした様子もなく、不思議そうな声で呟《つぶや》いた。

「雄一郎、なんだかほっぺた柔らかくなった？」

そう言いながら、ノアがぺたぺたと無遠慮に頬を触ってくる。ノアの手をはたき落としてから自身の頬を手のひらで撫でると、確かに以前よりも皮膚の奥が柔らかくなっている気がした。

そういえば、と思う。テメレアが言っていた通り、最近身体が変わってきた気がする。身体というよりも、肉の質が変わってきた。前までは、肉の表面から奥まで石のようにガチガチに硬かったのに、今は奥底の肉がじんわりと柔らかい。太腿や二の腕などを握り締めると、指先がどこまでも沈み込むような感覚がある。

それから、髭《ひげ》が生えにくくなった。毎朝剃《そ》っていたのに、ある朝、カミソリを掴《つか》んだところで下《した》顎《あご》にざらつきがないことに気付いた。手のひらで撫でても、つるりとした感触があるだけだ。

だが、そうした変化に気付かないフリをして、雄一郎は呟《つぶや》いた。

「ここのところ食っちゃあ寝てるから太ったんだろう」

雄一郎の言葉に、ノアは嬉しそうに目を細めた。

「ここのご飯は口に合う？」

「まぁ、美味《うま》いな」

食い物が美味《うま》いと言っているだけなのに、ノアはひどく嬉しそうに「そっか」と呟《つぶや》いた。

「雄一郎が元いた世界のご飯とどっちが美味《おい》しい？」

「さぁな、どっちも似たようなもんだ」

素っ気なく返すと、ノアは見る見るうちに眉尻を下げた。しょんぼりと窄められた肩を見て、どうしてだかひどく焦った。何だか自分がひどいことをしている気分になる。

「でも、水はこっちの方が美味《うま》いな」

動揺が悟られぬように口早に呟《つぶや》くと、途端にノアは目を輝かせた。

「そうなんだよ。ジュエルドの水は美味《おい》しいって他国からも評判なんだ。砂漠も多いけど地下には澄んだ水脈が流れてるし、国の中心を流れる大きな川が国を潤《うるお》してくれてる。農作物だってたくさん実るから、飢饉《ききん》も起こったこともないし……戦争さえなければ、この国は美しくて豊かな土地なんだ……」

誇らしげだった声は、途中からかすかな憂いを帯《お》びて小さく消えていった。雄一郎に国の良いところをアピールしているはずだったのに、この国の現状を思い出したのだろう。ノアの表情が悲しみに曇る。

どうしてだか、その表情を見ていると心臓がチクチクと痛むのを感じた。放っておく気にもなれず、躊躇《ためら》いがちに手を伸ばして、ぽんとノアの頭の上に乗せる。そのまま、大型犬でも撫でるようにグリグリと手のひらを動かした。乱暴に頭を撫でられたせいで、ノアの頭がぐりんぐりんと前後左右に揺れる。

「は、はっ、目が回るっ！」

そう言いながらも、ノアは楽しそうな笑い声をあげた。悲しげな表情が消えたことに、なぜだか無性にほっとする。手を離すと、ノアは片手を自身の頭に当てたままぽつりと呟《つぶや》いた。

「雄一郎は、優しいよ」

また同じことを言う。人殺しが優しいだなんて、どういう思考回路をしているのだろう。呆れた眼差《まなざ》しで見やると、ノアは照れたように笑いながら続けた。

「前までは、こんな世界嫌いだったんだ。母さんからは愛されないどころか憎まれるし、そのうえ無理やり王様になれなんて言われて兄さん達からは殺されそうになるし。みんなからお前なんか生まれなきゃよかったって言われてるみたいで、すごく生きるのが辛かった」

片手を頭から離して、ノアが雄一郎の小指をそっと掴《つか》む。まるで触れるのを躊躇《ためら》うように。

「世界は狭くて、汚くて、暗くて、泥の中みたいに息ができないくらい苦しくて、こんな世界も、臆病な自分も、全部全部壊れればいいって思ってた」

淡々と零《こぼ》されるノアの言葉を、雄一郎は黙って聞いた。

それでも、ノアはこの世界を憎みながらも、自分の命を捨ててまで国や民のことを守ろうとしていた。あまり認めたくはないが——それこそが王たる資質なのではないのだろうか。

ノアが顔を上げて、じっと雄一郎を見つめてくる。

「でも、雄一郎に会ってから、少しずつこの世界が嫌いじゃないって思える時が増えてきたんだ。きっと、この世界は美しくない。だけど、僕にとって雄一郎と一緒に見る空は綺麗だし、雄一郎に触れてる時は息をするのが苦しくなくて——この世界で生きてきてよかったたって思えるんだ」

小指を握り締めるノアの手のひらにぎゅっと力が込められる。

「雄一郎、好きだよ。だいすき」

何気なく告げられた言葉に、雄一郎は目を丸くした。鳩が豆鉄砲を食らったような表情を浮かべる雄一郎を見て、ノアが噴き出す。そのまま、ぎゅうっと身体を抱き締めてきた。

「は、離せ馬鹿ッ」

自分らしくもない上擦《うわず》った声が漏れた。また、ノアが笑い声をあげる。遠慮のない大笑いだ。

「大好きだよ、雄一郎！　絶対、離さない！」

笑い声交じりの返答に、ぐぐっと忌々《いまいま》しさが込み上げてくる。だが、それは羞恥心《しゅうちしん》と紙一重だった。下唇を噛んで、恨みがましい目でノアの頭頂部を見下ろす。ふとノアが顔を上げて、真面目な声で呟《つぶや》いた。

「ちゃんと雄一郎に認めてもらえるような人になるから、最後まで見てて」

決意のこもった声音に、反射的に雄一郎は口ごもった。照れくささを誤魔化すようにノアの後頭部を一発ひっぱたく。途端、ノアが大きな声で「いたぁッ！」と叫んだ。

＊＊＊

翌日、予期せぬ来訪者があった。客間に向かうと、そこにいたのは数ヶ月ぶりに見る顔だった。

「カンダラ」

「女神様、お久しぶりでございます」

製鉄の街であるアム・アビィで出会い、新型の銃の製作を任せていた工人だ。カンダラは、雄一郎の姿を見ると、その場に片膝をついて頭《こうべ》を垂れた。

数ヶ月前に会った時よりも、カンダラはやつれているようだった。後ろでひとまとめにされた髪の毛は肩口まで伸び、その目の下には色濃い隈《くま》が浮かんでいる。だが、その瞳は以前見た時よりも爛々《らんらん》と輝いていた。どこか狂気すら感じさせる、生き生きとした眼差《まなざ》しだ。

「ご報告がございます。今お時間は宜《よろ》しいでしょうか」

丸テーブルの前の椅子に腰掛けながら、雄一郎は鷹揚《おうよう》に頷《うなず》いた。

カンダラは即座に立ち上がると、背負っていた包みを丸テーブルの上へ置いた。ゴッと重たいものが置かれた音が鈍く響く。

「新型の銃が完成いたしました」

包みを剥ぎ取ると、現れたのは黒い銃身だった。雄一郎がカンダラに渡していたAK47によく似た形をしているが、目の前の銃はそれよりも鋭く、禍々《まがまが》しい空気を放っているように感じた。

黒く、冷たい銃身に触れながら、雄一郎はカンダラに問い掛けた。

「装填《そうてん》数は」

「二十二発です。ですが、もう少々お時間をいただければ三十発以上に増やします」

「もう少々とはどの程度だ」

「三月《みつき》以内に」

歯切れの良いカンダラの返答に、雄一郎は軽く頷《うなず》いた。

「精度は試したか」

「もちろんです。女神様もどうかお試しください」

カンダラが口元に笑みを浮かべる。以前と変わらぬ好戦的な笑みだ。その笑みを好ましく思いながら、雄一郎はカンダラに促《うなが》されるままにバルコニーに出た。

バルコニーから外を見渡すと、赤い印が描かれた的がいくつか木から吊り下げられているのが目に入った。肩越しに振り返ると、カンダラが口を開いた。

「ゴート殿に許可をいただいております。どうぞ遠慮なく撃ってください」

抜かりない奴だ。ますます好ましい。

カンダラに差し出された銃を受け取る。ずっしりとした重量に胸の奥から懐かしさが込み上げて、知らず口元に笑みが滲《にじ》んだ。

銃床を肩の付け根へ押し当てて、的へと照準を合わせる。引き金を引いた瞬間、慣れた反動が体内に走った。パパパッと連続した発射音と共に、放たれた弾丸が宙に浮かんだ的に当たって弾けるのが視界に映る。そのまま、連続して的へと狙いを定めて撃っていく。

すべての的を撃ち終わったところで、雄一郎は銃を肩から外してカンダラを振り返った。目元を和《やわ》らげて、声を掛ける。

「良い出来だ。よくやった」

「もったいないお言葉です」

「だが、装填《そうてん》数の割にはまだ重たいな。もう少し軽量化を目指せ」

「承知いたしました」

カンダラが再び膝をついて、頭《こうべ》を垂れる。その頭を見下ろしながら、雄一郎は言葉を続けた。

「改良と同時に、量産を進めろ。まずは千丁。どの程度の時間が必要だ」

「現状の工人の数を考えますと、一日に確実に製作できる数は十丁前後かと。となれば、百日は必要かと思われます」

三ヶ月半程度かと考えながら、雄一郎は指先で軽く下顎《したあご》をなぞった。指先からかすかに硝煙《しょうえん》の臭いが漂《ただよ》ってくる。

「完成したものから、王都へ運び入れろ。納品先は女神隊だ。それ以外の部隊には、たとえ正規軍といえども決して渡すな。直接ゴートに渡すよう徹底しろ」

「仰せのままにいたします」

歯切れの良い答えを受けて、続けざまに雄一郎は問い掛けた。

「他に、何か必要なものはあるか」

「いいえ。……いいえ、一つだけお願いがあります」

否定の言葉の後、更にその否定を覆《くつがえ》す言葉が続けられる。何かと問うように視線を向けると、カンダラは跪《ひざまず》いたまま口を開いた。

「もう一度、女神様の手に触れさせてください」

以前と同じカンダラの願いに、雄一郎は軽く目を瞬《またた》かせた。

「俺の手に触ったところで何にもならんぞ」

神通力でもあるわけでもない、とばかりに答えるが、カンダラは雄一郎を見上げたまま首を緩《ゆる》く左右に振った。

「女神様に触れさせていただくことだけが、自分の喜びです」

カンダラの妄信的な言葉に呆れを感じながらも、左手を差し出す。差し出された手のひらを、カンダラはゆっくりと両手で包み込んだ。かすかに冷えた指先が手のひらに触れる。

「こんなものが喜びとは、お前も安いものだな」

からかうように口にすると、カンダラは雄一郎の手を包んだまま視線を上げた。かすかに潤《うる》み、熱を孕《はら》んだカンダラの眼差《まなざ》しに、一瞬雄一郎は動揺した。

「自分は、女神様に一瞬でも触れることだけを考えて、この数月、銃の製作に没頭していました。貴方様に触れることがどれだけ遠かったことか……」

まるで恋い焦《こ》がれるようなカンダラの台詞《せりふ》に、雄一郎は眉を歪《ゆが》めた。カンダラの冷たい指先が雄一郎の手のひらをなぞる。親指の腹で指の間を擦られる感触に、首筋が粟立《あわだ》つのを感じた。

「この程度のことで、お前は歴史に悪逆者として名を残すというのか」

自分の中に浮かんだ怖気を振り払いたくて、そんな言葉をカンダラに投げ掛ける。だが、カンダラは迷わず答えた。

「たとえ何千何万の民から呪われようとも構いません。自分は、女神様と共に歴史に名を残せることが誇らしい。たとえ最期にたどり着く場所が断頭台だとしても、それが自分の運命です」

カンダラが薄く笑みを浮かべる。その表情には、かすかな陶酔すら感じさせた。

その瞬間、女神の呪いの本質は『狂奔《きょうほん》』だと思った。民を魅了し、妄信させ、狂気へと駆り立てる。

雄一郎が手を引いても、カンダラは抗《あらが》うことはなかった。尾を引くような眼差《まなざ》しで、離れていく指先を静かに眺めているだけだ。

「カンダラ」

「はい」

「俺は運命という言葉が嫌いだ」

ぽつりと漏らされた雄一郎の言葉に、カンダラは不思議そうに目を瞬《またた》いた。

「自分の進むべき道は自分で選べ」

そう続けられた言葉に、カンダラはわずかに唇を開いた。もの言いたげに雄一郎を見つめて、それから小さな声で呟《つぶや》く。

「自分は、銃を作ります。女神様のためでもなく、国のためでもなく、自分のために。自分は、工人です。今よりももっと、より良いものを、進化したものを作り続けます。祖父も父も、もっと前の祖先も、そうやって生きてきました。自分も、その道を進んでいきます」

言い切ると、カンダラは一息に立ち上がった。雄一郎を真っ直ぐ見つめて、そのまま軽く会釈《えしゃく》をする。雄一郎が頷《うなず》くと、カンダラは口元にかすかな笑みを浮かべた。

＊＊＊

それから七日後、キーランドの呼び掛けによって会議が開かれた。円卓を囲んで、雄一郎、ノア、テメレア、それからゴートと中隊長達が席についている。

口火を切ったのは、キーランドだった。

「ゴルダールについて情報が入った」

挨拶《あいさつ》などを省いた、単刀直入な切り出しだった。キーランドの硬い声音で、会議室の空気が一気にピンと張り詰めたのを感じる。キーランドが険しい口調のまま続ける。

「巨大飛行艇だが、ゴルダールの王都から離れた工場にて製造されたもののようだ。現時点で完成しているのは一艇のみ。だが、二艇目も製造中で、おそらく一年も経たずに完成するだろう」

「それは嬉しくない話だなぁ」

そう相槌《あいづち》を打ったのはゴートだった。椅子の背に凭《もた》れたまま、両腕を頭の後ろで組んでいる。

キーランドは頷《うなず》きを返すことなく、言葉を続けた。

「ゴルダールの国王は、本格的に反乱軍に加担しているようだ。掘り出した鉄をほぼすべて兵器製造にあてているだけでなく、国中から民を徴収して工場で働かせている。そのせいで、地方の村では致命的な人手不足に悩まされているらしい。飢饉《ききん》が起こったり、盗賊に襲われたりして、全滅している村もいくつか見受けられた。住む場所を失くして、山を彷徨《さまよ》っている子供も多くいるようだ」

敵国のことだというのに、キーランドが痛ましそうに眉間に皺《しわ》を寄せる。だが、それは悲しげというよりも、無能な国の中枢に対して怒りを募らせているような表情に見えた。

「飢饉《ききん》？」

雄一郎が不思議そうに呟《つぶや》くと、テメレアが横から声を掛けてきた。

「ゴルダールは年中寒い土地で、更に国土の多くが岩山です。ですから、元々食料が実りにくい国なんです。わずかな土地で芋類などを育ててはいますが、慢性的な食糧難に見舞われています」

「今回のことも、兄さん達に――反乱軍に手を貸すという名目で、ジュエルドの土地を手に入れるのが目的なんだと思う」

そう声をあげたのはノアだった。

飢えた土地に暮らす者からしてみれば、確かにジュエルドの肥沃《ひよく》な土地は咽喉《のど》から手が出るほど欲しいに違いない。テメレアがノアに小さく頷《うなず》きかけて、言葉を続ける。

「ですが、食料が不足している代わりに、鉄鉱石などの原料は大量に掘り出されています。今回のような飛行艇を造ったりするような技術力は、どの国よりも抜きん出ています。見たこともない最新の兵器を造り上げるのは、いつだってゴルダールの技術者です」

だからこそ厄介です。と苦虫を噛み潰したような表情でテメレアが呟《つぶや》く。その言葉を聞きながら、雄一郎は理解しがたいとばかりに呟《つぶや》いた。

「民が飢え死にしているのに、兵器なんて造っている場合なのか」

額《ひたい》を押さえる雄一郎を見ながら、キーランドが口を開く。

「民も暴動寸前だ。国力のすべてを兵器製造にあてられ、更に働き手まで奪われ、自分達は飢え死にを待つばかりの状況だからな」

「つまり、ゴルダールの王も、もうジュエルドを手に入れなくては後に引けない状況ということか」

国土を枯れ果てさせて軍事力にすべてを注いだ以上、もしジュエルドを手に入れられなければ、王は暴動を起こした民によって吊し首にされてしまう。尻に火がついているのはこちらだけではなく、ゴルダールも同じか。

雄一郎の言葉に、キーランドは重々しく頷《うなず》いた。

「ゴルダールはどんな手を使ってでも、反乱軍を勝たせようとするだろう」

また大きな溜息《ためいき》が零《こぼ》れた。雄一郎は頬杖をつきながら、気の抜けた声をあげた。

「最悪な情報ばかりだな。一つでも良い話はないのか」

途端、沈黙が流れる。重苦しい沈黙を破ったのはテメレアだった。

「一つ思い当たることがあります」

「何だ」

「ゴルダールの王位の件です」

探るような視線を向けると、テメレアは淡々とした口調で話し出した。

「現在のゴルダールの王、バルタザールは前王の妹婿です。元々、王家の血を引いていない彼に王位継承権はありませんでした」

「なぜ、そんな男が王の座についている」

「前王やその御子を謀殺《ぼうさつ》したのです。前王には七人の御子がいましたが、そのうち五人を殺害、残った双子の兄妹はまだ幼かったため殺されませんでしたが、辺境の村へ送り、二度と王都に戻れぬようにしたようです」

どうやら内乱というものは、どこの国でも起こるものらしい。穏やかでない話を聞きながら、雄一郎は続きを促《うなが》すように顎《あご》を軽く前後に動かした。テメレアが続ける。

「双子の兄妹が生きていれば、すでに成人して数年経っているかと思われます」

「だから何だ」

「もう十分な年頃かと」

テメレアはそう話を締めくくった。テメレアの言いたいことが雄一郎には解った。なぜなら、雄一郎も『そう』考えるからだ。雄一郎は小さく息を吐き出してから口を開いた。

「つまり、我々が双子の兄妹をけしかけて、ゴルダールでも内乱を起こすということか」

言葉にした瞬間、ぞわりと背筋が隆起するような感覚を覚えた。口角が捻《ねじ》れた笑みに歪《ゆが》んでいく。

テメレアは無表情のまま、ゆっくりと頷《うなず》いた。

「現王に不満を抱いている民は多い。そこに正統な王家の血を継ぐ者が先導すれば、おそらく民衆は決起するでしょう。国内で反乱が起これば、ゴルダールもジュエルドに構っている場合ではなくなりますし、上手くいけば兵器を造るだけの余力もなくなります」

平然とした顔で物騒なことを言いやがる。雄一郎は、テメレアに柔らかな笑みを向けた。

すると、キーランドがかすかに強張《こわば》った声で呟《つぶや》いた。

「だが、そんなことをすれば、ゴルダールでどれだけの犠牲が出るか……」

それは自分達の手で内乱勃発の引き金を引くということだ。何万人、何百万もの死人を出す可能性があることをキーランドは理解しているのだろう。

それに対して、テメレアは表情を変えぬままに切り返した。

「我々が勝つために必要なことです。今のまま放っておけば、ジュエルドは最終的にゴルダールに支配されます。それに我々が勝った場合は、ゴルダールの民が全員飢え死にします。飢え死にするのと、自らの命を守るために反乱を起こすのと、どちらがマシですか」

テメレアの言葉に、キーランドはぐっと押し黙った。雄一郎は重苦しくなった空気を切り替えるように、ゴートに訊《たず》ねた。

「ゴート。テメレアの話は、現実的に可能か」

「不可能ではないでしょうね。ゴルダールの王都に近付くのは無理でしょうが、我が国の国境から双子のいる辺境の村にかけては、山の勾配がキツくて大軍が山越えすることが難しいので国境兵もほとんど置かれていません。少人数であれば、問題なく潜《もぐ》り込めるかと。ですが、双子を説得できるかは神のみぞ知るってところですが」

冗談めかすようなゴートの言いように、雄一郎は片頬を軽く吊り上げた。

「では、最少人数で潜入部隊を編成しろ」

「了解しました」

ゴートが軽快な声で答えた後、ふとチェトが手をあげた。

「発言しても宜《よろ》しいですか」

「宜《よろ》しい、話せ」

「双子がいる辺境の村について情報があります」

雄一郎が探るような視線を向けると、チェトは和《なご》やかな口調で話し出した。

「辺境の村はシャルロッタという名前なのですが、シャルロッタは私の故郷である東の部族の街、アム・オクタと非常に近いのです。アム・オクタからは毎月シャルロッタへ『あるもの』を運んでいます」

「あるものとは？」

問い返すと、チェトはにやっと笑った。

「売娼です」

雄一郎は目を丸くした。にこにこと人懐っこそうな笑みを浮かべたまま、チェトが続ける。

「双子の兄はどうやら酒浸《さけびた》りになっているようで、一月《ひとつき》に一度売娼を所望するようです。ですので、アム・オクタから数名の売娼を定期的に派遣させています」

「なぜ、わざわざ敵国から売娼を呼び寄せる」

売娼なら自国にもいるだろうに。なぜ危険を冒してまでそんなことをするのか。理解できず首をひねる雄一郎を見て、チェトが答えた。

「あまり大きな声では言えませんが、双子の兄は『小さい子』を好んでいるようです」

大きい声では言えないと言いつつも、チェトが特に声を潜《ひそ》めた様子もない。雄一郎は、あぁ、と短く相槌《あいづち》を打ちながら不躾《ぶしつけ》な視線をチェトの小柄な身体に向けた。

「つまり、東の部族は小柄だから」

「そういうことです」

含み笑いを漏らしながら、チェトが頷《うなず》く。軽い眩暈《めまい》を覚えながら、雄一郎は問い掛けた。

「その情報は確かか。誰から聞いた」

「情報源は私の妻です。ですから間違いないかと」

「お前の妻？」

「はい。私の妻が毎月シャルロッタへ派遣する売娼を選んでいるんです」

その発言に、またひどい頭痛が起こりそうになった。

「つまり、お前の妻は、娼館の女主人ということか」

「そこまで大層なものではありませんが、まぁ、そういうものだと思っていただいても」

世間話のように軽い口調で語るチェトを、雄一郎はまじまじと見つめた。今更ながらに、キキが言っていた『東の部族は貞操観念が緩《ゆる》い』という言葉が思い出される。そのキキは、円卓の椅子に座ったまま盛大に顔を歪《ゆが》めている。

だが、キキの不機嫌そうな表情を気にとめる様子もなく、チェトは口を開いた。

「売娼と入れ替わって我々がシャルロッタに向かえば、目眩《めくら》ましにもなって良いかと思います」

雄一郎は一瞬考え込んだ。数秒の思案の後、チェトに告げる。

「すぐにお前の妻に連絡を取れ」

「承知しました」

小気味よい返答と共に、チェトが頭《こうべ》を垂れる。雄一郎は円卓を見渡しながら、声をあげた。

「他に何か意見がある者はいるか」

発言はない。雄一郎は椅子から立ち上がると、会議を切り上げるように言い放った。

「出発は明朝とする。潜入部隊に選ばれた者は準備を怠《おこた》るな。以上」

会議の直後、雨が降り始めた。窓越しに降り注ぐ雨粒を眺めながら、雄一郎は宝珠の間へ足を踏み入れた。宝珠の間は、以前と同じくがらんと広かったが、空が曇っているせいか薄暗く沈んだ空気が漂《ただよ》っていた。

部屋の中へ進んで、白い台座の上に乗った真珠色の丸石に片手を滑らせた。

「イズラエル、いるか」

そう囁《ささや》きかけると、わずかな沈黙の後、丸石がかすかに光り始めた。じんわりとした温かさが手のひらへ染み込んできた直後、「なぁに？」と子供のような声が聞こえてくる。ぬるりと丸石の中からイズラエルの身体が滑り出てきた。

「どしたん、なんか僕に用なん？」

イズラエルは眠たげな声で訊《たず》ねてきた。その胴体には、未だ真っ白な包帯が巻かれている。傷が完全には癒《い》えていないのだろう。

「俺は明日ゴルダールへ出発する。その前にお前に聞いておきたいことがある」

ピクリとイズラエルの小さな耳が動いた。丸石の上に寝そべったまま、イズラエルが首をもたげて雄一郎を見上げてくる。

「僕に何を聞きたいん」

「この世界の神について」

雄一郎の言葉に、イズラエルはその細い目を更に眇《すが》めた。

「お前達の神は、この世界で何をしようとしている。何の目的で、俺や葵、他の女神達を呼び寄せたんだ。テメレアやノアの母親を巫女《みこ》に祀《まつ》り上げ、エドアルドの母親をおかしくさせたのも神なんだろう？」

淡々とした問い掛けに、イズラエルは少しだけ悲しげな眼差《まなざ》しで雄一郎を見つめた。

「そうやな。全部、神様が選ばれた」

「選んだ？」

「きみは神様が全能やと思うとるかもしれん。やけど、神様が本来できるんは選択することだけや」

選択、という言葉に、ぞわりと背筋が隆起するのを感じた。短い言葉だが、その言葉が持つ罪悪は深く、重たい。

「神は、一体何を選択したんだ」

端的に問い掛けると、イズラエルは、はぁ、と小さく溜息《ためいき》を漏らした。

「神様は、きみを選択した」

ぽつりとイズラエルは零《こぼ》した。その言葉に、わずかに息を呑む。短い沈黙の後、雄一郎は訊《たず》ねた。

「なぜ、俺を選んだ」

その声音は、自分でも思いがけないほど強張《こわば》っていた。この世界に来た頃からずっと抱いてきた疑問だ。なぜ、雄一郎が女神として選ばれたのか。

イズラエルは、雄一郎を真っ直ぐ見返して言った。

「きみは何も持っていなかった。家族も、夢も、生きる希望も。だから、選ばれた」

その言葉が不意に心臓に突き刺さった。ぐっと咽喉《のど》が詰まる。

「僕もそれ以上のことは分からん。神様に聞いてみとうても、この間から何も聞こえんようになってしもうた。なんであの小娘やアズラエルを寄越したのかも分からん」

そう呟《つぶや》く心細げな声音で、その言葉が嘘ではないと判る。

「最後に一つだけ聞く」

金色に輝く瞳を見据えたまま、雄一郎は静かに口を開いた。

「お前は、俺の味方か」

自分でも情けなくなるくらい、たどたどしい声だった。まるで哀れむようなイズラエルの視線が苦しくて、雄一郎は咄嗟《とっさ》に目を逸らした。

「僕は、きみの味方や」

イズラエルが掠《かす》れた声で続ける。

「やけど、僕は神様にも従わにゃあかん。僕には、神様の意志を伝える役目がある」

イズラエルの返答に、雄一郎はただ、そうか、と返した。表情を失くした雄一郎を見て、イズラエルが不安そうに訊《たず》ねてくる。

「僕のこと嫌いになったか？」

その質問に、思わず笑いそうになった。お前のことなんか最初から好きじゃない、と言ってやりたかった。だが、言えなかった。嫌いだと言えないのが苦しかった。

無言のまま、イズラエルを見据える。金色の瞳を見つめていると、次第に眼球の奥が熱くなっていくのを感じた。どうしてだか、胸の奥から悲しみがしとしとと雨のように滲《にじ》み出してくる。情緒が壊れてしまったのか、最近自分の感情の操作が利かなくて、ひどく気味が悪かった。

「好きだとか嫌いだとか」

小さく吐き捨てるように呟《つぶや》く。ノアもテメレアも、好きだの愛してるだの、そんな馬鹿げた言葉ばかりを投げ掛けてくる。だが、そんな言葉に何の意味がある。

「くだらない」

独りごちるように漏らして、小さく奥歯を噛み締める。

愛情も好意も、自分には必要ないものだ。ただ、真っ直ぐに破滅へと突き進んでいたはずだった。世界を巻き添えにして、自分自身すらもバラバラに破壊するつもりだった。それなのに、どうして与えられる愛情を唾棄《だき》することもできず、手放したくないと思ってしまうのだろう。

「きみは、もうそんな風に思っとらんはずや」

イズラエルがそっと囁《ささや》きかけるように言う。雄一郎は、反射的にイズラエルを睨《にら》み付けた。

「分かったような口を聞くな」

苦々しく吐き捨てる雄一郎を見つめて、イズラエルが中途半端に唇を開く。数秒言葉に詰まった後、イズラエルは呻《うめ》くような声で続けた。

「きみは……いつまで失ったものを追い掛け続けるつもりなんや」

一瞬、息が止まった。イズラエルは知っている。アズラエルが知っていたように、元の世界で雄一郎に何があったのか。雄一郎が何をしたのか。なぜ妻と娘が死んだのか。

「お前は……お前も、知っているのか」

掠《かす》れた声が漏れた。イズラエルは頭を下げたまま、上目遣いに雄一郎を見上げて言った。

「……きみは、悪くない」

「知っているのかと聞いてるんだ」

「きみが殺したんやない」

「五月蝿《うるさ》い、黙れ！」

不意に怒りが噴き出した。衝動のまま、右拳《みぎこぶし》を勢いよく振り上げる。だが、捨てられた仔犬のような眼差《まなざ》しで雄一郎を見上げるイズラエルの姿に、拳《こぶし》が振り下ろせなくなった。拳《こぶし》がぶるぶるとみっともなく震える。気付いたら、拳《こぶし》だけでなく全身が小刻みに震えていた。カチカチとぶつかる歯の音が聞こえる。

震える雄一郎を見上げたまま、イズラエルが口を開く。

「きみは何も知らんかった。クリスマスに帰れんくなったきみにサプライズしようと、奥さんと娘さんがあの国に来とったことも。運悪く、あの場所におったことも」

そうだ、知らなかった。雄一郎には何も知らされず、ただ任務を遂行することだけを上官から命じられた。だから、言われるがままに動いた。それが国のためになるんだとただ信じていた。

その結果、雄一郎に与えられたのは壁一面に飛び散った赤黒い肉片だ。砂埃《すなぼこり》だらけの床を転がる小さな腕。その腕には、いつも雄一郎が真名の髪の毛に結んでいた花柄のシュシュが——

あれが、あんなものが真名だなんて。愛しくて堪《たま》らない娘だなんて。

「知らなかったら、いいのか。許される、っていうのか」

唇が震えて、声が惨《みじ》めに掠《かす》れた。息をするのが苦しくなって、両手で胸を押さえる。

イズラエルは緩《ゆる》く頭を左右に振った。

「奥さんも娘さんも、きみを恨んだりなんかしとらん。それなのに、きみがきみを恨んどる。死んでも許さん思うとる」

イズラエルがゆっくりと上体を持ち上げる。雄一郎と目線の高さを合わせると、イズラエルははっきりとした声で言った。

「きみは、元の世界に戻ったら死ぬつもりなんか」

イズラエルの問い掛けに、雄一郎は言葉を失った。

唇を淡く開いたまま何も答えない雄一郎を見て、イズラエルは小さく息を吐き出した。

「僕は、この世界できみが許される道を見つけてほしいと思っとる。きみに生きてほしいと――」

最後まで聞きたくなかった。雄一郎はイズラエルから視線を逸らして踵《きびす》を返した。逃げるように扉へと向かっていく。部屋から出る直前、イズラエルの声が背後から響いた。

「雄一郎、神様を恨まんでやって。あの人は、この世界もきみも、壊したいとは思っとらん」

そんな言葉、信じられるわけがなかった。

＊＊＊

翌朝も雨が降り続いていた。

潜入部隊の編成は、雄一郎、チェト、ベルズ、キキの四名。そして、交渉役としてテメレアも一緒に向かうこととなった。キーランドおよびゴート、その他中隊長達は王都の守備を固める。

予定外だったのはノアだ。正門前に集まった潜入部隊の中に、当然のようにノアが交じっていた。

「僕も一緒に行く」

ノアの宣言に、ほとほと呆れて言葉も出なかった。雄一郎が額《ひたい》を押さえて大きく溜息《ためいき》を漏らすのと同時に、ノアは厳しい表情で口を開いた。

「国と国との交渉事だ。僕も一緒に行った方がいいと思う」

「王様が敵国に交渉に行くなんて前代未聞ですよ」

正門前まで見送りに来ていたゴートが、相変わらず深刻さの欠片《かけら》もない口調で呟《つぶや》く。だが、ノアは首を左右に大きく振った。

「前代未聞だからこそ行くんだ。誰も僕が王都から離れるなんて思ってないだろうし、まだ内部に裏切り者がいるかもしれない場所にいるよりも、王都から離れた方が安全だ」

ノアは明朗な口調で答えた。最初の頃のおどおどしていた様子からは見違えるほど、自分の意志をはっきりと主張している。

「今回の作戦がどんなものか知ってる。敵国といえども犠牲が出るような決断を人任せにはしない。最終的な判断は、僕が下す。僕にはその責任がある」

責任だなんて小賢しい言葉を使いやがる。ノアの頑《かたく》なな様子に、苛立《いらだ》ちを通り越して憎らしさすら感じる。

「道中で盗賊に襲われるかもしれない。それに交渉が決裂すれば、生きて戻れるかも分からねぇんだぞ」

雄一郎がそう吐き捨てると、ノアは眦《まなじり》をキッと吊り上げて言った。

「自分の身は自分で守る」

ハッ、と鼻で笑ってしまった。こんな小さな子供が自分の身を自分で守るだなんて、馬鹿げた強がりだ。だが、薄《うす》ら笑いを浮かべる雄一郎をノアは無言で睨《にら》み付けた。その怯《ひる》みのない眼差《まなざ》しに、一瞬言葉が詰まる。腹立たしさのあまり拳《こぶし》が動きそうになった時、テメレアが口を開いた。

「確かに、交渉は私にもできますが、最終決定を下せる人間が共にいるというのは非常に有益かと思います」

ノアを援護するような発言に、雄一郎はテメレアを肩越しにねめ付けた。だが、テメレアが引く様子はない。隣に立っているゴートまで、にやにやと笑っている始末だ。

「こいつに何の決断が下せるって言う」

「ノア様は王です。すべての決断は、王が下します」

生意気に言い返してきやがる。テメレアの援護を受けて、ますますノアが口調を強くして言う。

「雄一郎、僕も行く。僕はもう、自分の知らないところで後悔したくない」

そう訴えかけるノアを、雄一郎は射殺すように見据えた。ノアがお荷物になるのは解り切っている。だが、置いていったところで、この強情なガキが素直に言うことを聞くとも思えなかった。

奥歯を噛み締めたまま腰帯に括《くく》り付けたナイフを引き抜いて、その柄《つか》をノアに突き付ける。

「テメェが言ったんだ。自分の身は自分で守れ」

そう吐き捨てて、受け取れとばかりにナイフを軽く上下に揺らす。途端、ノアはパッと表情を明るくした。黒塗りのナイフを両手で受け取って、口元を綻《ほころ》ばせる。

「うん、足手まといにはならない」

お前なんか一緒にいるだけで足手まといだ、とまた悪態をつきそうになる。雄一郎はただ舌打ちを漏らして、ゴートに向かって言い放った。

「隊のことはお前に任せる」

「はい、承知いたしました」

おちゃらけた口調で答えながら、ゴートが一枚の外套《がいとう》を差し出してくる。

「外套《がいとう》です。向こうは寒いですし、雨除けにもなりますので羽織っていってください」

雄一郎がマント状の白い外套《がいとう》を羽織ると、ゴートはのんびりとした手付きで外套《がいとう》の合わせ目をピンで止めた。ピンには、赤みがかった小さな石がつけられている。

「何の石だ」

「サザレという石です。まぁ……『御守り』みたいなもんですよ」

「おまもり」

オウム返しに繰り返すと、ゴートは目を細めて笑った。雄一郎をじっと見つめてから、唇を開く。

「お気を付けて」

それがゴートらしくないほど真剣に聞こえて、雄一郎はわずかに目を見張った。だが、ゴートは再びへらっと本心の掴《つか》めない笑みを浮かべると、後ずさるようにして雄一郎から離れた。

その時、周囲を見渡して、ふと気付いた。

「ベルズはどこだ」

「ここです」

声の方向へ視線を向けると、ベルズが木の陰からひょっこりと顔を覗《のぞ》かせた。なぜだかベルズの後ろから、俯《うつむ》いたままのヤマまで出てくる。

「申し訳ございません、ヤマと話をしていまして」

誤魔化すように後頭部を掻くベルズに対して、ヤマは深く俯《うつむ》いたままだ。その姿は不貞腐《ふてくさ》れた子供のようにも、何かを必死で耐えているようにも見える。

「話は終わったのか」

「はい、もう大丈夫です」

ベルズが促《うなが》すようにヤマの肩をぽんと叩く。途端、ヤマがベルズを見上げた。その目尻はかすかに赤い。次の瞬間、ヤマがベルズの胸へ勢いよくしがみ付いた。その光景に、雄一郎はぎょっと目を見開いた。

ベルズは目を丸くした後、ふっと口元に笑みを浮かべた。

「ヤマ、大丈夫だ。これが別れになるわけじゃないんだから」

そう優しく囁《ささや》く声には、紛《まぎ》れもない愛《いと》おしさが滲《にじ》んでいた。だが、ヤマはベルズの胸に顔を埋《うず》めたまま、その身体を離そうとはしない。ヤマのくぐもった声が聞こえた。

「……お前が心配だ」

その声は、普段の厳《いか》めしさがなく、ひどく弱々しく聞こえた。ベルズが笑みを深めて、その大きな手のひらでヤマの背中をゆっくりと撫でる。

「約束する。無事に戻ってくる」

「当たり前だ。戻ってこなかったら、お前を殺してやる」

矛盾《むじゅん》した言葉を言い放って、ヤマはずずっと鼻を啜《すす》った。しがみついていたベルズの身体から離れると、ヤマはしばらくベルズの左胸に手のひらを押し付けていた。その手のひらを、ベルズが目を細めて見つめている。

ベルズの胸元から手を離すと、ヤマは潤《うる》んだ目元を手の甲でぐいっと拭《ぬぐ》って言った。

「行ってこい」

「あぁ。ヤマも気を付けて」

ベルズの言葉に、ヤマは無言で頷《うなず》きを返した。そして、雄一郎達へ「私用で時間を取り失礼しました」という形ばかりの謝罪と一礼を残して、足早に立ち去っていった。

ヤマの真っ直ぐに伸ばされた背を、ベルズがじっと目で追っている。その様子を見て、雄一郎はあんぐりと口を開いた。

「なんだありゃ」

呆然とする雄一郎を見て、ゴートが横から声を掛けてくる。

「あれ、ベルズとヤマのことはご存知なかったですか」

雄一郎がぎこちなく首を動かして視線をやると、ゴートはにやっと笑みを浮かべた。

「あれらは婚約者ですよ」

「あいつらは幼なじみじゃなかったのか」

「幼なじみで婚約者なんです。ベルズとヤマは、左耳に同じピアスをつけているでしょう。この国では、伴侶同士が同じ場所に同じ装飾具をつけるのが風習なんですよ」

つまり、元の世界での婚約指輪のようなものか。確かに、ベルズとヤマの左耳には、同じデザインの青いピアスが付けられていた。今更ながらの衝撃的な事実に、盛大な眩暈《めまい》を覚える。

「そういうことは、最初に言っておけ……」

弱々しい雄一郎の言葉に、ゴートが大きな笑い声をあげた。

＊＊＊

東の部族の街、アム・オクタまでは馬車で向かった。しとしととした雨に降られながら道のりを進んでいく。目的地に着いた時には、すっかり日も暮れて、辺りは暗闇に覆われていた。雨も止んで、地面に残った大きな水たまりに星明かりがキラキラと映り込んでいる。

前方の馬車に乗っていたチェトが素早く降りて、雄一郎達の馬車の扉を開いた。雄一郎が馬車から降りると、ノアとテメレアもそれに続いた。

「こちらへ。妻の店にご案内します」

チェトの案内のもと、街中を進む。アム・オクタは、高く積み上がった岩場の合間に白い丸形の家が道なりに建つ、素朴な雰囲気の街だった。小柄な者が多い部族のせいか、他の街よりも家がこぢんまりとしているように思える。窓からは蛍みたいな小さな灯りがともされているのが見えた。

だが、その雰囲気は街外れに近付くにつれて、ガラリと変わっていった。灯りが消え、岩場に挟まれた暗い道が続く。道を歩いている途中、岩肌からカラカラと音を立てて小さな石が数個転がり落ちてきた。足を止めて見上げるが、黒く塗り潰されたような岩場には人の影一つない。

「女神様、どうされましたか？」

チェトが怪訝《けげん》そうに訊《たず》ねてくる。その声に、雄一郎は小さく首を左右に振って、再び歩き出した。やがて岩場を抜けると、極彩色の光が視界に飛び込んできた。

「なっ、何あれ？」

ノアが戸惑った様子で呟《つぶや》くのを聞きながら、雄一郎はぽかんと口を開いた。

視線の先に、色とりどりのランプが吊り下げられた巨大な館が建っていた。ガチャガチャとした原色で色づけられた館は、先ほどの素朴な街並みとは打って変わって享楽的で、悪く言えば俗悪な雰囲気を漂《ただよ》わせていた。田舎町《いなかまち》に、ラスベガスの建物を移設したような異様さを感じる。

館を手のひらで示しながらチェトが説明する。

「ここがアム・オクタの遊び場です。他の街からも客が来るので、結構繁盛しているんですよ」

遊び場といってもド派手すぎないだろうか、と言いたくなる。キキは、相変わらずムスッとした表情で館を睨《にら》み付けている。

館に近付くと、次第に大きな笑い声が聞こえ始めた。甲高い笑い声や、密《ひそ》やかな笑い声が絡まり合い、香《かぐわ》しい花の匂いと共に皮膚をくすぐる。

「チェト！」

不意に、頭上から声が聞こえた。髪の毛を左右でおだんごに結った少女がベランダから身を乗り出して、ぶんぶんと片腕を大きく振っていた。桃色の美しいドレスを着ており、年頃は十代前半に見える。腰まで伸びた長い白髪が夜風に吹かれて、柔らかく棚引いていた。

「フィーラ」

少女のものであろう名を呟《つぶや》いて、チェトが手を振り返す。途端、少女は嬉しそうな笑みを浮かべて、ベランダから室内へと身を翻《ひるがえ》した。

フィーラと呼ばれた少女の姿が見えなくなると、チェトは肩越しに振り返って言った。

「あれは私の妻です」

「娼館の女主人か？」

「いいえ、それはフィーラの一番上の姉で、もう一人の私の妻です」

頭がこんがらかってきた。理解不能という表情を浮かべた雄一郎を見て、チェトが小さく笑いながら続ける。

「私の妻は三姉妹でして、その三人全員と結婚しているんです」

フィーラは三姉妹の末っ子です。という説明に、完全に頭を抱えた。そんな雄一郎の姿に、チェトがはっと短い笑い声をあげる。すると、その横からキキが険しい表情で口を挟んできた。

「貴方は恥ずかしいとは思わないのですか」

尖《とが》りを帯《お》びたキキの声に、チェトは軽く肩を竦《すく》めた。

「恥ずかしいとは？」

「一夫多妻なんて、相手に対して失礼だとは思わないのですか」

「それは誤解ですよ、キキ殿」

小馬鹿にするように、チェトは『キキ殿』とわざとらしく呼んだ。笑みを浮かべたまま、チェトが言葉を続ける。

「俺達は一夫多妻だけでなく、一妻多夫も認めている。男も女も平等に扱っているし、妻や夫が何人もいるからといって相手への愛情をおろそかにしたりしない。俺達は、誰に対しても公平で開かれているだけなんですよ」

チェトの説明に、キキは鼻梁《びりょう》に皺《しわ》を寄せた。

「そんなのは自分達の不純さへの詭弁《きべん》です」

「それこそ、部族内でしか婚姻を認めない偏狭な民の言い分だな」

嘲笑《ちょうしょう》交じりのチェトの言葉に、キキがいきり立ったように大股で一歩踏み出す。すると、二人の間にベルズが割り込んで、宥《なだ》めるように声をあげた。

「まぁまぁ、二人とも今は喧嘩《けんか》してる場合じゃないから落ち着いて」

ベルズを挟んで、チェトとキキが険悪な視線を向け合っている。小さく溜息《ためいき》をついて、雄一郎は口を開いた。

「チェト、キキ」

静かに名前を呼んだ瞬間、チェトとキキはぴたりと動きを止めた。ぎこちない動作で、二人が雄一郎に視線を向けてくる。その視線を見返しながら、雄一郎は殊更《ことさら》穏やかな口調で告げた。

「それぞれ言い分があるのは分かるが、今は仕事に徹しろ。俺を失望させるな」

最後の言葉を言い聞かせるように呟《つぶや》くと同時に、チェトが大きく頭を下げた。

「申し訳ございません。以後このようなことがないよう努めます」

素早いチェトの謝罪に引き続き、キキがわずかに顔を歪《ゆが》めたまま言う。

「私も、申し訳ございませんでした」

歯噛みするようなキキの口調に、まだ言いたいことがあるのだろうとは思う。今は呑み込め、と告げる代わりに雄一郎はキキに向かって頷《うなず》いた。キキもしぶしぶといった様子で頷《うなず》きを返してくる。

気を取り直すように、雄一郎はフードを目深《まぶか》に被り直した。ついでに、もう片方の手でノアのフードを掴《つか》んで、頭に乱暴に被せる。途端、ノアが驚いた声をあげた。

「うわっ」

「お前も被っておけ」

そう言い放つなり、雄一郎は館へ歩を進めた。

館の中は、まるで真昼のように明るかった。天井から大量のランプが吊り下げられたホールの真ん中では、異性同性構わず皆が楽しげにダンスを踊っている。バーのカウンターでは、酔っ払った客達が大声で騒いでいた。

チェトが言っていた通り、他の街からも客が来ているのか、小柄な東の部族以外に、大きな体躯《たいく》をした者も多く見受けられた。

「下の階は酒場でして、ここより上の階は宿屋になっています」

注釈を入れるようにチェトが呟《つぶや》く。雄一郎はフードの陰からチェトを見やった。

「つまり、酒場で気に入った者を見つけて、上の階に連れ込むのか」

「まぁ、そういうことも兼ねています」

あからさまな雄一郎の言葉に、チェトが肩を竦《すく》めて同意を返す。チェトは慣れた足取りでバーカウンターに近付くと、カウンターの内側に立つ女へ声を掛けた。

「やぁ、マリアン。久しぶり」

「あら、チェト。やっと辺境軍から帰ってきたの？」

マリアンと呼ばれた女は、小柄だが豊満な体付きをしていた。緩《ゆる》くうねる白髪は肩口まで伸びており、どこか気怠《けだる》げにも見える妖艶《ようえん》な目つきをしている。

「いや、まだ帰ってきたわけじゃないんだ。用があって立ち寄っただけで」

「そうなの？　あんたがあんまりにも留守にするもんだから、エリザ姉さんは新しく三人も伴侶を増やしちゃったわよ。フィーラは相変わらずあんた一筋だけどさ」

はすっぱな口調でマリアンは言った。その口元には、艶《なま》めかしい笑みが浮かんでいる。チェトは笑みを深めると、マリアンに問い掛けた。

「きみは？　伴侶は増えたのか？」

「あたしは伴侶を作るよりも、遊んでる方が楽しいの」

そう囁《ささや》いて、マリアンは物言いたげにチェトの手の甲を人差し指でなぞった。匂い立つような仕草に、咄嗟《とっさ》に雄一郎は視線を逸らしそうになった。雄一郎達に気付いたらしいマリアンが肩を竦《すく》めて訊《たず》ねてくる。

「どなたかしら？　紹介してくれる？」

「あぁ、みんな軍の仲間だ。上官のオガミ隊長にテメレア、同僚のベルズにキキ、それから……」

淀《よど》みなく説明していたチェトがノアを手のひらで指し示した途端、口ごもった。流石《さすが》に王様の名前は、一般市民にも認知されているのだろう。仕方なく雄一郎は口を開いた。

「俺の息子のノア太郎だ」

いい加減にもほどがある偽名に、隣でテメレアがゴフッと咳を上げる。同時に「む、むすこっ？」と呟《つぶや》くノアの素《す》っ頓狂《とんきょう》な声が聞こえた。

「ノアタロー？　珍しい名前ね」

マリアンが不思議そうに呟《つぶや》く。それ以上の言葉を遮《さえぎ》るように、チェトが雄一郎達に向かって早口で言う。

「こちらが私の妻のマリアンです。フィーラの二番目の姉になります」

二番目の姉ということは、館の女主人ではないのか。そう思案していると、唐突に現れた影がチェトの背にぶつかってきた。体当たりされたチェトがつんのめって、カウンターへ両手をつく。

「うわっ！」

「おかえりなさい、チェト！　もうずっとここにいるのよね！　どこにも行かないわよね！」

そう叫んでいるのは、先ほどバルコニーで姿を見たフィーラだった。フィーラはふくふくとした頬を紅潮させながら、期待に満ちた眼差《まなざ》しでチェトを見上げている。こうやって間近で見ると、フィーラはマリアンよりもずっと幼い見た目をしていた。

宥《なだ》めるようにチェトが、フィーラの背を軽く叩いて言う。

「ただいま、フィーラ。でも、明日の朝には、また出なくちゃいけないんだ」

「どうして⁉　折角結婚したのに、私達一月《ひとつき》も一緒にいられてないじゃない！　新婚なのに、ずっと離れどおしなんて有り得ないわ！」

憤慨した様子で、フィーラがチェトの身体をぎゅうぎゅうと両腕で締め付けている。チェトは苦笑いを浮かべたまま、助けを求めるようにマリアンを横目で見た。

「フィーラ、止めなさい。チェトのお客さんが来てんのよ」

マリアンの言葉に、フィーラの視線が雄一郎達に向けられる。だが、その眼差《まなざ》しはすぐさまキッと吊り上げられた。フィーラが雄一郎達を睨《にら》み付けて、大きな声で叫ぶ。

「あんた達なんか大嫌い！　チェトを戦場に連れて行かないでよ！　ここから出てって！」

マリアンが気まぐれな猫なら、フィーラはキャンキャンと吠える小型犬のようだ。鼓膜《こまく》に突き刺さるような甲高い声に、雄一郎は露骨に顔を顰《しか》めた。チェトが慌ててフィーラの両肩を掴《つか》む。

「フィーラ、そんなことを言ったらいけない」

「なんでよ！　みんなみんな言ってるわ！　この戦争は、ゴルダールを味方につけた兄王子が勝つって！　女神がいたって、勝敗は変わらないって！　ジュエルドの民はみんなゴルダールの奴隷にされるんだって……！」

フィーラの声は、ほとんど悲鳴のように聞こえた。フィーラはその小さな両手でチェトの服を掴《つか》んだまま、泣きそうな声で続けた。

「チェト、兵士なんか辞めて帰ってきて！　私の傍にいてよぉ……！」

随分な言い草だ。だが、フィーラにはフィーラなりの言い分があるのだろう。王族達の身勝手な戦争で夫を失いたくないという、ただそれだけの純真が。

雄一郎の隣でテメレアは不愉快そうに顔を歪《ゆが》め、キキに至っては悪鬼のような表情を浮かべている。敗北は確定していると言わんばかりのフィーラの物言いに、怒りが抑えられないのだろう。

とうとうフィーラの目からぽろぽろと涙が溢《あふ》れ出してくる。途端、酒場にいた男達が数人、肩をいからせて近付いてきた。

「おう、お前ら、フィーラを泣かせるたぁどういうことだぁ」

東の部族ではないのだろう、図体のでかい髭面《ひげづら》の男がアルコール臭い息を吐き出しながら迫ってくる。フィーラを宥《なだ》めながら、チェトが素早く言葉を返す。

「俺はフィーラの夫だ。これは俺達の問題だ。口出しはしないでもらいたい」

「夫だぁ？　あぁ、あんたが噂の宿六《やどろく》亭主か。フィーラはなぁ、いっつもお前が心配だ心配だって言って泣いてんだよ。こんな可愛いフィーラを泣かせやがって、一発殴ってやらねぇと気が済まねえ。こっちに来いよ」

髭面《ひげづら》の男が苛立《いらだ》ったような口調で言い放つ。そのまま、男がチェトの肩を掴《つか》もうと手を伸ばす。

だが、その手が届く前に、キキが髭面《ひげづら》の男の手を叩き落としていた。平手とはいえ、かなりの衝撃だったのだろう。髭面《ひげづら》の男が短い悲鳴をあげる。

「我々に構うな」

淡々としたキキの声に、更に怒りを燃え上がらせたのか髭面《ひげづら》の男が怒鳴り声をあげる。

「いきなり何しやがる！」

「聞こえなかったのか。我々に構うなと言っているんだ」

繰り返される言葉に、髭面《ひげづら》の男の顔が見る見るうちに歪《ゆが》んでいく。直後、髭面《ひげづら》の男が顔を真っ赤にしてキキの胸倉を掴《つか》むのが見えた。

「兵士だからって調子に乗るんじゃねぇぞ！　テメェらなんざ、何の力もねぇガキ王の下についてる死に損ないの兵士じゃねぇか！　負け戦《いくさ》になると分かってて戦うなんざ、テメェら全員頭の足りねぇ馬鹿だ！」

キキの胸倉を掴《つか》んだまま、髭面《ひげづら》の男が唾を散らす勢いでがなり立てる。髭面《ひげづら》の男の遠慮のない罵声に、キキのこめかみに稲光のような青筋が浮かび上がった。それでもキキが拳《こぶし》を振るわないのは、先ほど雄一郎に「失望させるな」と釘を刺されたからだろう。

キキが奥歯を噛み締めたまま、唸《うな》るような声で吐き出す。

「撤回しろ」

「あぁん？」

「ノア陛下は力のない王ではないし、我々は死に損ないでもない！　我々は、女神様のもと必ず勝利する！」

キキの言葉に、見る見るうちに酒場に嘲笑《ちょうしょう》が広がっていく。髭面《ひげづら》の男の後ろから、酔っ払いの一人がはやし立てるように声をあげた。

「女神って、男って噂のやつだろう？　しかも、歳もそこそこいってるオッサンの。オッサンの女神を崇《あが》めたてまつるなんざ、お前ら兵士共は変態の集まりかぁ？」

「兵士だけじゃねぇ！　オッサンの女神を寵愛してるらしいガキ王も変態だなぁ！」

下卑《げび》た笑い声が耳を打つ。雄一郎は腕を組んだまま、じっと酒場に響く笑い声を聞いていた。当たり前のことかもしれないが、地方までは王や女神の威光というものは届いていないらしい。むしろ嘲笑《ちょうしょう》の種になっているのか、と感慨深く思う。

キキが泣き出しそうに顔を歪《ゆが》めている。チェトとベルズは無表情だが、その両手はそれぞれの武器へ添えられていた。もし雄一郎の許可が出れば、すぐさまその武器を引き出せるように。

ノアは悔しそうに俯《うつむ》き、テメレアは怒りの滲《にじ》んだ眼差《まなざ》しで男達を見据えている。どうやら腹に据えかねているのは、全員一致しているらしい。

男達を制止しようと雄一郎が一歩踏み出した瞬間、不意に遠くからパンッと乾いた銃声が聞こえてきた。その直後、一階の窓ガラスが音を立てて割れていく。

割れた窓ガラスを見て、酒場の空気が止まった。誰もがパラパラと落ちていく窓ガラスの破片を唖然と凝視している。だが、テーブルに残った銃痕を見た瞬間、雄一郎は大声で叫んでいた。

「全員伏せろ！」

叫ぶのと同時に、チェトやベルズ、キキが酒場のテーブルを一斉にひっくり返した。テーブルに乗っていた酒瓶が、盛大な音を立てて床に落ちていく。テーブルを盾にしながら、チェトが怒鳴り声をあげる。

「外からの銃撃だ！　頭をぶち抜かれたくないならテーブルの裏に隠れろ！」

その怒鳴り声に、呆然としていた酔っ払い達が慌てて近場のテーブルを次々と倒して、その後ろへ小さくなって隠れていく。客の一人が焦った声で叫んだ。

「はっ、早くランプを消せっ！」

中がランプで照らされていたら、かっこうの的になると思ったのだろう。その声に反応したように、酔っ払い達が震える手付きで次々とランプを消していく。

「窓を割り、反撃態勢を取れ！」

部下達に命じながら、雄一郎は壁に沿うようにして割れた窓から素早く外をうかがった。銃痕の位置から見て、銃撃はおそらく岩場の方から放たれたもので間違いないだろう。だが、岩場の方へ目を凝らしても、塗り潰されたような暗闇しか見て取れない。

舌打ちを漏らした時、再び銃声が聞こえた。だが、銃弾は館の外壁に当たったのか、室内まで届くことはなかった。

「貴方も隠れてください！」

ノアを抱えてテーブルの後ろにうずくまったテメレアが、雄一郎へ叫ぶ。その声に続いて、再び数発の銃声が響く。だが、その銃弾も、地面に当たるだけで館の中までは撃ち込まれない。銃声が聞こえる方向や頻度からして、襲撃者は複数のようだが、それほど多くはないようだ。

しばらく様子をうかがっても、数十秒に一回聞こえる銃弾が室内へ届くことはなかった。

「……おかしい」

思わず、ひとり言が零《こぼ》れ落ちた。上体を屈《かが》めながら近付いてきたチェトが言う。

「奇妙ですね」

「あぁ、下手すぎる」

確かに夜だが、館内にはまだいくつか灯りがついている。そんな中、こんなにも狙撃を外すことが有り得るのか。それに銃の撃ち方も散発すぎる。もし訓練された兵士であれば、相手に反撃の隙を与えないよう途切れなく撃ち続けてくるはずだ。

襲撃者の行動を量り切れず、雄一郎は慌ただしくランプを消している男達へ声をあげた。

「すべてのランプは消すな。まずは向こうの様子を見る」

「ふっ、ふざけてんのか!?　このままじゃ全員撃たれちまうっ！」

先ほどまでは威勢の良かった髭面《ひげづら》の男が、震える声で言い返してくる。

「向こうが本気で俺達を殺すつもりなら、今ここに最低三つは死体が転がってなきゃおかしい」

そう冷徹に言い放つ雄一郎の姿に、髭面《ひげづら》の男はあんぐりと口を開いた。その顔から視線を逸らして、雄一郎は再び岩場に目を凝らした。

「向こうに灯りがないから何も見えんな」

小さく吐き捨てた瞬間、不意に頭上から柔らかな声が降ってきた。

「マリアン、酒瓶を出して」

緊迫した状況に似合わぬ、ひどくおっとりとした声音だった。振り仰ぐと、淡い若草色のドレスを身にまとった少女が大階段の上に立っていた。腰まで伸びた長い白髪はゆるやかにうねっており、その唇は可憐な桜色をしている。人形だと言われても信じてしまいそうなほど、作り物じみた完璧な美少女だ。

「エリザ」

チェトが小さく呟《つぶや》く。その言葉で、美少女がチェトの妻の一人であり、この館の女主人であることが解った。エリザはチェトと一瞬目を合わせると、にっこりと微笑んだ。その微笑みは、銃弾を撃ち込まれている今の状況には不釣り合いなほど穏やかだった。

だがエリザはチェトへは声を掛けず、カウンターの裏に隠れているフィーラへと言い放った。

「フィーラ、ドレスを裂いて」

「ええっ、このドレスお気に入りなのに……」

フィーラが盛大に顔を顰《しか》める。だが、エリザはフィーラを見据えると、もう一度繰り返した。

「ドレスを破いて、短冊に切りなさい」

笑顔だが、有無を言わさぬ口調だった。フィーラは諦《あきら》めたようにガックリとうなだれた後、カウンターに置かれていた果物ナイフで自身のドレスのスカートを一気に引き裂いた。ミニスカートに変わってしまったドレスから、ほっそりとした両足が覗《のぞ》く。

引き裂いたスカートを、フィーラは短冊状に切っていった。カウンターの上には、マリアンが次々と酒瓶を並べている。それを見て、ようやくエリザの行動の意図が解った。

「チェト、ベルズ、火炎瓶を作れ」

命じるなり、チェトとベルズは素早く動き出した。酒瓶の蓋を開けて、裂かれたフィーラのドレスの切れ端を瓶口へ突っ込んでいく。数分も経たずに、何本もの火炎瓶が用意された。

「キキ、岩場へ向かって投げろ」

そう言い放つと同時に、キキが準備運動をするように片腕をブンッと数度大きく振り回した。

「お任せください」

応《こた》えるキキの目には、兵士特有の仄暗《ほのぐら》い覚悟のようなものが見て取れた。尖《とが》った眼差《まなざ》しが、岩場の暗がりを真っ直ぐ見据えている。

キキは即席火炎瓶を片手に握ると、瓶口に差し込まれた布の先端に蝋燭《ろうそく》の火を灯《とも》した。助走を付け、割れた窓から岩場に向かって一気に火炎瓶を放り投げる。相変わらずの豪腕《ごうわん》だ。見る見る飛距離を伸ばした火炎瓶は、岩場手前の地面に落下して大きな火柱を上げた。

「投げ続けろ」

そう告げると、キキは、ふぅっ、と大きく息を吐き出して、二つ目の火炎瓶を手に取った。そのままいくつもの火炎瓶が岩場の方へ投げられる。

六つ目の火炎瓶が岩場にぶつかった瞬間、キャアッ、と小さな悲鳴が遠くから聞こえてきた。目を凝らすと、炎に照らされて岩場の隙間を逃げ惑う小さな影が複数見て取れる。一瞬東の部族の者かと思ったが、それよりもずっと影は小さい。

「子供？」

一瞬、自分が出した言葉が信じられなかった。チェトが驚いた声を漏らす。

「まさか、襲撃しているのは子供ですか？」

問い掛けてくる声に、雄一郎は小さく下唇を噛んで考えた。

なぜ子供が銃を持っている。なぜ子供がこの館を銃撃する。本気でこちらを殺そうとする様子もなく、ただ目を引き付けるように――

考えを巡らせながら、背後の酒場へ視線を投げた時、ふと気が付いた。テーブルの裏にしゃがみ込んでいる二人組の客が、様子をうかがうようにキョロキョロと辺りを見回している。一人は背中まで髪が伸びた長髪の男で、もう一人は糸のように細い目をした男だ。

二人組の客の表情からは切迫した気配は感じるが、命を脅《おびや》かされているという恐怖は見えない。まじまじと見ていると、その長髪の男の方に見覚えがあるような気がした。だが、どこで見たのか思い出すことができない。

男達を凝視していると、雄一郎の視線に気付いた長髪の男が急いで目を逸らした。気まずそうな、何かを隠している仕草だ。

それを見た瞬間、雄一郎は大股で近寄り、男達が身を隠していたテーブルを足裏で蹴り飛ばしていた。テーブルが勢いよく滑って、壁にぶち当たって止まる。驚きに目を見開いた長髪の男の胸倉を鷲掴《わしづか》みにして、床に押し倒す。そのまま、雄一郎はその顔を覗《のぞ》き込んで、端的に言い放った。

「何をした」

長髪の男は数度唇をはくはくと上下させた後、フードの下から覗《のぞ》く雄一郎の黒髪を見て、ハッとしたように顔を引《ひ》き攣《つ》らせた。

「め、女神っ？」

その言葉に、静まり返っていた酒場に一気にざわめきが広がっていく。

「今、女神って言ったか？」

「まさか、黒の女神？」

ざわめきに構わず、雄一郎は長髪の男へ再び唸《うな》るように問い掛けた。

「答えろ。お前は何をした」

「い、いきなり、何を言って……」

「一体、子供に何をさせている」

断定的な口調で問い詰めると、細目の男がひくりと頬を引《ひ》き攣《つ》らせた直後、脱兎《だっと》のごとく走り出した。ベルズが行く先を塞《ふさ》ぐように、細目の男へ槍の先端を突き付ける。途端、細目の男がヒッと息を呑む音が聞こえた。

その様子を視界の端に映しながら、雄一郎は長髪の男に低く告げた。

「答えないのなら、お前達の指を一本ずつ切り落としていく。先に言っておくが、俺は決して嘘は言わない」

両手と両足二十本、どこまで耐えられる？　そう言い放った途端、ベルズに槍を向けられていた細目の男が悲鳴じみた声をあげた。

「お、おれは反対したんだっ！」

その声には聞き覚えがある。確か、先ほど「早くランプを消せ」と叫んでいた声だ。

細目の男の叫び声に、長髪の男が目を見開く。その目が何も言うなと訴えていたが、細目の男はパニック状態になっているのか甲高い声で喚《わめ》き続けた。

「上手くいくはずがなかったんだ……っ！　ゴ、ゴルダールのガキを使ったところで……！」

「ゴルダールのガキ？」

チェトが強張《こわば》った声で問い返す。不意に、先日キーランドが言っていた言葉を思い出した。

『住む場所を失くして、山を彷徨《さまよ》っている子供も多くいるようだ』

思い出した瞬間、最悪な想像に背筋がぞわりと戦慄《わなな》いた。

「まさか山を越えて逃げてきたゴルダールの子供を、囮《おとり》に使ったのか」

唇から勝手に言葉が零《こぼ》れ落ちてきていた。無意識に、男の胸倉を掴《つか》んでいる両腕に力がこもる。咽喉《のど》をギリギリと絞め上げられて、長髪の男が呻《うめ》き声を漏らした。チェトが呆れたように呟《つぶや》く。

「子供に外から銃を撃たせて、俺達の気が逸れているうちに、館で盗みでも働くつもりだったのか？」

なんてお粗末な計画だ、とばかりにチェトが額《ひたい》を片手で押さえる。

身一つで山越えしてきた子供達だ。おそらく死ぬほど腹を空かせている。そこに付け込んで、食料と引き換えにとでも言って言うことを聞かせたのだろう。

男達が銃撃直後にランプを消せと叫んだ理由も解った。明るいままだと館内を自由に動き回れないと思ったのだろう。だが、ランプを消すのを止められたせいで、動くこともできず様子をうかがっていたということか。

チェトの言葉を聞いて、キキが嘆くような声で言う。

「何てことを……私達が撃ち返していたら、あの子達は死んでいたかもしれないんだぞ」

もし、陽動に反応して雄一郎達が撃ち返していれば、向こうにも犠牲が出ていただろう。おそらく最初から子供の命を守る気などない計画だ。

だが、本来であれば、事前にこういった事態も予測できていたはずだ。

『野盗まがいのことをして金を集めて、国外に逃亡しようとしている輩《やから》も出ているようです』

ゴートから報告を受けた時に、その対策を真剣に考えていなかった自分の落ち度だった。だが、たとえそうだとはいえ、馬鹿げた反乱を許せるはずがない。

「馬鹿共が」

吐き捨てるように呟《つぶや》いた瞬間、長髪の男がギッと目を尖《とが》らせた。その瞳は赤く血走っている。

「お前達のせいだろうがッ！」

「何だと？」

「お前達のせいで、俺の恋人は死んだんだッ！」

唐突な男の言葉に、雄一郎は軽く目を見張った。長髪の男はタガが外れたように、大声で喚《わめ》き続けている。

「アム・イースで黒焦げになって死んだ兵士のことなんざ覚えちゃいないだろうッ！　ゴルダールの飛行艇が落とした爆弾で、俺の恋人は生きたまま焼かれて死んだ！　王族共が戦争さえ起こさなければ、俺の恋人は今でも生きてたんだッ！」

悲鳴じみた長髪の男の言葉を聞いて、ようやく目の前の男に見覚えがあった理由が解った。アム・イースの戦いの際に、焼け焦げた骸《むくろ》にしがみ付いて泣き叫んでいた男だ。つまり、目の前の男は元兵士か。思い出した瞬間、思わず顔が歪《ゆが》んだ。

チェトが盛大に顔を顰《しか》めたまま、吐き捨てるように呟《つぶや》く。

「何を巫山戯《ふざけ》たことを抜かしている。恋人を亡くしたことが、子供を捨て石にして盗みを働くことの免罪符《めんざいふ》になるとでも思っているのか」

チェトの言葉は正論だ。だが、雄一郎は男に対して何も言えなかった。口内に嫌な唾が滲《にじ》んでいるのを感じる。長髪の男は、血走った目でチェトを睨《にら》み据えたまま、唸《うな》るような声で返した。

「負けるのが解っている戦《いくさ》に参加させられる兵士の気持ちなんざ、あんたらに解りゃしないだろうな。どれだけ戦おうが、ジュエルドは最後にはゴルダールに支配される。あんな兵器を造れるような国に勝てるわけがない。このまま戦い続けたら、全員無駄死にだ。だから、その前にこの国から逃げようとして何が悪い！」

長髪の男の開き直った言葉に、チェトの顔が怒りに歪《ゆが》んでいく。その時、細目の男に槍を突き付けていたベルズが、抑揚のない声を漏らした。

「お前は、戦って死んだ恋人も無駄死にだったと言うのか？」

その静かな声には、ベルズの言葉にならない怒りが滲《にじ》んでいるように思えた。

ベルズの問い掛けに、一瞬だけ長髪の男は痛みに耐えるように顔を歪《ゆが》めたが、すぐさま引《ひ》き攣《つ》った笑みを浮かべた。嘲《あざけ》るようにも、泣き出しそうにも見える笑みだ。

「俺の恋人の命には、何の意味もなかった」

そう口に出すことで、何もかもを諦《あきら》めようとしているようだった。憎悪と絶望を同時に滲《にじ》ませた男の瞳を見ていると、不意に自分自身を見ているような錯覚に陥《おちい》った。愛する者を失って、憎悪のままに世界を破壊し尽くそうとしている自分と、目の前の男と何が違う。

そう思った瞬間、ひどく虚しく、遣《や》る瀬《せ》ない気持ちになった。

「お前は……」

ぽつりと無意識に言葉が零《こぼ》れていた。長髪の男が怪訝《けげん》な眼差《まなざ》しで、雄一郎を見上げる。その眼差《まなざ》しを見返しながら、雄一郎は唇を動かした。

「何の意味もなかった、と思えないから、苦しいんじゃないのか」

それは自分自身に対する問い掛けのように思えた。妻と娘の死は無駄だったと、そう思えればきっと楽だった。諦《あきら》めるしかない、忘れるしかない、と自分に言い聞かすことができたはずだ。

だが、無意味だとは思いたくなくて、諦《あきら》めることも忘れることもできなくて、だからこそ何もかもが許せなかった。世界も、他人も、そして自分自身も。

雄一郎の言葉に、長髪の男の顔が歪《ゆが》む。泣き出すのを堪《こら》えている子供みたいな表情だ。それでも、長髪の男はすぐさま奥歯を食い締めると、雄一郎を睨《にら》み据えた。

「お前なんかに、何が解る……」

そうだ、解らない。他人の悲しみも苦しさも、推し量ることなんてできるはずがない。自分自身の悲しみですら、未だに言葉にすることができないのに。

その時、再び外から銃声が響いた。雄一郎が窓の方に顔を向けた瞬間、長髪の男が自身の腰へ手を伸ばした。腰裏から抜き出した短銃を雄一郎へ向けようとする。だが、その銃口が突き付けられるよりも先に、男の腕が勢いよく誰かの足に踏み付けられた。

鈍い声をあげる男の腕をギリギリと踏み付けていたのは、氷のように冷たい表情をしたテメレアだ。テメレアが、淡々とした声で言い放つ。

「貴方の御託《ごたく》はもう結構です。あの子達に銃撃を止めさせなさい」

温度のない声音に、雄一郎の方まで背筋が冷えるのを感じた。テメレアに見下ろされた長髪の男が皮肉げに唇を歪《ゆが》める。

「もう遅い」

「何？」

「お前達には誰も助けられない」

そう吐き捨てた途端、長髪の男が咽喉《のど》を反らして笑い出した。壊れたピエロのような、癇《かん》に障《さわ》る笑い声が響き渡る。

「あの子達をどうするつもりですか」

腹立たしそうなテメレアの問い掛けに、長髪の男は笑い声交じりに叫んだ。

「ゴルダールのガキ共なんざ、潰れて全員死ねばいいっ！」

その叫び声を聞いた瞬間、雄一郎は細目の男に視線を向けた。細目の男は、すでにベルズによって手足を縛られて床に転がされている。

「何を仕掛けたのか吐かせろ」

雄一郎の言葉と同時に、槍から短刀へ持ち替えたベルズが、細目の男の首筋に躊躇《ちゅうちょ》なく刀を押し当てる。細目の男はヒッと息を呑んだ後、引き裂くような声で叫んだ。

「ばくっ、爆薬を、作った、じっ、時間経過で、火薬に火がつく……岩に、仕込んで……も、もうすぐ爆発して、あの岩場は崩れるッ！」

自棄《じき》になったような細目の男の暴露に、一気に目蓋《まぶた》の裏が真っ赤に染まるのを感じた。周到に爆弾まで仕込んでいたのは口封じのつもりか。それとも恋人を殺されたことに対する復讐のつもりか。どちらにしても男が選んだ方法は最悪だ。

「爆発するまで、あとどれぐらいですか」

テメレアが強張《こわば》った声で、細目の男に言い放つ。細目の男は、怯《おび》えたように唇を震わせたまま細い声を漏らした。

「正確な時間は、わっ、判らない……おそらく、あと五ワンスも、ないと……」

残り五分。そう思った瞬間、雄一郎はチェトとキキに長髪の男を拘束するよう命じて、扉へ向かって歩き出していた。だが、テメレアに腕を掴《つか》まれて引き留められる。

「何をするつもりですか」

切迫したテメレアの問い掛けに、雄一郎は抑揚のない声で返した。

「説得に向かう」

「いけません。彼らはまだ銃を持っている」

「時間がない。離せ」

「いいえ、駄目です。私が行きます」

咄嗟《とっさ》に、鼻でせせら笑いそうになった。だが、笑みを浮かべかけた口角がねじれて、顔が歪《ゆが》んでいく。自分でも今怒った顔をしているのか、泣き出しそうな顔をしているのか解らなかった。

テメレアの手を振り払おうとした瞬間、扉の方から静かな声が聞こえた。

「僕が行く」

声のした方を見やって、雄一郎は目を見開いた。扉に手を掛けていたのはノアだ。

「子供は大人を恐れる。僕の見た目なら彼らは怖がらない。僕が説得するのが一番早い」

「馬鹿言うな、お前を行かせられるわけがないだろうが」

王が危険な役割を引き受けるなんて、そんな馬鹿なことがあるはずがない。

制止しようと歩を進めた途端、また外から銃声が響いた。しゃがみ込んだテメレアに腰をキツく抱き竦《すく》められて、思わずつんのめる。片膝を床に付いたまま、雄一郎はノアを見上げた。どこか焦燥を滲《にじ》ませた雄一郎の表情を見て、ノアが淡く笑う。

「前に、雄一郎は言ったよね。誰を殺しても、この世界を壊しても、僕の自由だって」

確かに、それは以前雄一郎がノアに言った言葉だ。だが、なぜ今ノアがそんな事を言い出したのか解らず、雄一郎は目を丸くした。ノアは被っていたフードを脱ぐと、はっきりとした声で続けた。

「僕はこの世界を壊さない。だけど、変えていく。僕の目が届く限り、手が届く限り、声が届く限り、救えるものはすべて救いたい。それが僕の世界だ」

ノアの青い瞳が、真っ直ぐ雄一郎を見ている。その迷いない眼差《まなざ》しに、息が止まるような感覚を覚えた。

「今ここで命を賭けなきゃ、僕は『正しき王』になれない」

そう言い放つと同時に、ノアが扉を開く。雄一郎は外へ足を踏み出すノアに向かって叫んだ。

「ノア、行くなッ！」

叫んでも、ノアは振り返らない。決然とした足取りで進んでいく。

「離せ、テメレア！」

ノアを引き留めようともがく。だが、テメレアはまるで重石《おもし》のように雄一郎の腰にしがみ付いたまま離れない。チェトとベルズとキキが、雄一郎の代わりにノアを追おうと走り出す。だが、その姿を見たテメレアが、らしくないほど強い口調で「止まりなさいっ！」と叫んだ。

「貴方達まで行っては駄目です！　向こうを刺激するだけですッ！」

「なら、黙ってあいつが死ぬところを見てろって言うのかッ！」

自分でも思いがけず感情的な言葉が溢《あふ》れ出ていた。口に出すのと同時に、驚愕で唇が震えた。

自分は今、ノアの命を心配しているのだと思った。生意気で鬱陶《うっとう》しいだけだった子供が、目の前で死んでしまうのが心底恐ろしいと思っている。その事実に気付いた瞬間、どうしてだか自分の心にひどく傷付けられた気がした。

テメレアが一瞬痛ましい表情を浮かべた後、グッと眉根を寄せて言う。

「ノア様を、信じてください」

言い聞かせるような声音に、素直に頷《うなず》けるわけがなかった。

誰も信じられない。自分ですら信じられないのに、どうして他人を信じられるというのだ。

刺すような痛みを感じて自身の左胸を鷲掴《わしづか》みにした時、朗々としたノアの声が聞こえてきた。

「君達に襲撃を命じた男達は取り押さえた！　その岩場には爆薬が仕掛けられていて、まもなく爆発する！　君達に決して危害は加えないから、こちらへ出てきてくれ！」

その声は、静まり返った夜空に高く響き渡った。だが、返事はない。

静寂の中、ノアが更に岩場へ歩を進めるのが割れた窓から見えた。岩場の前では、未だに火炎瓶が火柱を上げている。その光景は、ノアが自ら地獄の業火《ごうか》へ向かって歩いて行っているように見えて、咄嗟《とっさ》に雄一郎は叫び声をあげそうになった。

——行くな、行くんじゃない、お前がそんなことをする必要はない！　お前は、こんなところで死ぬべきじゃない！　頼むから俺の目の前で死なないでくれッ！

自分の心の叫びは、まるで子供の駄々のようにも思えた。ノアのことなんてどうなろうが知ったことではないと思っていたのに、どうして今自分はこんなにもノアの死に怯《おび》えているのか。

再び銃声が響く。ハッと顔を上げると、炎の近くでノアが立ち止まっているのが見えた。直後、つんざくような声が聞こえる。

「近付くなっ！」

まだ声変わりもしていない少年の声だ。威嚇《いかく》しているようだが、その声の語尾はかすかに震えていた。ノアが立ち尽くしたまま、穏やかな声で言う。

「お願いだ、時間がない。みんな岩場から出てきてほしい」

「ウソだ！　お前たちはみんなウソつきだ！」

「お前達って？」

「みんなだっ！　みんな、俺たちから何もかも奪っていった！　父さんも母さんもすぐに村に帰してくれるって言ったのに、工場に連れて行かれたまま誰も戻ってこなかった！　その後、村にやってきた大人は俺たちを助けてくれるって言ったのに、村の子供を何人も笑いながら殺したっ！　みんな、みんな、ウソつきばかりだ……ッ！」

少年がそう叫んだ瞬間、わぁっと岩場から複数の子供の泣き声が聞こえてきた。あまりにも痛ましい出来事に、酒場にいた男達が遣る瀬《やせ》なさそうに俯《うつむ》く。わずかな沈黙の後、ノアが静かに語り掛けた。

「僕は嘘をつかない。必ず君達を守る。だから、どうか僕を信じてほしい」

「お前なんか、信じられるわけない！　投降したら、俺たちは首斬りだっ！」

「そんなことは絶対にさせない。僕が約束する」

「そんなことお前にできるもんかっ！　お前に、なんの力があるって言うんだっ！」

少年の悲痛な声に、ノアはゆっくりと息を吸い込んだ。炎に照らされて、ノアの影が大きく岩場に映っている。そのまま、ノアは迷いのない口調で告げた。

「僕はジュエルドの正しき王、ノア＝ジュエルドだ」

凛《りん》とした声に、思いがけず雄一郎は心を打たれた。その言葉を聞いた瞬間、ノアは王座に座る決意をしたのだと解った。だからこそ、同時に胸が苦しくなった。

酒場にまで、その声ははっきりと届いた。酒場の中が怖いくらいの沈黙に満たされた後、細波《さざなみ》のようにざわめきが広がっていく。

「おっ、おい……あれが、ノア王なのか……？」

聞こえてくる声に、不意に喚《わめ》き返してやりたいような衝動に駆られた。

そうだ、今命をかけて子供を助けようとしているあいつが、お前達が馬鹿にしていた小さき王だ。

じりじりと焦げ付くような焦燥感に駆られていると、再びノアの声が聞こえた。

「僕のすべての権限を持って誓う。この国にいる間、君達には誰にも手を出させない。国が落ち着いたら、必ず君達を家族のもとへ送り届ける。僕の命をかけて約束する」

根気よくノアが言葉を重ねるものの、子供達は岩場から出てこない。ノアが再び岩場に向かって歩を進める。直後、再び銃声が響いた。ノアの身体がかすかにグラつくのが見えて、雄一郎は全身から血の気が引くのを感じた。

「近付くんじゃないッ！」

少年の涙声が岩場に反響する。ノアは体勢を立て直すと、軽く自身の左腕を押さえた。そして、そっと語り掛けるように言う。

「君達がこちらに来てくれないのなら僕が行く」

そう言い切るのと同時に、ノアは岩場へと再び進んだ。だが、岩場まで残り数メートルというところで、一人の少年が岩場の陰から飛び出してきた。ガリガリに瘦《や》せ細った身体に、ボロ切れのような服を身にまとっている。まだ十にも届かないであろう少年は、その小さな身体には大きすぎる銃を両手で必死に構えていた。

「それ以上、来るな！　本当に撃つぞっ！」

構えた銃口がぶるぶると震えているのが見える。それでも、あの距離ならもう外さない。

ノアは向けられた銃口を恐れる様子もなく眺めると、かすかに泣き笑うような表情を浮かべた。

「撃って僕を信用できるのなら、何発でも撃って構わないよ」

ノアがそう声を掛けると、途端少年の顔がくしゃくしゃに歪《ゆが》んだ。大きく数歩踏み出し、ノアがその両腕を左右に小さく開いた。

「もう大丈夫だよ、こっちにおいで」

ノアの柔らかな声に、銃を持つ少年の腕の震えが激しくなる。ガクガクと上下に大きく震えた後、不意に銃が地面に落ちた。少年が大声をあげて泣きじゃくっている。少年の身体を両腕で包むと、ノアは噛み締めるように言った。

「よく頑張って、ここまで来たね」

過酷な状況下で生き残ったことを褒《ほ》め称えるような言葉に、少年の泣き声が更に大きくなった。

少年を抱いたまま、ノアが岩場に視線を巡らせる。

「みんな、早く出ておいで」

促《うなが》す声に、恐る恐るといった様子で四名ほどの子供達が岩場から出てきた。皆少年と同じく、ひどく痩《や》せ細っている。

「ここは危ない、館へ向かって走るんだ」

ノアが館を指さすと、子供達は躊躇《ためら》うように顔を見合わせた。だが、早くっ、とノアが声を掛けると、一斉に館に向かって走り出した。一拍置いて、少年の手を引いたノアが駆け出す。

その直後、激しい爆音が響き渡った。岩場から真っ赤な炎が噴き出して、大きな岩が地面に向かって雪崩《なだれ》のように落ちてくる。

「ノアッ！」

咄嗟《とっさ》に叫び声をあげていた。だが、途中でノアと手を繋《つな》いでいた少年が躓《つまず》いたのか、地面に倒れ込んでしまう。その姿を見た瞬間、雄一郎の腰を掴《つか》んでいたテメレアの両腕が外れた。示し合わせたように、雄一郎とテメレアは同時に走り出していた。

全速力で駆け、雄一郎はノアを、テメレアは少年を担《かつ》ぎ上げて、再び館へ向かって走る。すぐ後ろに岩が落ちたのか、激しい地響きに爪先が宙を浮いた。岩が地面に叩き付けられる轟音《ごうおん》で内臓が上下にシェイクされる。

館の中に飛び込んだ時には、身震いで一瞬息ができなかった。冷や汗が止まらず、目を見開いたまま荒い息を吐き出していると、素早くチェトが駆け寄ってきた。

「お怪我は!?」

その声に、ようやく呼吸が戻ってきた。振り返ると、岩場は完全に崩れて、元来た道は暗く閉ざされていた。泣きじゃくる子供達を宥《なだ》めているテメレアの姿が視界の端に映る。

「あの、雄一郎……下ろしてほしいんだけど……」

どこか照れ臭そうな声が聞こえてくる。それがノアの声だと気付いて、雄一郎は担《かつ》ぎ上げていたノアの身体を床へ下ろした。泥で汚《よご》れたノアの身体を両腕で擦って、雄一郎は急《せ》いた声で訊《たず》ねた。

「怪我はしていないか」

「うん。銃弾が腕を掠《かす》ったぐらいだから大丈夫」

ノアの左腕の服が破れて、わずかに血が滲《にじ》んでいるのが見える。服に赤く染み込んだ血の色を見た瞬間、不意に堪《こら》えようもない怒りが込み上げてきた。

「馬ッ鹿野郎がッ!」

怒りのままに怒鳴りつけると、ノアが驚いたように目を丸くした。

「どうして行った! 俺は行くなと言ったはずだッ!」

まるで子供の癇癪《かんしゃく》だ。自分でも感情が制御できず、自己嫌悪で顔が歪《ゆが》む。だが、目を真っ赤にして睨《にら》み付ける雄一郎を見て、ノアはひどく嬉しそうに笑った。

「僕のこと心配してくれたの?」

その見当はずれな返答に、ノアを張り飛ばしそうになった。ますます顔を歪《ゆが》める雄一郎を見ても、ノアはへにゃりと緩《ゆる》んだ笑みを浮かべたままだ。

「心配かけてごめん、雄一郎。助けに来てくれてありがとう」

お前の心配なんかしていないと吐き捨ててやりたいのに、唇が動かなかった。ぎゅうっと腰にしがみ付いてきたノアの姿を見て、破裂しそうだった怒りがぷしゅぷしゅと音を立ててしぼんでいく。

「ばかやろうが……」

もう一度だけ恨みがましい罵《ののし》りが唇から零《こぼ》れた。だが、その声は自分でも情けなくなるぐらい弱々しい。

そっと両腕を伸ばして、ノアの背を抱く。ノアの背中が呼吸で上下しているのを感じて、自分でも思いがけないほど安堵した。それと同時に、以前では考えられないような自分自身の行動に、なぜか目の奥が熱くなった。

無言のままノアの身体を抱いていると、不意にか細い声が聞こえてきた。

「ノア、王……？」

その声の主は、床に転がされていた長髪の男だ。ひどく驚いた表情で、ノアを見上げている。ノアは長髪の男を見下ろすと、ゆっくりと雄一郎から離れた。男に近付いて、静かに片膝を床につく。

「貴方の恋人を死なせてしまって、ごめんなさい」

唐突な謝罪の言葉に、長髪の男だけでなく雄一郎までギョッと目を見開いた。

「貴方が子供達にしたことを許すわけじゃない。それでも、僕ら王族のせいで内乱が起こり、貴方の大事な人が失われたことは事実です。心から申し訳ないと思っています」

悔やむように視線を伏せたまま、ノアが言葉を続ける。

「それでも、今すぐには戦争を終わらせられない。僕らが負ければ、ジュエルドはゴルダールの隷属国へと貶《おとし》められる。だから、どれだけの犠牲を払っても、僕らは戦い続けなくてはならない」

犠牲という一言に、長髪の男の顔が憎悪に歪《ゆが》んだ。奥歯をギリギリと噛み締めて、目だけで射殺すようにノアを睨《にら》み付けている。だが、ノアは男の表情を見つめたまま、穏やかな声で言った。

「ただ、これだけは約束します。この戦争が終わったら、二度と戦争は起こさない。この国を、誰もが誇れるような美しい場所にする。貴方の恋人の死を、無意味にはさせない」

静かに語られるノアの言葉を、酒場の客達まで呆然と聞き入っていた。それは、あまりにも抽象的で、理想的で、子供のおとぎ話のように稚拙《ちせつ》な綺麗ごとだ。それでも誰一人として、ノアの言葉を笑う者はいなかった。

「だから、もう少しだけ待ってください」

祈るようなノアの言葉に、長髪の男はしばらくぽかんと唇を半開きにしていた。だが、不意に男が短い呻《うめ》き声をあげて、床に額《ひたい》を押し当てた。男の背が激しく震えている。直後、声にならない嗚《お》咽《えつ》と、ぽつぽつと床に落ちる涙の音がかすかに聞こえてきた。

どうしてだか、周りからも鼻を啜《すす》る音が聞こえた。辺りを見回して、雄一郎は驚いた。多くの客が子供みたいに目を潤《うる》ませて、ノアを見つめている。それは先ほどまでガキ王と呼んでいた相手へ向ける眼差《まなざ》しではなかった。キキまで感極まった様子で、目の縁《ふち》を薄い桃色に染めている。

周囲の様子に雄一郎が唖然としていると、ふと軽やかな声が聞こえてきた。

「マリアン、子供達に食事を作ってあげて。フィーラ、貴方はノア王のお手当てを」

エリザの声だ。エリザは先ほどの騒動などなかったかのようにゆったりと微笑むと、軽く両手を打ち鳴らして言った。

「さぁ皆様、岩の撤去など、やることが山積みです。どうかわたくし達と一緒にお片付けを手伝っていただけませんか？　ただ、ご安心ください。この館には、たっぷりと食料があります。道が開通するまで、皆様の食事はわたくし達が責任を持ってご提供させていただきます。もちろん、お代は一切いただきません」

エリザの言葉に、酒場の客達が一斉に沸き立つ。一気に騒がしくなった室内を見回していると、エリザが悠然とした足取りで近付いてきた。

「女神様は、どうぞこちらへ」

促《うなが》す声に、雄一郎は緩《ゆる》く頷《うなず》いて歩き出した。振り返ると、長髪の男の震える背中に、ノアがそっと手を押し当てているのが見えた。


案内されたのは来賓室《らいひんしつ》のような部屋だった。部屋の中央に置かれていた大きなソファに腰掛けるように促《うなが》される。雄一郎がソファに座ると、エリザは雄一郎に一礼した後、真向かいの椅子に腰を下ろした。テメレアは雄一郎の斜め後ろに立ち、その他の中隊長達は警戒するように部屋に散らばって立っている。

相変わらず掴《つか》めない笑みを浮かべたまま、エリザが唇を開く。

「ご挨拶《あいさつ》が遅れました。わたくしは、エリザベータ・シェスタと申します。宜《よろ》しければ、エリザとお呼びください」

「エリザ」

即座に雄一郎が呼ぶと、エリザは緩《ゆる》やかに首を傾けた。

「崩れた岩場の撤去に増援は必要か」

先ほどの騒動に対する感想の一つもなく、ひどく事務的な切り出しに、エリザは数度目を瞬《またた》かせた後、首肯を返した。

「わたくし共だけでも撤去は可能ですが、できれば王都からの増援をいただけると助かります。捕らえた二名の男の引き渡しも、できる限り早急にお願いできればと思います」

「解った。キキ、クク経由でゴートへ王都から増援を寄越すよう伝言を送れ。主犯二名は、王都で拘束。取り調べは行っても構わんが、我々が戻るまで処罰は下すな。あの五人の子供達も王都で保護するよう伝えろ。飯はたらふく食わせてやれ」

キキは即座に端切れの良い声で、承知いたしました、と答えた。通信を行うためか、キキが一旦部屋から退出する。

雄一郎は両足の間で両手を組むと、エリザに訊《たず》ねた。

「事前に似人鳥《にせびとどり》を送って、我々の目的を伝えていたはずだ。準備はどうなっている。正面の道が塞《ふさ》がれたが、シャルロッタへ行く方法はあるのか？」

矢継《やつ》ぎ早《ばや》に訊《たず》ねると、エリザは安心させるようににこやかな笑みを浮かべた。

「もちろん、承知しております。少し遠回りにはなりますが、シャルロッタへ行く道はございますので、ご安心ください。また同行者として、口が堅く、身の軽い部下を二人選びました。シャルロッタへは、その二人に加えて、わたくしも同行いたします」

「きみも？」

そう声をあげたのはチェトだった。エリザがチェトに微笑みかける。

「ええ。大事な部下だけを危険な場所へ向かわせるわけにはいきませんから。それに、わたくしならニカとも顔見知りですので、話を通すのも早いかと思われます」

「ニカ？」

聞き覚えのない名前に、雄一郎は訝《いぶか》しげに声をあげた。エリザが注釈を入れるように続ける。

「失礼いたしました。ニカ……ニキータ＝ゴルダールは、ゴルダール王族の正統な末裔《まつえい》である双子の兄の名です。つまり、現在のシャルロッタの統治者ですね」

「どんな男だ？」

「お言葉を選ばずに言うのなら、自暴自棄《じき》の塊《かたまり》ですね。国の現状や自分の立場などをすべて諦《あきら》めて、命ある限りは己の好きにするとばかりに享楽にふけっています」

本当に言葉を選んでいないエリザの説明に、雄一郎は口元に笑みを浮かべた。柔らかなソファへ凭《もた》れ掛かりながら訊《たず》ねる。

「それじゃあシャルロッタの治安も悪そうだな」

「いいえ、そうでもありません。確かに土地は荒《すさ》んでいますが、人心はそれほどまでには乱れていません。シャルロッタには自警団があり、内部の揉め事や盗賊などの侵入を防いでいます。それによって、シャルロッタの治安は他の村に比べてかなり安定しているようです」

そう説明した後、エリザは口元に手のひらを当てて、小さく含み笑いを漏らした。

「それに……自警団を取り仕切っているのは、なかなか美しい方ですよ。まだお若いのに腕も立ち、顔付きも凛々《りり》しくて……」

ふふふ、と漏れ出るエリザの笑い声は、その少女めいた顔立ちに似合わぬほど妖艶《ようえん》だった。雄一郎がチェトへ視線を向けると、チェトは少しだけ困ったように肩を竦《すく》めた。

「双子の妹の情報はないのですか」

テメレアが問い掛けると、エリザはかしこまった口調で答えた。

「双子の妹には、わたくしもまだお会いしたことがないのです。噂では身体が弱く、外に出ることはほとんどないとのことでした」

「名前は」

雄一郎の問い掛けに、エリザは軽やかな声で答えた。

「ユリアーナ＝ゴルダールです。周りの者からは、ユリア姫と呼ばれているようです。ユリア姫はシャルロッタへ送られる前から、国内外でも美姫として有名な方でした」

享楽にふける兄と美しく病弱な妹。こんな不安定な統治者達で、シャルロッタが破綻しないのが不思議なくらいだ。先ほどエリザが言っていた自警団が、シャルロッタという村をギリギリのところで保っているのか。ぼんやりと考えていると、エリザが続けて言った。

「シャルロッタへの出発は明日です。それまで、皆様はこの館でご自由にお過ごしください」

その言葉に雄一郎が頷《うなず》こうとした時、突然隣室から小さな悲鳴が聞こえてきた。

その悲鳴に最初に反応したのは雄一郎だった。ソファから即座に立ち上がって、最短距離で隣室に向かう。応接用の低いテーブルを遠慮なく土足で踏み締める雄一郎の姿に、エリザがあらあらとばかりに片手で口元を押さえていた。

隣室の扉を勢いよく開いた瞬間、ベッドの上でフィーラに押し倒されているノアの姿が視界に入った。雄一郎の姿に気付いたノアが泣き出しそうな声で叫ぶ。

「ゆっ、ゆういちろう、助けてっ……！」

だが、雄一郎は目を丸くしたまま動けなかった。ノアがフィーラに押し倒されているという光景に驚いたのもあるが、それ以上にノアの格好に呆気に取られていた。

「お前、その格好は何だ？」

ノアは、淡い水色のドレスを着ていた。元の世界では、いわゆるロリータファッションと呼ばれるような、レースがふんだんに使われたフリフリドレスだ。一応抵抗はしたのか、上半身前面のボタンはまだ止められていない。ノアの細い左腕に巻かれた真っ白な包帯がやけに浮いて見えた。

頬を赤く染めたノアが、フィーラを指さしながら叫ぶ。

「こっ、こいつが、手当てが終わった後に、む、無理やり僕に着せようとしたんだ……ッ！」

ドレスのボタンを閉めようとノアの胸倉を掴《つか》んだフィーラが、目を吊り上げて言い返す。

「ちゃんとサイズが合うか見ておかないと着れないでしょう！」

聞き分けのないノアに腹が立ったのか、なけなしの敬語すらも吹き飛んでいる。美少年と美少女のキャットファイトのような光景に、雄一郎は呆然と立ち尽くした。

「なんでノアにドレスを着させようとしてるんだ」

なんとか声を絞り出して訊《たず》ねると、背後から答えが返ってきた。エリザの声だ。

「シャルロッタに向かう際に、女神様や皆様方は護衛ということで同行していただきますが……申し訳ございませんが、陛下は護衛としては顔立ちも体躯《たいく》も幼くございます。ですから――」

「だから、ノアに売娼のフリをさせるということか」

そこからは雄一郎が言葉を引き継いだ。エリザがにっこりと笑みを浮かべて頷《うなず》く。ノアに目をやれば、あんぐりと口を開いているのが見えた。それを見た瞬間、腹の底から途方もない笑いが込み上げてくるのを感じた。先ほどまでの鬱屈を跳ね飛ばすほどのおかしさに、雄一郎はげらげらと腹を抱えて笑い出した。

「はっ、はははははっ！」

子供のように笑う雄一郎の姿に、ノアが顔を真っ赤にしてわなわなと震える。

「ゆっ、雄一郎……！」

「いいじゃねぇか、着てやれよ。お前が自分で言ったんだ。足手まといにはならないってな」

意地悪く言い放つと、ノアはグッと言葉に詰まった。渋面を浮かべたノアへ大股で近付いて、その顔を覗《のぞ》き込む。軽く化粧もほどこされているのか、唇も可愛らしいピンク色に染まっていた。だが、暴れたせいか、口紅が唇の端からはみ出している。

手を伸ばして、雄一郎はその口角からはみ出したピンク色を親指の腹で拭《ぬぐ》い取った。

「ちゃんといい子にできたら、後でご褒美《ほうび》やるからよ」

からかうようにそう小声で漏らすと、ノアはパッと表情を明るくした。

「本当？」

問い掛けに答えず、頑張れよと言うようにノアの頬を手の甲で軽く叩いてやる。途端、ノアは満面の笑みを浮かべた。ノアに伸《の》し掛《か》かったままのフィーラが、あーやだやだ、とゲンナリした表情をしているのがまた笑える。

これで話は終わったとばかりに、チェトとベルズへ視線を向けて短く告げる。

「ご苦労だった。明朝までゆっくり休め」

チェトとベルズが背筋を伸ばして、承知しました、と歯切れよく答える。

雄一郎が部屋を出ると、扉の前で背を向けて立っていたキキがハッとしたように振り返った。

「ククへの伝達は済んだか」

訊《たず》ねると、キキは一瞬戸惑ったように視線を揺らした。

「ククへの伝達は終わりましたが、どうやらゴート副官は王都を不在にされているようです」

「不在？」

「はい。我々がゴルダールへ出発した直後から姿が見えなくなったようです。誰にも何の言伝《ことづて》もなく、突然いなくなってしまったようでして……」

キキの言葉に、雄一郎は眉を顰《ひそ》めた。ゴートが何の考えもなく王都を不在にするとは考えられない。まさか敵に捕らえられでもしたのか。黙って殺されるような奴ではないと思いたいが。

思案するように黙り込んだ雄一郎を、キキが不安げに見つめている。その眼差《まなざ》しに気付いて、雄一郎は思考を切り替えるように唇を開いた。

「数名の兵をゴートの捜索に当たらせろ。ゴートが不在の間、女神隊の指揮はヤマとイヴリースに任せる。ただ、隊を動かす時はキーランド将軍と事前に話し合うよう、二人に伝達しろ」

「はい、承知しました」

未だ不安げな様子ながらも、キキは頭を下げて答えた。

ふと自身の胸元を見下ろすと、外套《がいとう》に留められた小さな石が見えた。王都を出発する前に、ゴートが御守りと言って付けたピンだ。指先で赤みがかった石を撫でながら、胸の奥で独りごちる。

御守りが必要だったのはお前の方だったんじゃないか。

そう吐き捨てたい気持ちを押し殺して、雄一郎は外套《がいとう》の胸元をくしゃりと握り締めた。


雄一郎に与えられたのは、館の中でも最上階にある広い個室だった。上客用の部屋なのか、赤を基調とした内装は豪奢《ごうしゃ》で、室内中央に置かれたベッドも大人が三、四人並んでもあまるほど巨大だ。羽織っていた外套《がいとう》を放り投げると、雄一郎はベッドの縁《ふち》に腰掛けて大きく息を吐き出した。

「疲れましたか」

テメレアの声が聞こえた。テメレアが床に落ちた外套《がいとう》を拾い上げて、椅子の上に丁寧にかける。その仕草を目の端で眺めながら、雄一郎は溜息《ためいき》交じりに呟《つぶや》いた。

「あぁ、疲れたな」

この世界に来て、今が一番疲労感を感じているかもしれない。シャルロッタへ行くまでのただの経由地だったはずが、余計な厄介ごとが起こりすぎている。

雄一郎は大きく息を吐き出して、指先で軽く目頭をもんだ。雄一郎に視線を向けないまま、テメレアがぽつりと呟《つぶや》く。

「先ほどの子供達も食事を取って、今はゆっくり休んでいます。何人か手足に凍傷の痕は残っていましたが、切断するほど重傷な子はいなかったようです」

その言葉に、雄一郎は、そうか、と短く返した。霜焼けだらけのガリガリの手足を思い出すと、苦々しい思いが込み上げてきた。そのまま、ひとり言のように呟《つぶや》く。

「全員が救えるわけじゃない」

「はい、解っています」

「恋人や家族を失った人間も、親を奪われ居場所をなくした子供も、この世界にはいくらでもいる」

自分に言い聞かせるように繰り返す。そのまま、雄一郎は唸《うな》るように呟《つぶや》いた。

「自分の手が届く限りは救いたいだなんて、現実を知らない子供の絵空事だ」

先ほどのノアの言葉を思い出して、かすかに目の奥が痺《しび》れるような感覚を覚えた。馬鹿馬鹿しいと吐き捨てる自分と、吐き捨てられない自分が共存している。苛《いら》立《だ》ちと虚しさが同時に込み上げて、吐き出す息が震えそうになる。それはノアに対する怒りというよりも、ノアの語る世界を信じられない自分自身に対する失望にも似た憤《いきどお》りだった。

テメレアはしばらく沈黙した後、窓の外を静かに眺めながら、そっと囁《ささや》いた。

「ですが、ノア様のおっしゃることが現実になったら、きっと美しい世界になるとは思いませんか」

テメレアが雄一郎を見つめて、泣き笑うような表情で微笑む。その瞳を見つめ返して、雄一郎は眉根をグッと寄せた。だが、テメレアの笑みを見ているうちに、自分の眉尻がくにゃりと情けなく下がっていくのを感じた。どうしてだか、ひどく惨《みじ》めな心地になった。

そんな美しい世界は、雄一郎には想像もできない。血と硝煙《しょうえん》に染まった世界で生きてきた自分には——

惨《みじ》めさを押し隠すように視線を伏せたまま、小さな声で呟《つぶや》く。

「あいつは、こんなクソみてぇな世界を、本気で変えられるとでも思ってるのか」

残酷な神が支配する世界。兄と弟が殺し合い、ある者は愛する人を失って絶望し、親を失った子供達が荒野を彷徨《さまよ》うような世界を、あんな小さな少年が背負っていかなくてはならないのか。それはあまりにも酷なことのように思えた。

雄一郎の言葉に、テメレアはまるで悟ったような声音で返した。

「ノア様は、もう覚悟を決めています。この国を背負うことを。この世界を自分が変えるのだと。貴方が思うよりも、ノア様はずっと強い方です」

その言葉に、不意に憎らしい気持ちが湧き上がってきた。雄一郎が射るような眼差《まなざ》しで睨《にら》み付けても、テメレアは顔色一つ変えない。

「ノア様を変えたのは貴方です」

「は？」

「貴方がいたから、ノア様はこの世界で戦い続ける覚悟を決められた」

どうしてだか、その言葉を聞いた瞬間、胸を引き絞るような痛みに襲われた。雄一郎は片手で自身の胸元を鷲掴《わしづか》みにして、鈍い声を漏らした。

「俺は」

それ以上、声が出てこなかった。ノアを変えたかったわけではない。こんな地獄みたいな世界で、ただの重荷なだけの王の座につかせたかったわけでもない。それなら、自分はノアにどうなってほしかったのだろう。その答えがどうしても出てこない。

押し黙った雄一郎を見つめて、テメレアはそっと言い聞かせるような口調で告げた。

「ノア様を信じてください。あの方は、もう守られるだけの子供ではない」

その言葉に、素直に頷《うなず》けなかった。俯《うつむ》いたまま、拗《す》ねた子供みたいにぼそぼそと呟《つぶや》く。

「……こんな、地獄みたいな世界を救ってどうする」

無意識にそんな言葉が零《こぼ》れた。苦虫を噛み潰したような表情を浮かべる雄一郎に対して、テメレアは不思議そうに首を傾げた。

「ジゴク？」

その反応に、雄一郎は軽く目を瞬《またた》かせた。どうやら地獄という言葉は、この世界にはないらしい。言葉どころか概念自体がないのだろうか。

「悪党が死んだら、魂が行くとされてるひどい世界だ。現世で行った悪行の分だけ何百年も何千年も、嬲《なぶ》り殺されては生き返るのを繰り返す」

釜地獄やら針地獄の話をすると、テメレアはあからさまに眉を顰《ひそ》めた。

「死んだ後までひどい世界ですね」

「この世界には、そういった思想はないのか。死んだ後に魂がどこに行くだとか」

「どこに行くといった考えはありませんが、この世界では死んだ後は魂が糸のように身体からほどけて、空へ飛んでいくという古い伝承はあります」

「糸？」

雄一郎が繰り返すと、テメレアは、はい、と小さく頷《うなず》いた。

「この世界の空には、風に流されて無数の光の糸が飛んでいる。その幾多の糸同士が縒《よ》り合い、一つの塊《かたまり》になることによって、再び一つの生命として生まれ直すと言われています」

目を細めて、想像する。善人も悪人も関係なく、人間は死ねば光の糸となる。白銀の空を、無数の光の糸が飛んでいく。それは途方もなく美しい光景のように思えた。

ぼんやりとしていると、近付いてきたテメレアにぎゅっと手を握り締められた。視線を向けると、テメレアの真剣な眼差《まなざ》しと目が合った。

「元の世界に戻らないでください」

唐突に、はっきりと告げられた言葉に、雄一郎は息を呑んだ。目を丸くして見つめていると、テメレアは思い詰めた声で続けた。

「死んでまで苦しめられるような世界に、戻らないでほしい」

どうやらテメレアは、地獄が本当にあると信じているらしい。馬鹿真面目な言葉に、雄一郎は思わず笑いそうになった。口角がかすかに笑みの形を浮かべて、そのまま固まる。どうしてだか、何も言えなかった。

雄一郎の片手をキツく握ったまま、テメレアが祈るような声を漏らす。

「せめて、せめて元の世界に戻るのなら、私も一緒に連れて行ってください。小間使いでもペット代わりにしていただいても構いません。貴方が望むことなら何でもします。私は、貴方がいない世界で生き続けていくことに耐えられない。どうか……私を置いていかないでください」

置いていかないで、とノアからも言われたことがある。ひどく奇妙な感覚だった。雄一郎はいつだって置いていかれる方だったのに、今はこうやって置いていかないでと懇願されている。無価値だった自分が、まるで失いたくない大事なもののように扱われている。

「テメレア」

そう名前を呼ぶと、テメレアは伏せていた視線を上げた。その眼差《まなざ》しは、かすかに怯《おび》えている。

「俺と元の世界に戻ったら、お前も地獄行きだ」

「構いません」

「元の世界に戻ったら、俺はもう女神じゃない」

そう呟《つぶや》いた瞬間、心臓が鈍く痛むのを感じた。歪《ゆが》む顔を誤魔化したくて奥歯を強く噛み締める。

「お前にかけられた女神を妄信的に愛する呪いもとける。そうなったら、お前が一緒にいるのは女神でもない、ただの中年のオッサンだ。お前は絶対に後悔する。どうして、こんな優しくもない、美人でもない、ただのオッサンと一緒にいるんだろうと」

一言一言吐き出す度に、咽喉《のど》がぎゅうっと締め付けられるような感覚を覚えた。どうして、こんなに苦しいのか自分でも解らなかった。ただ事実を口にしているだけなのに、なぜ幼い子供のように傷付いているのか。

ただ、どうしても嫌だった。目の前の男に、自分がただのつまらない中年男だと気付かれてしまうのが。愛情に満ちたテメレアの眼差《まなざ》しが軽蔑へと変わる瞬間を、どうしても見たくなかった。

ひくりと唇が震えそうになる。ぬくもっていた指先から再び体温が抜けていく。それに気付かれたくなくて、テメレアの手のひらから逃れるようにぎこちなく手を離す。

だが、テメレアはその口元に柔らかな笑みを浮かべていた。

「貴方は、私に見限られるのが恐ろしいのですか」

その嬉しげにも聞こえる声音に腹立たしさを覚えて、雄一郎はテメレアを睨《にら》み付けた。それでも、テメレアの笑みは消えないままだ。テメレアが、雄一郎の頭を両腕で柔らかく抱き締めてくる。まるで母が我が子にするような優しい抱擁だ。

「私を、信じてください。私は貴方を愛しています。女神ではなく、尾上雄一郎という一人の人間を、心から愛しているんです」

私を信じて。そう繰り返される言葉に、どうしてだかひどく泣き出したい心地が込み上げてくる。信じられない。信じたくない。信じるのが恐ろしい。信じて、テメレアの愛を受け取って、それを失った時に、またあの時のような絶望を味わうのが怖くて堪《たま》らない。バラバラに砕け散った心を、未だに拾い集めることすらできていないというのに。

それなのに、信じたいと思う自分もいる。信じさせてほしいと願ってしまう惨《みじ》めな自分がいる。思春期の女子高生のような矛盾《むじゅん》した感情に、自分が情けなくて涙が出てきそうだった。

目元がじわりと湿り気を帯《お》びてきた頃、不意に部屋の扉が勢いよく開かれた。扉の方に視線を向けて、雄一郎はギョッと目を見開いた。

「僕抜きで、なにイチャイチャしてんだよぉ！」

ドアの前に仁王立ちしていたのは、文句なしの美少女だった。

赤いリボンのヘッドドレスが付けられたストレートロングの白髪に、大きな青い猫目。唇には淡い桜色の口紅が引かれており、その可愛らしさを引き立てている。そして、先ほど見た水色のショートドレスに合わせて、白の編み上げのロングブーツが履かれていた。

美少女は大股で近付いてくると、テメレアから奪い取るように雄一郎の頭をぎゅっと抱えた。頬に当たるむにゅりとした柔らかな胸の感触に、雄一郎は硬直した。

「ノ、ノア？」

上擦《うわず》った声で呼ぶと、ノアはふにゃりと相好《そうごう》を崩した。

「雄一郎どう？　ちゃんと着たよ」

親に百点のテストの見せびらかすような口調で、ノアがくるりとその場で一回転する。同時に、スカートの裾がふわりと揺れた。キラキラと輝く大きな瞳に、ぷるんと柔らかそうな桜色の唇は、どこからどう見ても完璧な女の子だ。

「お前、その胸はどうした」

小さく膨らんだ胸を指さすと、ノアは無造作に胸元に手を突っ込んだ。その手が丸めた布のようなものを引っ張り出す。

「ニカは小さい子なら男でも女でもいけるみたいなんだけど、一応目立たないように女の子のフリをすることになったんだ。だから、おっぱいも作ろうって話になって」

先ほどの反発はどこに行ったのか。いっそ開き直ってしまったのか、あっけらかんとした口調でノアが言う。ぐいぐいと胸に丸めた布を戻すノアを、雄一郎は呆気に取られて眺めた。

唖然としている雄一郎に構わず、ノアがぐいっと顔を寄せてくる。くるんとカールした睫《まつ》毛《げ》のせいで、ノアの青い瞳が吸い込まれそうなほど大きく見えた。

「ねぇ、ご褒美《ほうび》は？」

「あ？」

「いい子にしてたらご褒美《ほうび》くれるって言ったじゃないかっ」

急かすようにノアが雄一郎の肩を揺さぶってくる。催促する声に、雄一郎は曖昧《あいまい》に顔を顰《しか》めた。

「あー、そういえばそんなことも言ったなぁ……」

ぽつりと零《こぼ》すと、ノアは嬉しそうに破顔した。

「ご褒美《ほうび》、何くれるの？」

「何って……」

そんなこと考えてもいなかった。後頭部をボリボリと片手で掻きながら、視線を宙に向ける。

「逆に、お前はどういうご褒美《ほうび》が欲しいんだ」

投げやりに問い掛けると、ノアはきょとんとした表情をした後、カッと顔を赤くした。もじもじと身体を動かした後、ノアが意を決したように言う。

「ええっと……一人でしてるところが見たいんだけど……」

「は？」

「雄一郎が一人でしてるところが見たい」

もう一度繰り返されたが、意味が解らない。解らないというか、そもそも理解したくない。何かを期待するようにキラキラと輝いているノアの瞳を見て、雄一郎は咄嗟《とっさ》に「おえっ」と呟《つぶや》いていた。

途端、ノアがムッと鼻梁《びりょう》に皺《しわ》を寄せる。

「おえって何だよ」

「そう言うしかねぇだろうが。何言ってんだ、お前。ここがどこだか解ってんのか」

王都から離れた娼館の一室で、しかも明日には敵国へ向かって旅立つという時に、一体何をとちくるったことを言っているのか。というか、こいつはさっきまで命を顧《かえり》みずに子供達を説得していた勇敢な男と同一人物なのか。この数時間の間に、脳味噌の中身が空っぽになったんじゃあるまいか。

ドン引きな表情を隠しもしない雄一郎の姿に、ノアが不服そうに唇を尖《とが》らせる。

「だって……」

「だってぇ？」

尖《とが》った声で言い返すと、ノアは雄一郎を上目遣いに見つめてきた。

「だって、僕だけ恥ずかしい格好してるの、なんか悔しいし……恥ずかしがってる時の雄一郎、すごく可愛いから……」

言い訳なのか、それとも言葉責めのつもりなのか区別がつかないが、どちらにしてもノアの頭は完全におかしい。

「お前……一回医者に頭か目を見てもらった方がいいんじゃねぇか」

真剣な雄一郎の声に、ノアは心外だとばかりに唇をへの字にした。そのまま同意を求めるように、ノアがテメレアへ視線を向ける。

「でも、テメレアだってそう思うだろう？」

「ええ、まったく同感です」

当然のように返されたテメレアの言葉に、雄一郎はギョッと目を見開いた。

「おい、どういうつもりだ……」

唸《うな》るように問い詰める雄一郎に、テメレアは怯《おび》える様子もなく平然とした声を返した。

「私は、ただ事実を言っているだけです」

「事実？　お前らの脳味噌の中で屈曲した妄想か幻覚だろうが」

せせら笑うように言うと、テメレアがゆっくりと近付いてきた。身構える雄一郎の頬へ、テメレアがそっと手のひらを滑らせる。頬を撫でる指先が、雄一郎の耳たぶをくすぐるように撫でてきた。

そのもどかしい感覚に口元をむずつかせていると、テメレアが静かに呟《つぶや》いた。

「知っていましたか？　快感が深くなると、貴方の耳たぶが燃えるような真紅《しんく》になるんです」

テメレアの口から出てきた言葉に、雄一郎は呆然と唇を開いた。その直後、頬がカッと熱くなって、反射的にテメレアの手を振り払う。だが、テメレアは今度は雄一郎の内腿を鷲掴《わしづか》みにしてきた。内腿に沈む指先の感触に、ひくりと咽喉《のど》が震える。

「足を痛いぐらい掴《つか》まれて広げられるのも嫌いではないですよね。内腿を掴《つか》まれた時、いつも貴方の咽喉《のど》は震えている」

気付いているとばかりに告げられて、羞恥《しゅうち》がますます込み上げてくる。自分の物欲しげな仕草を見抜かれているようで堪《たま》らない。

更にテメレアはベッドの端に片膝を乗り上げると、雄一郎の下腹を手のひらで押さえ付けた。

「中に深く挿《い》れられたまま、下腹を押さえられるのもお好きでしょう。貴方の良いところをキツく擦られるから」

その時のことを思い出させるように、下腹をググッと押し込まれる。その圧迫感に、不意に夜の記憶が蘇《よみがえ》ってきた。ノアやテメレアを身体の奥深くまで咥《くわ》え込んで、内側からも外側からも圧迫されたまま堪《たま》らない場所をゴリゴリと擦り上げられる、あの目の前が真っ白になる快感を。

思い出した途端、下腹の奥がじくりと疼《うず》くのを感じた。吐き出す息がかすかに震えて、全身の血が熱湯に変わったように熱くなる。身体の奥底からどろりと粘ついた欲望が溢《あふ》れ出してくるようだった。

潤《うる》みだした目を隠すように顔を背《そむ》けようとすると、不意に両頬を小さな手に包み込まれた。

雄一郎の頬を挟んだまま、ノアが嬉しそうな声で囁《ささや》く。

「ね？　恥ずかしがってる時の雄一郎は、やっぱり可愛いよ」

その得意げな声に怒鳴り返してやりたいのに、言葉が咽喉《のど》に詰まって出てこない。悔しげにノアを睨《にら》み付けていると、不意に後ろから身体を抱き竦《すく》められた。ベッドに乗り上がったテメレアが、雄一郎を後ろから抱き締めている。

目の前に立つノアが雄一郎の目を見つめて、甘えるように囁《ささや》く。

「ねぇ、雄一郎。ご褒美《ほうび》ちょうだい」

気まぐれの言葉が、随分高くついたと思った。美しく、そして可愛らしく微笑む男達に前後を挟まれたまま、雄一郎はひくりと口角を引《ひ》き攣《つ》らせた。

最悪な気分なのに、身体の熱ばかりが際限なく上がっていく。心と体がちぐはぐに動くのが気持ち悪いはずなのに、気持ちよくて堪《たま》らない。相反する感覚に、身体も頭も掻き乱される。

「ツ、ふ、ぁ……っ」

指先が敏感なカリ首に当たって、甘い鼻声が漏れる。陰茎への直接的な刺激に、ベッドの上で開いた両膝が小さく左右に揺れた。陰茎を握った手が上下に動く度に、鈴口から溢《あふ》れ出した先走りがくちゅくちゅと嫌らしい水音を立てる。

「ここだけの快感は久しぶりですか？」

後ろから笑い声交じりに問い掛けられる。首をねじるようにして背後を睨《にら》み付けると、雄一郎の背中にピッタリとくっついたままテメレアが笑みを深めた。

テメレアの手のひらは、陰茎を握り締める雄一郎の手の甲に重なっていた。テメレアの美しい指先に、雄一郎の先走りがねっとりと絡み付いているのが見えて、顔が一気に熱くなる。

「ほら、ちゃんと手を動かしてください」

そう耳元に囁《ささや》かれた直後に、雄一郎の手の甲をキツく掴《つか》んだままテメレアの手が上下に動かされた。途端、ガチガチに勃ち上がった陰茎が自身の手のひらで擦られて、また爪先が跳ねる。

「ぁッ、ん……や、やめ、ろっ……！」

快感に声を上擦《うわず》らせながらも首を左右に振ると、呆れたような声が聞こえてきた。

「貴方がひとりでするのが嫌だと言うから、手伝って差し上げてるんですよ？」

殊更《ことさら》丁寧な口調で言うところが憎たらしい。テメレアは、雄一郎の想像以上に意地が悪い。

結局あの後、一人でするのは絶対に嫌だと拒否する雄一郎を、テメレアとノアは何だかんだと言いくるめて一枚ずつ服を剥《む》いていったのだ。もちろん抵抗はしたが、その度にノアが「僕は恥ずかしくても我慢したのに、雄一郎は約束を破るの？」などとしょんぼりとした表情を向けてくるから、妙な罪悪感から暴れることもできなくなった。その結果、一人だけ全裸に剥《む》かれた挙げ句、テメレアの手で無理やり自慰をさせられる羽目になっている。

「あ、ぁ……！」

陰茎に浮かび上がった裏筋や隆起した血管が刺激されて、首の後ろから悪寒にも似た快感が這《は》い上がってくる。その上、時折テメレアが悪戯《いたずら》するように鈴口を人差し指の腹でクリクリと弄ってくるから堪《たま》らない。

「ひ、ぃッ……！」

陰茎を擦られながら敏感な鈴口を弄られて、電流が走ったように身体が跳ねる。全身が火照《ほて》り、ベッドのシーツに皺《しわ》を作る自身の両足まで赤く染まっているのが見えた。

「あぁ、雄一郎、可愛い……」

うっとりとした声が聞こえて視線を向けると、潤《うる》んだ視界に微笑むノアの姿が映った。ドレスを着てウィッグを付けたノアの見た目は少女そのものなのに、雄一郎の醜態を見つめる熱っぽい眼差《まなざ》しには、雄の欲望が滲《にじ》んでいた。ノアの見た目が美少女だからこそ、変態プレイでもしているかのような背徳感を感じてしまう。

「み、るなっ……！」

そう掠《かす》れた声で叫んでも、ノアは雄一郎から瞳を逸らさない。それどころか雄一郎の内腿を掴《つか》んで左右に押し広げると、尻の狭間の後孔を見つめてぽつりと呟《つぶや》いた。

「ここも、ヒクヒクしてて可愛い」

嬉しそうに指摘するノアの言葉に、雄一郎は情けなくも泣きそうになった。自分の身体のみだらさを、幼い少年に指摘されるのが惨《みじ》めで堪《たま》らない。

ヒクヒクと蠢《うごめ》く後孔を凝視したまま、ノアが指先を伸ばす。そのまま陰嚢を伝って垂れてきた先走りを塗り広げるように、後孔の縁《ふち》をふにふにと揉まれた。

「んっ、ん……」

もどかしい感触に、無意識に腰が揺れる。雄一郎の仕草を見て、ノアとテメレアが揃って小さく笑い声を漏らした。

「貴方はもう前だけではイけないでしょうから、後ろも弄ってもらいましょうか」

面白がるようなテメレアの声に、一瞬怒りで頭が熱くなった。

「ふっ……ざけ、んなッ」

途切れ途切れに言い返しながらも、テメレアの言葉を真っ向から否定できない自分がいた。

実際、陰茎を扱《しご》くのは気持ち良いが、奇妙なもどかしさがあった。何かが足りないと、腹の奥に熱い塊《かたまり》をねじ込まれたいと、後孔がぢんぢんと火照《ほて》るように疼《うず》く。こんなふうになったのは、明らかに目の前の男達のせいだった。

「お前、たちのせいだろう、が……ッ!」

雄一郎がなじるように声をあげると、ノアとテメレアは顔を見合わせた後、ひどく嬉しそうに破顔した。

「ええ、そうです。私達のせいです」

「だから、僕らがちゃんと責任を取るからね」

口々に言い放つ男達を、雄一郎は涙目で睨《にら》み付けた。だが、次の瞬間、後孔に二本の指が一気に押し込まれて、咽喉《のど》からしゃっくりのような声が漏れた。

「っひ、ァあッ!」

ノアの二本の指がずぶずぶと腹の奥へ沈んでいく。一気に二本も突き入れられたというのに痛みはなく、むしろ粘膜は歓迎するようにノアの指をぎゅうぎゅうとキツく締め付けていた。

「雄一郎のなか、すごく熱い」

はぁ、とノアが熱っぽい息を吐き出しながら、二本の指を前後に動かす。まだぬめり気が足りないのか、少しだけ粘膜が引《ひ》き攣《つ》るような感覚がある。

「ノア様、これを」

テメレアが、ノアにシャグリラが入った瓶を差し出す。旅先にまで持ってきていたのか、それともこの部屋に備え付けられていたものかは解らないが、どちらにしても用意が良すぎて呆れた。

ノアは瓶を受け取ると、遠慮なくシャグリラの液体を雄一郎の股間へ垂らした。どろりとした生ぬるい液体が陰茎を伝っていく感覚に、んっ、と短い声が漏れる。

「濡れてた方が、自分でも擦りやすいでしょう？」

まるで親切なことでもしたみたいに、ノアが言う。その得意げな声に怒鳴り返す間もなく、ノアの指とともにシャグリラの実が体内に押し込まれた。

「あぁ、ッ！」

ぐにゅぐにゅと潰れながら、腹の奥へと押し込まれる果肉の感触に皮膚が粟立《あわだ》つ。潰れた果肉から溢《あふ》れ出た汁のせいで、部屋中に甘ったるい匂いが広がっていくのが解った
そのままシャグリラの汁を塗り込むように、ノアの二本の指が体内でぐちゅぐちゅと前後に動き始める。それに合わせるようにして、テメレアが自身の陰茎を掴《つか》む雄一郎の手を上下に動かし始め

た。陰茎を扱《しご》く指の間で、ぐちゅぐちゅとシャグリラの液体が泡立つような音を立てている。

「ぃぁ、あっぁあッ！」

前と後ろから同時に快感が噴き出して、下腹部が爆発しそうだった。大きく開いた両足がガクガクと空中を蹴り飛ばしている。尿道の奥で精液が奔流し、ノアの指を咥《くわ》え込んだ後孔が激しく収縮しているのを感じた。

「だ、だっ、め……だッ……！　ィく、イ、ぐッ……！」

もう自分が何を言っているのか解らなかった。頭を左右に振り乱しながら、我を忘れて叫んでいると、絶頂直前で二人の男の手がピタリと止まった。

「う、ぁ……？」

絶頂をおあずけされたことに、自分でも情けなくなるぐらい気の抜けた声が零《こぼ》れる。雄一郎が呆然としていると、不意に後ろから両膝の裏を掴《つか》まれた。まるで赤ん坊におしっこさせるように、テメレアが雄一郎の足を大きく広げる。

「雄一郎」

は、と熱い息が頬に吹きかかる。視線を向けると、ノアが切羽詰《せっぱつ》まった表情で雄一郎を見下ろしていた。スカートの裾から、ガチガチに勃起した陰茎が取り出される。可愛らしい少女のスカートから雄の象徴が生えているという光景は、ひどく滑稽《こっけい》にもグロテスクにも見えた。

「おっ、ま……服を、脱げよッ……！」

流石《さすが》に女装した少年に犯されるなんて特殊プレイだけは避けたくて、足掻《あが》くように叫ぶ。だが、ノアは雄一郎へにじり寄ると、小さく唸《うな》るような声を漏らした。

「ごめん、余裕ない」

その直後、潤《うる》んだ後孔にグッと熱いものが押し付けられた。そのまま、腹の奥へずぶずぶと遠慮なく沈んでくる。

「あ、ぁあぁあァアッッ！」

体内を押し広げながら入ってくるものに、咽喉《のど》から嬌声《きょうせい》が迸《ほとばし》った。ゆっくりとした速度で、長い幹が体内の奥へ潜《もぐ》り込んでくる。くっきりと浮き上がった裏筋が腹の内側を擦り上げていく感触に、背筋が戦慄《わなな》く。太い陰茎に押しつぶされて、中に入っていた果肉が更に、ぷちゅ、ぷちゅと音を立てて潰れていくのが分かった。

「ッぁ、もっ、ぃ……イ、……ぁあぁあッッ！」

待ち望んでいた快感に、堪《たま》らず精液が鈴口から噴き上がった。腹の上に大量の精液が吐き出される。尿道を流れていく熱い精液の感覚が、目の前が真っ白になるぐらい気持ち良かった。

「挿《い》れられただけでイッてしまったんですか？」

テメレアの含み笑いが真上から聞こえたが、その声に悪態を付くことすらできない。腹の中はパンパンで、太く熱いものが体内で生々しく脈動しているのを感じた。

萎びた性器と宙に浮いた爪先をピクピクと痙攣《けいれん》させていると、奥まで性器を埋め込んだノアがゆっくりと律動を開始させた。

「ぁ……ノ、ア、ゃめ、ぇ……ァん、あァぁ……」

達したばかりで敏感な粘膜を、硬いもので執拗《しつよう》にこねられる。絶頂を引き延ばされるような感覚に、悶《もだ》えるように両足の踵《かかと》がシーツを蹴り飛ばす。だが、ノアは雄一郎の腰を鷲掴《わしづか》みにしたまま、決して動きを止めようとはしない。

「雄一郎のなか、気持ちいい……」

快感に浸《ひた》るノアの声が聞こえる。その直後、ぷちゅぷちゅと音を立てて奥を小刻みに突き上げられ始めた。速く、短いストロークで、陰茎の先端が行き止まりへと叩き付けられる。

「ッ、あぁあァ、ん、ァぁ、ん」

ノアの性器の先端が奥に当たると、ぞわぞわとした奇妙な感覚が腹の奥から込み上げてきた。尿意にも似たそれに身体を震わせていると、テメレアが雄一郎の下腹を手のひらで押さえ付けてきた。

「っひッ、ぃ、ぁああぁッ！」

下腹を押されたままノアの性器で腹のしこりをゴリッと押し潰された瞬間、衝撃にも似た鋭い快感が全身を走った。同時に、引き付けを起こしたみたいに背中が弓なりに反り返って、鈴口からプシャッと透明な液体が噴射される。

「あぁ、また漏らしてしまったんですか？」

楽しげな声でテメレアが呟《つぶや》く。薄く笑みを浮かべたテメレアの顔を見上げて、こいつはサディストだと頭の隅で思った。だが、そんな思考も一瞬で、すぐさま外側と内側から挟まれるようにして腹のしこりをめちゃくちゃに押し潰される感覚で頭がいっぱいになる。

「あ、ぁあ、ゃぁ、やァアぁッ！」

ぐずる赤ん坊のような声が自分の咽喉《のど》から出ているのが信じられない。下腹をテメレアの手に押されたまま、ノアに一番奥を突き上げられると、開きっ放しになった鈴口からとめどなく潮が噴き出た。プシュッ、プシュッ、と際限なく溢《あふ》れて、腹の上どころかシーツまでびしょびしょに濡らしていく。

「は、ぁ、雄一郎、可愛い、すごく可愛い」

潮を噴きながら悶《もだ》える雄一郎を見て、ノアが上擦《うわず》った声で呟《つぶや》く。イキッぱなしになっているのが自分でも解る。上り詰めた快感が延々と続いているような感覚に、内腿がガクガクと震えた。

「もっ、ノっ、ノアっ、だ、め……ぇ、ッぁ、ぁぁアっ！」

これ以上は駄目だと訴えたいのに、ぶちゅっと奥を先端で押し潰される快感に言葉がかき消される。腰を掴《つか》むノアの両手首を鷲掴《わしづか》みにした瞬間、一際《ひときわ》強い突き上げでノアが根本まで入り込んできた。

「っ、ぁ……！」

ノアの掠《かす》れた声と同時に、奥に熱いものが注がれるのを感じた。びゅるびゅると勢いよく吐き出され、身体の奥までみっちりと満たしていく。

「ひッ、あ、ぁっ……」

陰茎すら届かない奥まで潜《もぐ》り込んでくる熱い液体を感じた瞬間、もう感覚のない自身の陰茎が射精でもするようにビクビクと跳ねるのを感じた。だが、その先端から精液は出てこない。男に中出しをされると、射精もしないのに絶頂を味わうように身体が変わっていた。目の前の男達に、そう作り替えられている。

根本まで突っ込んだまま、吐き出した精液をそれでも奥に押し込むようにノアが腰をグッグッと何度も突き上げる。後を引く快感に、ひくっ、ひくっ、と全身が痙攣《けいれん》した。

射精が終わると、根本まで埋まっていた陰茎がゆっくりと引き抜かれた。ぽっかりと開いた後孔から、どろどろと粘ついた液体が溢《あふ》れ出しているのを感じる。

動くこともできず、両足を開いたまま小刻みに痙攣《けいれん》していると、後ろから身体を強引に引っ張られた。膝の上に乗せられて、そのまま綻《ほころ》んだ後孔に硬いものが押し当てられる。

「雄一郎様、私も……」

肩越しに、切羽《せっぱ》詰まった声が耳元に囁《ささや》かれる。もう無理だ、と拒絶する前に、また腹の中に太く長いものが沈んできた。

「ぁ、あぁあ、ぁあ……」

テメレアの性器と一緒に、ノアの精液が濡れた音を立てて奥へと押し込まれる。ずぶずぶと沈んできた性器の先っぽが行き止まりにぶちゅっとキスしてきて、その微電流のような快感に下腹が大きく震えた。

「てめ、れあ、ぁ、そ、そこっ……やめ……」

雄一郎がそこが弱いことを解っているのか、何度も執拗《しつよう》に奥ばかりを嬲《なぶ》られる。先端をぐぐぐっと更に奥までキツく押し付けられ、そのまま円を描くように腰を回されると堪《たま》らなかった。

「いぁ、あぁァアっ！」

気持ちが良いを通り越して暴力的な快感に、目の奥がチカチカと点滅する。テメレアの陰茎が腹の中を行き来して、大きなカリ首が膨らんだ前立腺をゴリゴリと擦り上げる。太い裏筋に前立腺が蹂躙《じゅうりん》されて、限界まで広がった後孔が更に締め付けをキツくする。

「そろそろ、激しくしますよ」

そう耳元に囁《ささや》かれ、背後から腰を鷲掴《わしづか》みにされた。先っぽまで抜かれた陰茎が、バチュッと鋭い音を立てて一気に根本まで叩き込まれる。その衝撃に、陰茎の先端からまた潮が勢いよく噴き出た。

「ひぁ、アアぁッ！」

ぐぽぐぽと遠慮のない抜き差しが繰り返される。根本まで叩き付けられる度に、行き止まりだと思っていた場所が口を開いて、テメレアの先っぽにしゃぶり付こうとしているのが自分でも分かった。まるで精液をねだっているかのような体内の蠢《うごめ》きに、テメレアが甘い吐息を漏らす。

「中が吸い付いてきますね……」

そんなこといちいち言うなと怒鳴りつけてやりたいのに、嬌声《きょうせい》ばかりが唇から溢《あふ》れ出す。

「あ、んぅ、ヴ、んんぅッ……！」

シャグリラの実とノアの精液とテメレアの先走りが混ざり合って、ぬかるんだ穴からぶちゅぶちゅと粘着質な音が響く。陰茎は萎《な》えているというのに、体内で快感が渦巻いて鈴口から大量の潮が溢《あふ》れてきた。

「あーあ、雄一郎、こんなに漏らしちゃって」

まるで子供が先生に言いつけるみたいな口調でノアが言う。その眼差《まなざ》しはテメレアと繋《つな》がった結合部に向けられていた。雄一郎の痴態を楽しげに眺めるノアの視線に、堪《たま》らない羞恥《しゅうち》が込み上げてきて、両目から情けなく涙が溢《あふ》れ出てくる。

ぼろぼろと涙を流す雄一郎を見て、ノアは更に笑みを深めた。

「僕、泣いてる雄一郎だいすき」

その言葉に、ぞくりと背筋が震えた。雄一郎の頬を両手で包み込んで、ノアが囁《ささや》くように続ける。

「大丈夫、何にも怖くないよ。僕が守ってあげる」

そう言うのと同時に、唇へ柔く口付けが落とされた。チュッ、チュッとついばむような口付けの後、ねっとりと舌が口内に潜《もぐ》り込んでくる。

「んっ、んぅ……」

ぬるぬると粘度の高い唾液が舌と一緒に絡み合う。ノアの執拗《しつよう》な口付けを受けていると、不意に背後から下顎《したあご》を掴《つか》まれた。顔を無理やり横に向かされ、次はテメレアの薄い唇が重なってくる。

「あ、テメレアずるい」

ノアの非難する声に、テメレアは小さく笑ったようだった。重なった唇が淫靡《いんび》な笑い声でかすかに震える。舌の裏をくすぐるように舐められて、ん、と鼻から声が漏れた。

そのまま、くちゃくちゃと舌を絡め合わせていると、今度はノアが雄一郎の唇の端へ唇を押し付けてきた。厚みも大きさも違う三つの舌が、唾液の溜まった口内でめちゃくちゃに絡み合う。その淫らな感触に、ひどい眩暈《めまい》を覚えた。

唇を奪われたまま、緩《ゆる》やかだった突き上げが徐々に激しくなっていく。

「ンッ、ぐ、ぅうんッ！」

奥をゴツゴツと突かれて、息ができない。二人の男に唇を奪われて息を吸うタイミングすら解らなかった。助けを求めるようにノアの両腕を掴《つか》むと、ノアが唇を離して微笑んだ。

「僕を見て」

その言葉に、不意にこの世界に来た日の記憶が蘇《よみがえ》った。初めてテメレアとノアと身体を重ねた夜、ノアは雄一郎に同じような言葉を言った。

涙でぐちゃぐちゃになった視界で、それでもノアを見つめる。深い青色をした美しい瞳。その瞳を捉えた瞬間、ぐぢゅっと音を立てて、テメレアの陰茎の先端が行き止まりをくぐって一番奥まで突き刺さった。

「ぁあアァあぁぁッッ!!」

奥の奥までカリ首が潜《もぐ》り込んでくる衝撃に、全身がビクビクと跳ねる。同時に、中へ勢いよく精液が吐き出されるのが解った。ポンプのように数回に分けて奥へと注がれていく熱い感触に、びちゃびちゃに濡れそぼった自身の陰茎が少量の白濁を吐き出すのが見えた。射精に勢いはなく、竿を伝ってとろとろと精液が流れていく。

身体の奥でくすぶるような絶頂感に戦慄《わなな》いていると、体内からゆっくりとテメレアの性器が引き抜かれた。もう身体に力が入らず、雄一郎はベッドにぐったりと横たわった。息も絶え絶えな雄一郎を、ノアとテメレアが真上から見下ろしてくる。

「大丈夫、雄一郎？」

大丈夫なわけねぇだろうが、と喚《わめ》き散らしてやりたいのに、今はそれだけの気力も体力も残っていなかった。雄一郎の額《ひたい》に貼り付いた短い前髪を指先でそっと剥がしながら、テメレアが囁《ささや》く。

「今、水を持ってきますから、待っていてください」

テメレアが部屋の隅に置かれたテーブルに歩いていく。おそらく水差しを取りに行ったのだろう。その動きを目だけで追っていると、不意にノアの手のひらが雄一郎の下腹へ這《は》わされた。まるでそこに生まれるものを温めるように下腹を撫でられて、ひくりと皮膚が震えた。

「早く、雄一郎と僕の子供ができればいいのに」

待ち遠しいと言わんばかりのノアの言葉に、雄一郎はぼんやりとした視線を向けた。ノアが愛《いと》おしげに目を細めて続ける。

「子供が産まれたら、一緒に名前を考えようね」

気の早すぎる言葉に、雄一郎はガラガラにしゃがれた声で、あほがき、と小さく呟《つぶや》いた。

第五章　凍て付く水の底へ

翌朝、起きた瞬間、腰に鈍い痛みが走った。立ち上がれないほどではないが、それでも腰から内腿にかけて、軽い筋肉痛になっている。ぐぐぐと小さく唸《うな》る雄一郎の両脇には、雄一郎を抱き締めて気持ち良さそうに眠るノアとテメレアの姿があった。

その安らかな寝顔を見て、雄一郎は早朝にもかかわらず爆発を起こした。

「お前らは、時と場所と状況を考えやがれッ！」

そう喚《わめ》きながら枕を投げ付ける雄一郎の姿に、ノアとテメレアも大いに慌てた。結局ご機嫌を取るようにノアには甘いものを差し入れられ、テメレアには念入りにマッサージを施《ほどこ》されて、数時間後にようやく怒りが収まった。

ベッドの上で朝食兼昼食を取って、結局昼過ぎに館から出発した。

雄一郎達に加えて、エリザとエリザの部下二名が共にシャルロッタへ向かう。エリザの二名の部下は、これまた少年少女と言っても過言ではないほど愛らしい見た目をしていた。だが、チェト曰く「あの二人は、ここ数十年見た目が変わっていませんが、女神様よりもずっと年上ですよ」とのことだった。だが、何度見ても、雄一郎にはその二人は十代前半の子供にしか見えなかった。

エリザも二人の部下も、ショートドレスの下に厚手のズボンと動きやすそうなブーツを履いている。それはノアも同じだった。

「段々慣れて、動きやすくなってきたよ」

誇らしげに言って、ノアはふわふわなスカートの裾を翻《ひるがえ》した。今ではもう恥ずかしがる様子もない。

シャルロッタへの道のりの中程までは、馬車で向かった。だが、途中からは傾斜のある岩山になるため、馬車を降り、徒歩へと変わる。

岩ばかりが転がる殺伐とした山道を登り始めると、すぐに身震いするような寒さが襲ってきた。

「随分と冷えるな」

呟《つぶや》いた言葉に、外套《がいとう》の前を掻き合わせながらテメレアが答える。

「山の上は、もっと冷えます。足元も滑りやすくなりますので、気をつけてください」

白い息を吐き出しながら、ああ、と短く相槌《あいづち》を返す。

更に数時間登ったところで、空からふわふわと白いものが降ってきた。

「雪だ」

「ユキ?」

雪はチューニングが合っていないのか、テメレアが首を傾げる。雪を指さしてこれは何と言うんだと訊《たず》ねると、テメレアが答えた。

「セッキです」

「セッキ」

オウム返しに呟《つぶや》いて、雪を受けとめるように緩《ゆる》く手を差し出す。同時にノアが弾んだ声をあげた。

「セッキなんて初めて見たよ」

「ジュエルドでは、雪……セッキは降らないのか？」

問い掛けると、テメレアが穏やかな声で返してきた。

「一部では降ることもありますが、滅多なことではありませんね。ゴルダールでは年中セッキが降り積もっている場所もありますが、ジュエルドではセッキが積もることはほとんどありません」

「雄一郎の世界では、たくさん降るの？」

ノアが振り返って訊《たず》ねてくる。その問い掛けに、雄一郎は思い返すように視線を宙に浮かべた。

「たまにだが積もることもあったな。一回あんまりにも降るもんだから、シロップをかけて食ってやった」

それは、確か二十代前半の頃に北海道に演習に行った時の思い出だ。同期が意気揚々と買ってきたかき氷のシロップを、新雪に直接かけて食べたことを思い出す。白い雪の上に、色とりどりのシロップをぶちまけて、その色の鮮やかさごと甘ったるい味を頬張った。もちろん結果は班全員が腹を壊して、長々と反省文を書かされる羽目になったのだが。

「シロップを？　それ、美味《おい》しいの？」

ノアが不思議そうに問い掛ける。同様にテメレアも理解できないように首を斜めに傾げていた。

「まぁ、美味《うま》いな」

「ふぅん。じゃあ、いつか一緒に食べようよ」

その『いつか』が来ることを疑っていない無邪気なノアの言葉に、雄一郎は曖昧《あいまい》に笑った。

「いつかな」

そう答えると、ノアは嬉しそうに微笑んだ。寒さのせいで、その頬が赤く染まっている。ノアの後ろで、テメレアはただ口を噤《つぐ》んでいた。寂しげにも思える眼差《まなざ》しで、雄一郎を見つめている。

二人の男の眼差《まなざ》しを振り払うように、雄一郎は真っ直ぐ頭上を見上げた。灰色の地面、灰色の岩壁、灰色の空がどこまでも広がっている。その中で、降り注ぐ雪だけが眩《まぶ》しいくらい白かった。

＊＊＊

一日でシャルロッタにたどり着くことはできず、山道の途中に作られていた山小屋で一夜を明かした。そして翌日、夕刻に入りかけた頃に、シャルロッタに到着した。そこまでは予定通りだったが、目の前の光景は予想外だった。

胸元に突きつけられた剣の切っ先を眺めてから、雄一郎はゆっくりと周りを見渡した。雄一郎達一行は、十人近い人数の男女に完全に周りを囲まれていた。エリザ以外はそれぞれ武器を突き付けられて、身動き一つ取れない状態になっている。

雄一郎は目深《まぶか》に被ったフードの下から、目の前の男をちらりと見やった。灰色の髪を耳下で切り揃えた、凛《りん》とした顔立ちの美しい青年だった。吊り上がり気味な大きな二重の瞳は、どこか雪豹のようなしなやかな獣を思わせる。その唇の左下にあるホクロが男の印象を艶《あで》やかにしていた。

男のキツく引き結ばれた唇から、唸《うな》るような声が漏れ出る。

「何者だ」

その声に反応したのはエリザだった。剣を構える男達の前へ恐れる様子もなく進み出ると、エリザは強い口調で言った。

「わたくし共は、ニカ様のご依頼を受けて参りました者です。サーシャ様もわたくしのことをご存じのはずですが」

その言葉で、ふと先日エリザが言っていた話を思い出した。確かシャルロッタには自警団がいると言っていた。ということは、目の前の男がその自警団のトップか。

サーシャと呼ばれた青年は、険しい表情を変えぬまま口を開いた。

「あぁ、お前のことは知っている。ニカの『ろくでもない遊び相手』だ」

吐き捨てて、サーシャが嘲《あざけ》るような口調で続ける。

「お前達は分かる。だが、この男共はなんだ。ニカは、とうとうデカい男まで所望するようになったのか」

「彼らはわたくし達の護衛です。道中で盗賊に襲われる可能性もありますから、今回は護衛を連れて参りました」

「護衛とは、随分と大物のようなことを言うな」

蔑《さげす》みも露《あら》わにサーシャが吐き捨てる。だが、エリザは表情一つ変えずに静かな声を返した。

「サーシャ様、私はここに仕事をしに参りました。『商品』をきちんとお客様のもとへ届けるまでがわたくしの仕事です。お客様にお届けする商品をキズモノにするわけにはいきません。そのために万全を期すのは当然のことではございませんか？」

微笑みながらもエリザの声音には、有無を言わせぬ響きがあった。サーシャが唇を歪《ゆが》めて、エリザを睨《にら》み付ける。だが、エリザは笑みを崩さない。

「あいつらといい、お前達といい……この村には異物ばかりが入り込む……」

サーシャが独りごちるように小さく呟《つぶや》く。その言葉に引っ掛かりを感じて、雄一郎は小さく繰り返した。

「あいつら？」

その声に、サーシャの視線が雄一郎へと向けられた。フードを目深《まぶか》に被った雄一郎を忌々《いまいま》しげに見据えて、サーシャが吐き捨てる。

「いいか、この村には何も必要ないんだ。我々がこの村を守っていく。余計なちょっかいを掛けるのなら、お前達の誰もここから生きて帰さんぞ。それをよく覚えておけ」

害虫共が、と吐き捨ててサーシャが身を翻《ひるがえ》す。それに合わせて、他の者達も去っていく。男達が去ると、どこからか痩《や》せっぽちな女が小走りで近付いてきた。

痩《や》せた女は、気弱そうな笑みを浮かべてこう言った。

「わ、私はドリスと申します。ようっ、ようこそいらっしゃいました。それでは、皆様をニカ様のもとへご案内しっ、しますね」

案内人の女は、ドリスと名乗った。青白く見えるほど白い肌をしており、その頬には淡くソバカスが散っている。灰色の瞳は、常に何かに怯《おび》えているかのように伏せられており、時折きょろきょろと左右を見回している。まるで猛獣に怯《おび》える小動物のようだと思った。

ドリスは、時折後ろを歩く雄一郎達一行を振り返っては、ひどく恐ろしいものを見たようにパッと視線を逸らす。そのビクついた眼差《まなざ》しに辟易《へきえき》としながらも、雄一郎は辺りを見渡した。

長閑《のどか》な村だと思った。寂れてはいるが、荒涼とはしていない。一見して畑の実りは良くはないが、丹念に耕《たがや》され、根気よく守られているのが見て取れる。建てられた家屋も古びてはいるが、所々に板が打ち付けられて丁寧に修繕されていた。

「静かなものだな」

ぽつりとひとり言を漏らすと、叱られたわけでもないのにドリスがビクリと肩を震わせた。

「サ、サーシャ様達が、いらっしゃるので……この村には盗賊が来ることもなく、他の村に比べれば、とても平和に過ごすことができています……」

怯《おび》えた口調のまま、ドリスが早口で喋《しゃべ》り出す。

「とっ、盗賊達が来ることもありましたが、自警団の方が何度も追い払ってくださるうちに来なくなりました。しょく、食料も、ニカ様がこの村にいてくださるおかげで、王都から、しょ、少量ですが、送られてきますし……お腹は全然いっぱいにはなりませんが、そっ、それでも、飢え死にするほどではありません。……この村に来る前、わ、私が生まれた村では、毎日何人も餓え死んでいましたから……」

辺境の地へ追い払ったとはいえ、流石《さすが》に王族を飢え死にはさせられないらしい。国民の反発を抑えるために、生かさず殺さず、死ぬまでこの村に閉じ篭《こ》めておくつもりか。

村のあちこちで、腰帯に剣を差し、肩に銃を担《かつ》いだ男女が見回っている姿を見た。村人達に話しかけては、時折和《なご》やかに肩を叩き合っている。おそらくあれが自警団の一員なのだろう。若い人間が見受けられるということは、この村からは徴兵もされていないらしい。この村だけ特別扱いなのか、それとも自警団が徴兵命令を拒否しているのかは判らないが。

だが、雄一郎達の姿を見ると、自警団の者達は皆一様に眼差《まなざ》しを鋭くした。ニカが呼び寄せた『ろくでもない遊び相手』という認識は、皆同じようだ。

「針のムシロですね」

テメレアがそう呟《つぶや》くと、ドリスは再び卑屈そうな笑みを浮かべて言った。

「い、今は村がピリピリしていまして……す、すいません……」

「ピリピリしている？」

テメレアが問い掛けるように呟《つぶや》くと、ドリスは鶏のようにコクッ、コクッと首を上下に振った。

「はっ、はい。あの、つい先日、我が国の王都から賓客《ひんきゃく》が来ていまして……」

賓客《ひんきゃく》という言葉に、片眉が跳ね上がる。嫌な予感が湧き上がってくるのを感じながら、雄一郎は唇を開いた。

「その賓客《ひんきゃく》っていうのは――」

言葉は最後まで続かなかった。不意に、聞き覚えのある可愛らしい声が聞こえてきた。

「雄一郎おじさん？」

声の方に視線を向けると、数メートル離れた先に後ろ手を組んだ葵が立っていた。紺色のセーラー服の上に、真っ白なコートを羽織っている。

その姿を見た瞬間、雄一郎は無意識に舌打ちを漏らしていた。

「ね、雄一郎おじさんだよね？」

緩《ゆる》く小首を傾げた葵が、フードを目深《まぶか》に被った雄一郎に確かめるように声を掛けてくる。

「葵……」

思わず苦々しい声が漏れた。名前を呼ぶと、葵は『当たった』とばかりに笑った。

「おじさんも、来てたんだね」

その言葉に、嫌な予感が現実のものとなるのを感じながら、雄一郎は大きく息を吐き出した。葵は雄一郎の反応など気にもとめていない様子で、軽やかに言葉を続けた。

「何のために来たのかな？　みんなで援交にでも来たの？　おじさんがエンコーとか超ウケるね」

何かが振り切れたように、葵の口調は楽しげだった。葵がのんびりとした足取りで雄一郎に近付いてくる。だが、それを遮《さえぎ》るようにテメレアが雄一郎の前に進み出た。テメレアの姿を見て、葵が足を止める。

「テメレアさん」

その声音は、かすかに恍惚《こうこつ》とした響きがあった。葵がうっとりとした表情でテメレアを見上げる。

「テメレアさんは、まだこんなおじさんの仕《つか》え捧《ささ》げる者《もの》をやってるの？」

「まだも何も、やめる気は元よりありませんが」

葵の問い掛けに対して、テメレアは徹底して無表情だった。それを気にした様子もなく、葵が猫撫で声で続ける。

「ねぇ、テメレアさん。わたしの方が貴方のこと大事にすると思うな」

「私は大事にされたいわけではありません」

「そんなの嘘よ。大事にされたくない人なんていないもの」

それは真実だと思った。大事にされたくない人なんかいない。だから、大事にしてくれる人のもとへ行く。それは正しい行動だ。だが、テメレアはピクリとも表情を動かさなかった。

「私は、私の女神にすべてを捧げるだけです」

はっきりとしたテメレアの言葉に、葵が一瞬口角を神経質に戦慄《わなな》かせる。葵は上目遣いにテメレアを見つめると、わずかに声を低くした。

「ねぇ、勝つのはわたし達だよ。わたし達が絶対に勝つ。そしたら、おじさんと王様は首を切り落とされて見世物にされるし、おじさんの仲間は全員縛り首にされちゃう。でもね、テメレアさんだけはわたしが助けてあげる。わたしだけがテメレアさんを救ってあげられるの」

まるで確定した未来を語るように葵は言った。その頬には慈愛じみた柔らかな笑みが浮かんでいる。テメレアは静かな眼差《まなざ》しで葵を見つめたまま、唇を開いた。

「アオイさん、私は死ぬのが怖いのではありません」

そう呟《つぶや》かれた言葉は、思いがけず柔らかな響きだった。テメレアの言葉に、葵は一瞬だけ不思議そうに目を瞬《またた》かせた。だが、すぐに笑みを浮かべると、視線をふいっと雄一郎に向けた。

「おじさん、わたしを殺そうとしないの？」

折角のチャンスなのに、とばかりに問い掛けてくる声に、雄一郎は苦々しく顔を歪《ゆが》めた。

「ここで流血沙汰を起こしたら、どんな目にあうか想像が付く。それに、お前だって一人きりで来るほど馬鹿じゃないだろう？」

いつの間にか、周囲に自警団が集まっていた。この村で揉め事を起こすことは許さない、と無数の目が言っている。それ以外にも、家屋や木の後ろにいる人影がいくつか見て取れた。

雄一郎が煽《あお》るような口調で言うと、葵はゆったりと笑みを深めた。葵が振り返ると、家屋の陰から数人の男達が姿を現した。その中にはロンドの姿も見て取れる。

「おじさんって本当に嫌な奴だね」

「お前ほどじゃない」

嫌味の応酬をして、互いに笑顔を返した。まるで狸と狐の化かし合いのようだ。

「それじゃあ、テメレアさん。また後でね」

そう言い切ると、葵は呆気なく踵《きびす》を返した。だが、ふと思い出したように振り返ると、唇を開いた。

「雄一郎おじさん、ちゃんと覚悟しててて。テメレアさんは、いつか必ずわたしのところに来る。中年おじさんの女神なんか捨てて、最後には絶対にわたしのものになる。忘れないでね」

確信に満ちた口調で言って、葵は、あはは、と短い笑い声を漏らした。その小虫をいたぶるような笑い声に、背筋がぞわりと粟立《あわだ》つ。

葵が軽やかな足取りで去っていく。その傍《かたわ》らにロンドが近付きながら、「俺が葵の仕《つか》え捧《ささ》げる者《もの》だろうが……」と唸《うな》っているのが聞こえた。だが、葵がロンドへ視線を向けることはない。

葵達の姿が見えなくなると、テメレアが小さな声で呟《つぶや》いた。

「あの子、壊れかけてますね」

その言葉に、雄一郎は深く息を漏らした。


村の一番奥まった場所に、ニカの屋敷は建てられていた。他の家屋よりかは大きいが、王族が暮らしている場所とは思えないほど、屋敷は質素な様相だった。木材で継《つ》ぎ接《は》ぎに修繕された床は、歩く度にギィギィと軋《きし》んだ音を立て、天井からは雪溶け水が時折ぽつぽつと落ちてくる。

案内された広間は薄暗く、そして噎《む》せ返《かえ》るような酒気が漂《ただよ》っていた。腐った果実じみた饐《す》えた匂いが部屋中に満ちている。その広間の奥には、気怠《けだる》げな様子の男が毛皮の上に座っていた。

肩まで伸びた灰色の髪は乱れており、濁《にご》った灰色の瞳はぼんやりと宙を眺めている。その右目の下には小さな泣きボクロが見えた。顔立ちは整っているが、表情に生気がないせいで荒《すさ》んだ印象を受ける男だ。

男の周りには、飲み散らかされた酒瓶がいくつも転がっていた。男は膝元に置いた酒瓶を一気に呷《あお》ると、大きく息を吐き出した。

「面白くないな」

ケプとしゃっくりじみた音と共に、男が短く吐き捨てる。広間の扉前に立つ雄一郎達へ視線を向けて、男は忌々《いまいま》しそうに目を細めた。酔っ払い特有の、完全に据わった眼差《まなざ》しだ。

雄一郎は、ノアやテメレア達を制するように片腕を軽く横へ伸ばしてから、一人だけ室内に入った。真っ直ぐ男に近付いて、二メートルほど離れた位置で立ち止まる。

「貴方がニキータ＝ゴルダールで宜《よろ》しいか」

慇懃無礼《いんぎんぶれい》にも聞こえる雄一郎の問い掛けに、男の眉尻がピクリとかすかに戦慄《わなな》く。男は軽く仰《の》け反《ぞ》るように顎《あご》を上げると、鷹揚《おうよう》に頷《うなず》いた。

「お前が、小娘女神が言っていた中年の偽物女神か」

舌打ちが漏れそうになる。葵は随分と噂をまき散らすのが早い。雄一郎は被っていたフードを脱ぐと、硬い床に腰を下ろした。あぐらを掻く雄一郎の姿を見て、ニカが不愉快そうに眉を顰《ひそ》める。

「お前達が来た理由は解っている。女神がわざわざ敵国の辺鄙《へんぴ》な村に来る理由なんて一つだけだ。舐めやがって。お前も、あいつらも、俺達を利用することしか考えてない。あぁ、面白くない。何にも、ちっとも面白くない。疫病神共が、さっさとここから出て行け」

譫言《うわごと》のようにブツブツと漏らしながら、ニカが再び酒を呷《あお》る。もう唇に力が入らないのか、口の端から大量に酒が溢《あふ》れてニカの首筋を伝っていた。

明らかにアルコール中毒のニカの様子を眺めながら、雄一郎はあえて穏やかな声で言った。

「来たばかりで出て行けとは、随分とすげないことを言う。こちらは貴方が望むものを、わざわざ届けに来たというのに」

扉の前で佇《たたず》むエリザやその部下達を顎《あご》で示すと、ニカは苛立《いらだ》ったように目を細めた。だが、ノアに目を留めると、その顔にかすかな生気が戻った。ニカが笑みを浮かべて、ノアを指さす。

「お前は見たことがない子だ。こっちにおいで」

甘ったるい声で、ニカが言う。ノアは戸惑ったように視線を揺らしたが、覚悟を決めてニカへ近付いていった。ニカはニコニコと笑みを浮かべて、ノアを見つめている。

手が触れる距離まで近付くと、ニカは自身の横をぽんぽんと軽く叩いた。

「ほら、ここに座れ」

少し離れた場所にノアが腰を下ろすと、ニカがにじり寄った。ノアの顔を間近で覗《のぞ》き込んで、嬉しげに頬を緩《ゆる》める。ノアは至近距離で酒臭い息を嗅《か》いだせいか、ひくりと頬を引《ひ》き攣《つ》らせていた。

「可愛い子だ。とても可愛い子だな。なぁ、お前、ずっとここで暮らさないか？　美味《うま》いものをたくさん食わせてやるし、欲しいものは何でもやる。だから、俺が死ぬまで傍にいてくれよ」

口説き文句というよりかは、それは子供が親に縋《すが》り付くような言葉のように聞こえた。ノアが軽く仰《の》け反《ぞ》りながら、引《ひ》き攣《つ》った声を漏らす。

「し、死ぬまで？」

「そうだ。どうせ俺は、長くは生きられやしない。だから、生きてる間だけでもお前のような可愛い子と一緒にいたいんだよ」

酷薄な言葉を、ニカはへらへらと冗談のように口に出した。だが、おそらくそれは冗談ではないのだろう。ニカは猫のようにノアの膝元に頭を擦り寄せると、そのまま、こてんとノアの膝を枕にして寝転がってしまった。

親に甘える子供のようなニカの仕草を眺めながら、雄一郎は抑えた声をあげた。

「死にたいのか」

訊《たず》ねると、ニカはノアに向けていた笑顔から一転して、鬱陶《うっとう》しそうな表情で雄一郎を見やった。

「あぁ、早く死んじまいたいね」

「なぜ」

「なぜ？」

同じ言葉を繰り返して、ニカはハッと鼻で笑った。

「馬鹿か。お前には想像力ってものがないのか」

「あぁ、悪いが俺には他人の心は解らない。だから、教えてくれ」

すっとぼけた返事をする雄一郎を、ニカは腹立たしそうに睨《にら》み付けた。酒でとろけた眼球が赤く血走っているのが見える。

「俺の父親は、目の前で首を切り落とされた。母親は身体を引き裂かれて、腹の中の弟を引きずり出されて死んだ。姉は下賤《げせん》の兵に犯された挙げ句に、乳房を切り落とされて殺された。兄は、馬に縛り付けられ四肢を引き裂かれて殺された。そうやって家族が全員処刑された挙げ句に、俺と妹だけはこうやって寂れた村へ押し込められて何年も何十年も飼い殺されている。いつ誰に殺されるかも分からない恐怖に毎日襲われながらな。それでどうやって死にたくないと思える」

そう早口でまくし立てると、ニカは打って変わって優しげな手付きでノアの膝頭《ひざがしら》を撫でた。円を描くように膝を撫でられて、ノアがドン引きな表情を浮かべる。

「小さい子だけは、俺にひどいことをしない」

その言葉で、どうしてニカが小さい子を所望するのか解った。目の前の男は、大人が怖いのか。

「どうせ最期は俺も嬲《なぶ》り殺されると決まってるんだ。だから、死ぬまでは好きにさせてもらう。可愛い子と遊んで、浴びるほど酒を飲んでな。だから――反乱を起こすなんて冗談じゃない」

反乱という言葉を吐き捨てるのと同時に、ニカは鋭い眼差《まなざ》しで雄一郎を睨《にら》み付けてきた。その眼《まな》差《ざ》しに、雄一郎は逆に笑みを深めた。酒に溺れてはいるが、ニカの勘は悪くない。

「分かっているのなら、話は早い。俺達は、貴方に反乱の先導に立っていただくためにここに来た」

「自国を守るために、他国で反乱を起こすか。女神とは名ばかりの畜生だな」

「俺達は貴方にとっても有益な話をしに来たつもりだ。このままでは、ジュエルドだけでなくゴルダールも滅びる。貴方もゴルダールの民が苦しんでいるのは知っているだろう。民は徴収され、幼い子供は盗賊に追われ住む場所を失い、為すすべもなく飢え死にしようとしている。それを救えるのは貴方だけだ」

空々しい雄一郎の言葉に、ニカはその顔に露骨な嫌悪を滲《にじ》ませた。

「小娘女神も、お前と同じようなことを言ったな。これは貴方のためにもなるんですよ、と」

それを聞いて、雄一郎はかすかに眉根を寄せた。葵は、ニカに何を言ったのだろうか。

「葵は、どんな話を?」

率直に訊《たず》ねると、ニカはハハッと短い空笑いを漏らした。

「王の証《あかし》の在《あ》り処《か》を教えろと」

「王の証《あかし》？」

「王族だけが継承できる証《あかし》だ。王族の血を引いていない裏切り者のバルタザールは王の証《あかし》を持たない。だからこそ、未だに民から王と認められていない。民からの反発を抑えるために、今更ながらに王の証《あかし》を欲しがって、あんな小娘をここに寄越してきたんだろう。王の証《あかし》の在《あ》り処《か》を教えれば、俺を王宮に戻して、一生良い暮らしをさせてくれるんだとよ」

そう吐き捨てるのと同時に、壊れたピエロのようにニカがゲラゲラと笑う。ニカの口角から垂れた涎《よだれ》がノアのスカートにだらりと落ちるのが見えた。

「馬鹿がッ！　馬鹿が馬鹿が！　そんな出鱈目《でたらめ》を信じる間抜けがどこにいる！　王の証《あかし》の在《あ》り処《か》を教えた瞬間に、俺の首は胴体とおさらばするだろうよ！」

笑い続けるニカを、雄一郎は長閑《のどか》な笑みを浮かべて見つめた。それに気付いたのか、ニカがピタリと笑みを止めて、まじまじと雄一郎を眺める。

「では、俺達の提案の方がよっぽど人道的だろう。反乱を起こして勝利すれば、貴方は王宮に返り咲ける。バルタザールに復讐も果たし、民も救われる」

淡々とした雄一郎の言葉に、ニカは蔑《さげす》むような眼差《まなざ》しを向けてきた。

「何が人道的だ。反乱を起こせば、多くの兵や民が死ぬ。俺一人が死ぬよりも、よっぽど死人は増える」

「だが、反乱を起こさなければ、バルタザールの圧制により民は苦しみ、結局は餓え死んでいく。戦って死ぬか、苦しんで死ぬかの違いだけだ」

「詭弁《きべん》だな」

切り捨てるように呟《つぶや》くと、ニカはノアのスカートに鼻先を埋《うず》めながら、くすくすと笑い声を漏らした。

「どうでもいい。どうでもいいんだよ俺は。生きようが死のうがどっちでも。ただ、生きてる間だけは、死ぬほど楽しみたいだけだ」

ぼそぼそと漏らした後、ニカは笑いが滲《にじ》んだ声でこう言った。

「俺に言うことを聞かせたいなら、死ぬ気で俺を楽しませろ。小娘女神にも同じことを言ってやった。お前ら女神共のうち、最も俺を楽しませた方の言うことを聞いてやる」

せいぜい頑張れ、と呟《つぶや》くと、ニカは再び甲高い哄笑《こうしょう》をあげた。だが、笑いながらもノアのスカートを両手でぎゅっと掴《つか》んでいる姿は、お化けに怯《おび》えている子供のように見えた。


「楽しませろ、ですか」

渋い顔をして、テメレアが呟《つぶや》く。

ニカの屋敷から少し離れた場所にある低い柵に腰掛けたまま、雄一郎は鷹揚《おうよう》に頷《うなず》いた。

「あぁ、楽しませた方の言うことを聞いてやるそうだぞ」

「彼は、頭が悪いのですか」

当たり前のように暴言を吐くテメレアの姿に、雄一郎は思わず噴き出してしまった。笑う雄一郎の代わりに、チェトが声をあげる。

「馬鹿というよりかは、自暴自棄《じき》をこじらせているんでしょう。どうせ自分のたどり着く場所は断頭台だと思っている」

「このまま何もせずにいれば、遅かれ早かれ断頭台です」

テメレアが吐き捨てるように呟《つぶや》く。テメレアの横顔を眺めながら、雄一郎は楽しげな声で呟《つぶや》いた。

「アオイに王の証《あかし》とやらを渡してやれば、もう少しマシな死に方をさせてもらえるんじゃないか？」

「ですが、そもそも、王の証《あかし》というのは何のことなんでしょう」

下顎《したあご》に人差し指を添えて、ベルズが考え込むように呟《つぶや》く。その言葉に反応したのはエリザだった。

「王の証《あかし》はゴルダールの王族の血を引く者にしか与えられないそうです。それが何なのかは明かされていません。知っているのは――」

「ニカとユリアだけか」

生き残った双子の兄妹。自らが飼い殺しにする王族二人から、まだこそげ取らなくては王の威厳が保てないとは、現王であるバルタザールも随分と境地に立たされているものだ。

その時、ふと気が付いたようにテメレアが左右を見渡した。

「ノーラ様は？」

ノーラというのは、女装をした時のノアにつけた偽名だ。最初に偽名を考えた時に、雄一郎は「ノア子とかでいいんじゃないか」と言ったが、エリザがにっこりと微笑んで「では、ノーラにしましょう」とさりげなく全面否定したのだ。

テメレアの言葉を聞いて、また笑いが込み上げてきた。ふ、ふ、と雄一郎が息を吐き出すようにして笑っていると、テメレアが目を吊り上げた。

「まさか、置いてきたんですか」

「仕方ねぇだろ。ニカはノーラが気に入ったって言って離さねぇんだから」

ニカにしがみ付かれて、途方に暮れた表情を浮かべていたノアの姿を思い出すだけで笑いが止まらなくなる。笑いを押し殺す雄一郎に対して、テメレアは眦《まなじり》をキリキリと尖《とが》らせた。

「貴方は、ノーラ様を他の男の生け贄《いけにえ》にしたんですか」

「生け贄《いけにえ》だなんて大袈裟な言い方をするな。最悪、尻を掘られるぐらいだろうが」

平然とした雄一郎の物言いに、テメレアは更に顔を怒りに歪《ゆが》めた。そろそろ雷が落ちてくるかと思って、両耳に手を当てようとした時、エリザが穏やかな声をあげた。

「ノーラ様は大丈夫ですよ」

テメレアが怪訝《けげん》そうに眉を顰《ひそ》める。エリザは柔らかな笑みを浮かべたまま、言葉を続けた。

「ニカは小さな者を愛《め》ではしますが、性対象にはしていません。一緒に食事を取って、共寝する程度です」

そうよね、とエリザが後ろに控えていた部下に声を掛ける。幼い顔立ちをした部下の一人が「はい」と鈴が鳴るような声で答えて微笑んだ。

その返答を聞いて、雄一郎は露骨に舌打ちを漏らした。残念そうな舌打ちを聞いて、テメレアがまたキッと厳しい視線を向けてくる。

「何ですか、その舌打ちは」

「別に」

白《しら》を切ると、テメレアは釈然としない表情を浮かべたが、それ以上は追及してこなかった。

雄一郎は仕切り直すようにのんびりと声を漏らした。

「ノーラに脳味噌があるなら、屋敷にいる間にニカを説得するか、ユリアを捜すかするだろう。俺たちはその間にやるべきことをやるぞ」

「やるべきことですか？」

チェトが不思議そうに呟《つぶや》く。頷《うなず》き返しながら、雄一郎は下唇を人差し指の側面で撫でた。

「サーシャという男と話したいな」

「自警団の頭ですか」

テメレアが短く呟《つぶや》く。雄一郎は軽く頷《うなず》いて、視線をエリザへ向けた。

「あいつは、どうだ」

雄一郎の漠然とした問い掛けに、エリザは一度だけパチリと大きく瞬《また》いた。だが、すぐさま意図を把握したように唇を開く。

「この村を実質的に動かしているのは、ニカ様ではなくサーシャ様率《ひき》いる自警団です。まずこの村から反乱軍を発足させるのであれば、サーシャ様を懐柔することは必須かと思われます」

柔らかな見た目に似合わない、現実的な提案をエリザは述べた。その返答に、雄一郎は満足げな頷《うなず》きを返した。テメレアが淡々とした口調で呟《つぶや》く。

「ですが、彼は我々を毛嫌いしていますよ。素直にこちらの話を聞くとは思えません」

「だが、ニカのような自殺志願者よりかは、よっぽど話が通じる」

逆にニカを説得したところで、サーシャが動かないのなら反乱軍発足は最初から躓《つまず》いてしまう。最悪、サーシャを攻略できれば、ニカがいなくとも反乱を起こすことはできる。

そう言い放つと、チェトが問い掛けてきた。

「では、ニカのことは放っておくのですか？」

「そうだな、しばらく放っておけ。こっちが裸踊りをしようが手品で鳩を出そうが、あいつは動かん。あいつのくだらん遊びに付き合ってる暇があるなら、使える手駒を増やした方がいい」

言い切るなり、雄一郎は腰掛けていた柵から勢いをつけて立ち上がった。

ゆっくりと視線を空へ向ける。灰色の空を眺めていると、はらはらと雪が降ってくるのが見えた。

その光景を眺めていると、先日ノアが言っていた言葉を思い出した。

『じゃあ、いつか一緒に食べようよ』

雪にシロップをかけて食べるだなんて子供じみた約束を思い出して、口元にふっと笑みが滲《にじ》んだ。

「いつか、か」

ぽつりと呟《つぶや》いた自分の声が思いがけず優しい口調だったことに、雄一郎はひどく驚いた。いつか、なんて口約束を信じたわけじゃない。それでも、未来を信じて疑わないノアの言葉に、どうしてだか救われたような気もしていた。

いつか、ノアやテメレアと一緒に、雪にシロップをかけて食べるような日が訪れるのだろうか。

「雄一郎様、行きましょう」

テメレアが雄一郎の肩を抱いて促《うなが》してくる。柔らかく肩を抱く腕を感じながら、雄一郎は、あぁ、と小さく声を漏らして、外套《がいとう》のフードを深く被り直した。

番外編　女神と部下達の乾杯

「おい、今晩お前の歓迎会をするぞ」

訓練の終わり際に女神様に声を掛けられて、思わずキキは目を剥《む》いた。左右や後ろを見渡しても、周囲には自分以外の誰もいない。反射的に背筋を伸ばしながら、キキは強張《こわば》った声を返した。

「もしかして、私におっしゃっていますか？」

「お前以外に誰がいる」

呆れたような口調で女神様が答える。そのまま、少し首を傾げて訊《たず》ねてきた。

「歓迎会ついでに中隊長達の親睦会も兼ねるつもりだが、今晩は予定でもあるのか？」

「いえ、特にはありませんが……」

ただ唐突すぎて話についていけていないだけだ。キキが呆然と突っ立っていると、女神様は言い聞かせるように人差し指をキキに向けて言った。

「では、二時間……じゃなくて、四エイト後に街の広場前の酒場で集合。以上」

命令時のような口調で言い放つなり、女神様は踵《きびす》を返して去ってしまった。

酒場の中を覗《のぞ》くと、すでに女神様やゴート副官、中隊長達がいるのが見えた。ゴート副官が手を回したのか、酒場には他の客はおらず、貸し切りになっているようだった。テーブルの上に酒瓶が何本も並べられているということは、もう飲み始めてそれなりの時間が経っているのだろう。

「申し訳ございません、遅くなりました」

慌ててテーブルへ近付くと、少し目尻を赤くしたゴート副官が軽く手を上げた。

「いやいや、俺達が先に飲み始めてただけだから大丈夫だ。ほら、座れ」

ゴート副官が隣の椅子を引く。その反対側にイヴリースが座っているのが見えて、思わずガッツポーズしそうになった。

「失礼します」

そう声を掛けて椅子に腰を下ろす。ちらりと隣に視線を向けると、イヴリースはキキを見てそっと口元に笑みを浮かべてくれた。その控えめな笑顔に、胸がときめく。

初めて見た時から、小動物みたいで可愛いと思っていた。それなのに、あの小柄な体躯《たいく》で、銃の反動をものともせず正確に対象を射貫いていく姿は格好良すぎる。そのギャップに、キキは一瞬で恋に落ちてしまった。

「おいおい、見惚れすぎだ。あんまり見ると、イヴリースに穴が開いちまうぞ」

ゴート副官がからかうように言う。その言葉に、キキは慌てて顔を背《そむ》けた。隣でイヴリースが困ったように肩を縮めているのが見えて、少し申し訳なくなる。

直後、店員によって目の前にドンッと大きなグラスが置かれた。グラスの中には、黄金色の液体がなみなみと注がれている。ジュエルドで一番よく飲まれている、麦から作られる酒だ。少し苦味があるが、喉越しが良いので、訓練後に飲むと一日の疲れが吹っ飛ぶ。

キキの手元に酒が届けられたのを見て、ゴート副官が自身のグラスを軽く持ち上げた。

「それでは、新たな仲間であるキキを歓迎して、カンパーイ」

気の抜けたゴート副官の掛け声に、次々と「かんぱーい」という声が続く。グラスに口を付けて辺りを見渡した途端、キキは咄嗟《とっさ》に酒を噴き出しそうになった。

イヴリースに気を取られていて気付かなかったが、明らかに様子のおかしい者が数名いる。

一人はヤマで、その両目からぼろぼろと大粒の涙を零《こぼ》しながら、隣に座るベルズの胸にしがみ付いていた。鼻をぐずぐずと鳴らしながら、ヤマがベルズに向かって恨めしい声をあげる。

「お、お前、今日、知らない女と話してた、だろっ」

「あれは朽葉《くちば》の民の兵士だよ。隊の編成の話をしていただけだって、ヤマだって知ってるだろ？」

ベルズの弁解は、ヤマの耳には届いていないようだった。首を左右に打ち振りながら、ヤマが涙声で言う。

「おっ、俺を捨てる気だろ……いや、絶対にいやだ、死んでもベルと別れないからな……」

「僕がヤマを捨てるわけないだろ。僕だって死んでもヤマと別れないよ」

しつこくなじる声に、ベルズはでろでろに緩《ゆる》み切った声を返していた。ヤマの嫉妬が嬉しくて堪《たま》らないといった様子だ。その普段からは想像もつかない、糖度百パーセントな二人のやり取りを見て、思わずキキの口から、うえぇっ、と変な声が漏れていた。

「あぁ、すごいだろ。ヤマは酔っ払うと泣き上戸になる上に、嫉妬深くなるんだ」

おなじみの光景だとばかりに、ゴート副官が楽しげな笑い声をあげる。だが、ゴート副官の隣に座っている人も完全に様子がおかしかった。

「ふ、ふふ、ふふふ」

まるで少女のような笑い声をあげているのは、なんと女神様だった。普段は吊り上がっている目はとろりと潤《うる》み、耳まで淡いピンク色に染まっている。数時間前の厳《いか》めしい面《おもて》からは想像もできないぐらい、へにゃりととろけた笑みを浮かべていた。

「あらあら、オガミ隊長。ちょっと飲みすぎですよー」

甲斐甲斐《かいがい》しい恋人のように言いながら、ゴート副官が女神様からグラスを奪おうとする。だが、女神様は両手でグラスを掴《つか》むと、むずがる子供のように首を左右に振った。

「まだ、飲むぞ、俺は」

「ダメですってば。前みたいに、迎えにきたノア様とテメレアに叱られちゃいますよー」

「あいつらのことなんか、知らん。俺に、酒飲むな、とか言ってくるし」

「そりゃ、こんなになってたら飲むなとも言われますよ。酔わされて変な男に食われちまわないか、俺だって心配しちゃいますもん」

口では心配だと言いながらも、ゴート副官も何だか楽しそうだった。唖然としているキキに、こそっとイヴリースが声を掛けてくる。

「女神様は笑い上戸なんです。あのお酒とは相性悪いみたいで、いつもすぐに酔われてしまって」

それなら飲まないように部下が止めるべきだろうに。笑うゴート副官を見ていると、止めるどころか進んで飲ませた疑いすら抱く。

それならチェトは何をしているのか、と視線を向けると、チェトはテーブルに完全に背を向けて酒場の女性店員へしきりに声を掛けていた。

「きみ、ここで働き出したのは最近？　いや、きみみたいな可愛い子がいたら、もっと早く気付くはずだからさぁ」

クソたらし野郎だ。職務放棄して店員を口説く男を、空瓶で殴り付けてやりたい衝動に駆られる。

ベル～と泣きつく声に視線を向けると、とうとうヤマがベルズの膝の上に座っていた。ぎゅうっと抱き付いてくるヤマの背に両腕を回して、ベルズが満面の笑みを浮かべている。普段からにこにこと愛想笑いばかり浮かべている男だが、こんなにも幸せそうな笑顔を見たのは初めてだ。

その隣では、女神様がゴート副官にグラスを差し出して、次の一杯を上目遣いで強請《ねだ》っていた。

「ゴート、もっといっぱい注げよ」

「もー、仕方ないですねぇ」

全然仕方なさそうじゃない声で言いながら、ゴート副官が女神様のグラスになみなみと酒を注いでいく。その光景に、まだほとんど酒も飲んでいないのにキキはひどい眩暈《めまい》を覚えた。

「皆さん、いつもこうなんです。気にせず、キキは自分のペースでのんびり飲んでくださいね」

そう気遣ってくれるイヴリースだけが唯一の癒しだ。プロポーズ事件から挫《くじ》けずに何度も話し掛けたおかげで、キキと呼び捨てにしてくれるようになったし、口調も以前よりかは砕けている。

だが、ふと気が付いた。イヴリースの前に並んだ大量の空のグラスは何だろう。

「あっ、おかわりいただいてもいいですか？」

イヴリースが男性店員へ声を掛ける。その店員の顔が明らかに引《ひ》き攣《つ》っているのは気のせいだろうか。そして、来た時には満杯だったイヴリースのグラスはいつの間に空になったのだろう。

「あの……イヴリース、それは何杯目ですか？」

キキが恐る恐る訊《たず》ねると、イヴリースはきょとんと目を瞬《またた》かせた。

「ええっと――」

と言いながら、イヴリースがテーブルの上の空グラスを数え始める。その仕草を見て、キキは慌てて上擦《うわず》った声をあげた。

「いえ、いいですっ。数えなくて大丈夫ですっ」

そう制止すると、イヴリースは小さな両手にグラスを持ったままコテンと首を傾げた。その仕草は非常に可愛い。だけど、これだけの酒を飲んでも顔色一つ変わっていないところは怖い。

周りのカオスな状況から目を逸らして、キキはひどく疲れた心地で一口酒を飲んだ。

その時、不意に女神様が立ち上がってグラスを高く掲げた。

「よし、今日は朝まで飲むぞ！」

その威勢の良い声に、キキは頭を抱えて深い溜息《ためいき》を漏らした。

そして明け方近くに、王と仕《つか》え捧《ささ》げる者《もの》が酒場に怒鳴り込んでくるまで、女神と部下達の混沌《こんとん》の酒盛りは続いた。

この作品に対する皆様のご意見・ご感想をお待ちしております。

おハガキ・お手紙は以下の宛先にお送りください。

【宛先】

〒150-6008 東京都渋谷区恵比寿4-20-3 恵比寿ガーデンプレイスタワー8F
(株) アルファポリス　書籍感想係

メールフォームでのご意見・ご感想は右のＱＲコードから、
あるいは以下のワードで検索をかけてください。

アルファポリス　書籍の感想　検索

ご感想はこちらから

本書は、「アルファポリス」(https://www.alphapolis.co.jp/) に掲載されていたものを、
改題、改稿、加筆のうえ、書籍化したものです。

傭兵《ようへい》の男《おとこ》が女神《めがみ》と呼《よ》ばれる世界《せかい》2

野原耳子 (のはらみみこ)

2021年 7月 20日初版発行

編集－羽藤瞳
編集長－倉持真理
発行者－梶本雄介
発行所－株式会社アルファポリス
〒150-6008 東京都渋谷区恵比寿4-20-3 恵比寿ガーデンプレイスタワー8F
TEL 03-6277-1601 (営業) 03-6277-1602 (編集)
URL https://www.alphapolis.co.jp/
発売元－株式会社星雲社 (共同出版社・流通責任出版社)
〒112-0005 東京都文京区水道1-3-30
TEL 03-3868-3275
装丁・本文イラスト－ビリー・バリバリー
装丁デザイン－AFTERGLOW
(レーベルフォーマットデザイン－円と球)
印刷－中央精版印刷株式会社

価格はカバーに表示されてあります。

落丁乱丁の場合はアルファポリスまでご連絡ください。

送料は小社負担でお取り替えします。


ISBN978-4-434-29110-4 C0093